—鄭手作品集—

目錄

第二部 蠻荒地

第三部■覓歸路

肅方
度卡族
鷹方
熏育
鬼方
羌方
土方
鬼島
天邑商
井方
鼠方
雀方
犬方
禽方
夷方
虎方
盧方
龍島
楚方
海族
巴方
兕方
濮方
大商多方輿圖

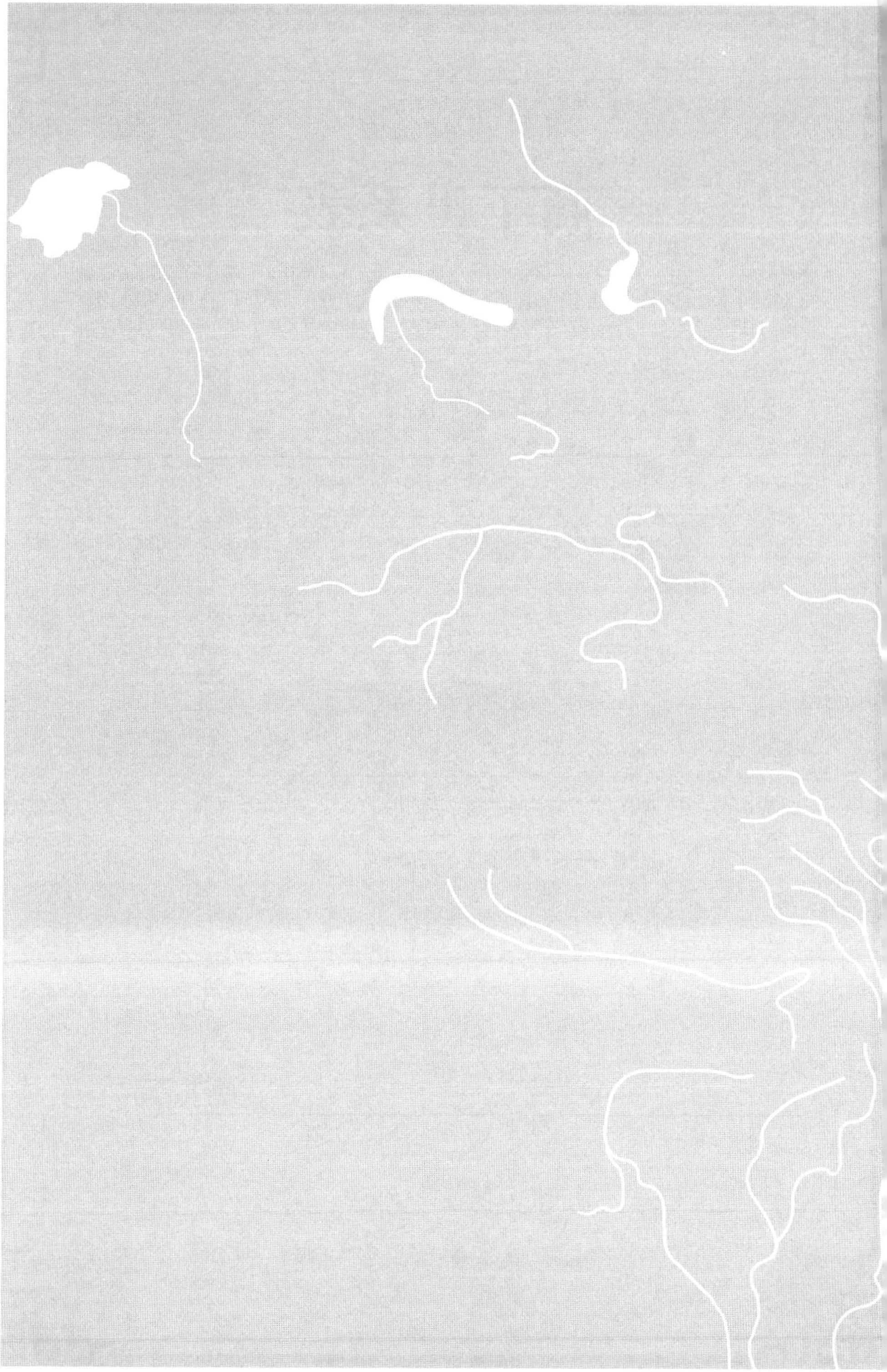

商王世系表

資料參考：《史記・殷本紀》、張光直《商王廟號新考》、《商代史・卷二》〈殷本紀訂補與商史人物徵〉653-654 頁。《古本竹書紀年》：「湯滅夏以至於受，二十九王」，與《史記・殷本紀》所載三十王有出入。王之名稱以甲骨文為主。其中大丁、祖己曾立為小王，並未即位為王。

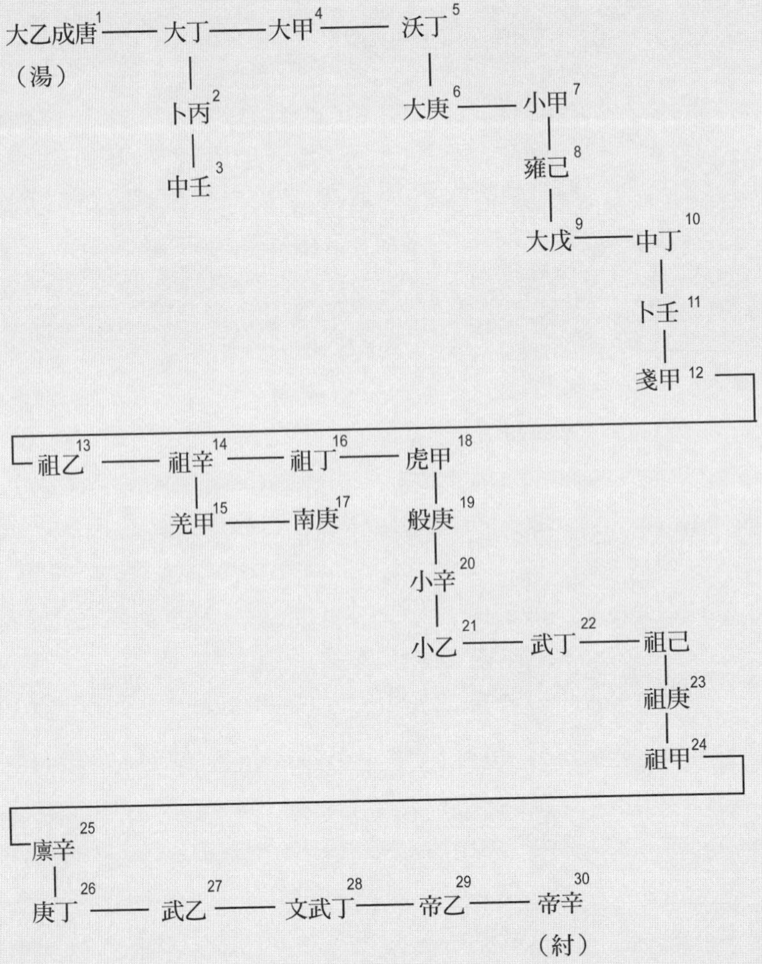

第三部

覓歸路

邦畿千里，維民所止，肇域彼四海。
四海來假，來假祁祁。景員維河。
殷受命咸宜，百祿是何。

——《詩經・商頌・玄鳥》

第四十一章　寧亘

十八年前，天邑商

先王斂駕崩，日號小乙。由於小乙沒有大示之子，也未立小王，王族無法決定該由哪位王子接任王位，天邑商陷入一片混亂。就在這時，小示王子昭從流放中趕回天邑商，在王族的支持擁護下，登上了商王之位。跟著他回來的，還有一位美艷絕倫的兕方之婦，名叫婦斆，懷中抱著剛滿一歲的王子漁；以及一位年紀甚輕、俊美出奇的巫者，名叫巫殼。

王昭登基的那一日，一個十三歲的女孩躲在暗處觀看，雙眼盯著高大威武的王昭，豔冠大商的婦斆和俊秀無比的巫殼，心中充滿了好奇和欽羨。她出身低微，雖屬於王族遠親，擁有子姓，但年紀很小時便父母雙亡，也無兄弟姊妹，寄居在小父家中，孤苦貧寒。由於她的遠祖曾任商王，因此她獲准入左學受教。

這個女孩兒名叫子巧。

幾日之後，子巧正在左學學習刻字時，師般忽然喚了子巧來，讓她到內室去見一個人。

子巧來到內室，見到室中坐著一位三十來歲的貴婦，面目慈祥，臉帶微笑。貴婦招手讓子巧上前坐下，說道：「師般說道，妳是左學中最出色的學生，能文能武。真是如此麼？」

子巧羞赧地點了點頭。

貴婦嘖嘖兩聲，說道：「小小年紀，真不簡單！」又道：「妳可知我是誰？」

子巧搖了搖頭。

貴婦微微一笑，說道：「我便是王昭之后，婦井。」

子巧睜大了眼睛，連忙拜倒，說道：「子巧拜見王后！」

婦井趕緊拉起了她，親熱地道：「快別多禮。我看著妳就歡喜。妳可知為甚麼？」

子巧搖搖頭；她知道自己長相平凡，不管她多有才智、多擅長文字弓戈，仍舊是個容色無奇的女孩。

婦井慈愛地輕撫她的臉頰，說道：「我就喜歡妳這張臉。妳樸實無華，不是那等妖冶艷麗的女子，我最厭惡那等仗著容色傲人的妖婦了！」

這是子巧第一次聽見人稱讚自己的長相，而且還是新任的王后！她感動得熱淚盈眶，說不出話來。

婦井微笑地望著她，說道：「子巧，我想請妳幫我個忙，妳願意麼？」

子巧眼睛一亮，立即道：「恭請王后吩咐，子巧當然願意！」

婦井緩緩說道：「我年紀大了，又住慣了井方，不想搬回天邑商長居。我想請妳替我隨侍在我王身邊，照顧服侍我王。我會讓師般推薦妳去我王身邊任事，妳好好地做事，倘若我王信任妳、喜歡妳，我便讓我王取妳為婦。妳說如何？」

子巧大喜過望，從沒想過這等好事會落在自己的頭上，滿心激動，跪倒說道：「多謝王后提拔賞識，巧一輩子也報答不了！」

婦井微笑著，說道：「當然，我是有條件的，但這些條件都是為了妳好。」

子巧忙道：「王后所提條件，巧一定全數遵從！」

婦井神色轉為嚴肅，說道：「妳聽好了。第一，妳須一輩子效忠於我，每旬向我報告王的起居言行，不可有任何隱瞞。我讓妳去做的事情，讓妳對王說的話，妳必須一一照做，不可違背。」

子巧自非蠢人，心中雪亮：「王后的用意，是讓我成為她安放在王身邊的眼線。因為我容色平凡，王不會對我癡戀寵愛，王后才特意選擇我！」又想：「替王后做眼線，也並非惡事。我若不接受王后的提攜，這輩子怎麼可能有機會接近我王，甚至成為王婦？」連忙說道：「巧願意永世效忠王后，遵從王后的一切指令，絕不敢違反。」

婦井點點頭，說道：「甚好。第二，當妳成為王婦之後，不准生子，只准生女。」

子巧微微一怔，說道：「生子生女，是天帝先祖的意思，豈能由巧決定？」

婦井臉一沉，說道：「妳既不懂，那我就直說了。妳若懷胎分娩，生下了女，那便交給我，由我替妳養大。若生下了子，也交給我，讓我替妳處理。」

子巧這時才十三歲，還想不到生子生女那麼遠的事情上頭去，但聽後也不禁一呆，問道：「請問我后將如何……如何處理我生下的子？」

婦井露出溫柔慈祥的微笑，說道：「妳不應有子。倘若真的生下子，那就只能儘快送他回去先祖身邊了。」

子巧臉色微微發白，終於明白了婦井的意思——自己能陪伴在王昭身邊，甚至能成為王婦，但絕對不能生下王子，以免威脅到王后之子的地位。即使生下了王子，也必須立即殺死隱瞞，不可讓任何人知道。

婦井凝視著子巧，說道：「妳答應麼？不答應也不要緊，我不勉強。」

子巧一咬牙，堅決地點了點頭，說道：「子巧答應王后。日後倘若生下子女，一應交給王后處置，巧絕不再過問。」

婦井露出微笑，伸手摸摸她的頭，說道：「真是個好孩子。過幾日，我便讓師般推薦妳去我王身邊任事。」說完便站起身，走了出去。

子巧望著她的背影，心中驚喜興奮遠遠多過憂慮恐懼。甚麼樣的奇蹟，才能讓她這樣一個出身既低微貧寒，長得又不起眼的王族女子一步登天，來到商王身邊，甚至成為王婦？甚麼樣的機遇，才能讓她這樣一個身負過人才智的女子得享高位，發揮長才，一展身手？

婦好偶爾想起這段往事，心中只有無限的痛恨後悔。她當時實在太年輕，太無知，怎能用自己尚未出生的子女換取今日的王婦高位？即使她已害死婦井，除去這個壓在她頭上十八年的惡婦，但仍舊無法改變自己二子死亡、二女毀於婦井之手的事實。如今她終於獲得了自由，掌握了至高的權位，在天邑商乃是王昭一人以下、萬人以上的師長兼王婦，然而她卻比昔日更感徬徨無助。只要她一日生不出子，便一日無法成為王后、王母，無法成為王母，死後就無法受到世世代代子孫的祭祀。這個犧牲實在太大了；十三歲的子巧不知輕重，做出了不應做的承諾，應下了日後永世的悔恨。

自從子吉夭逝之後，王婦婦好性情大變，這乃是天邑商人人有目共睹之事。她原本沉靜寡言，謹慎冷肅，此後卻變得異常暴戾，喜怒不定，動輒殺人。王昭這時身體逐漸恢復，得知她喪子後大殺巫祝之舉震驚無已，雖能體諒她的悲痛之情，卻對她的現況十分擔憂。如今大巫㱿已離開了天邑商，王昭只好請巫箙貞問治癒婦好之方。但巫箙法力有限，自然毫無效果。

就在此時，一位遠方使者來到天邑商，拜見王昭，稟報道：「我乃肅方使者，特來此稟報商王，肅方寧亘將率師造訪天邑商。」

王昭微微皺眉，他是先王盤庚遷殷後的第三代商王，也是大商在洹水流域、大河以北建立勢力後武功最盛的一位商王。然而他離商人南遷並不遙遠，知道商人並非世代居於大河流域，而是來自遙遠寒冷的東北之方，也就是今日的肅方。

婦好雖是子姓王族，對王族的遙遠歷史卻並不熟悉，在使者離去後，便問王昭道：「這肅方寧亘是何來歷？」

王昭道：「肅方位在極東極北，乃是我商人的發源之地。余之高祖祖乙便出身肅方，因與其父中丁不和，遂率眾往西進入羌方，在邢地建都，以劫掠羌人維生。之後的先王祖辛和羌甲兄弟繼續留在邢地，然而羌方勢力逐漸擴大，傳到祖丁和南庚兄弟時，他們不得不離開羌地，遷至東方的奄。傳到虎甲、盤庚兄弟時，又發生內亂，盤庚殺死虎甲，因奄地太過低溼，河水時時氾濫，於是盤庚下定決心，再度西遷，往南方大河邁進，率眾來到洹水之旁的殷地，在此建都。」

婦好問道：「因此這肅方寧亘，乃是留在肅方的先王中丁的子孫？」

王昭道：「正是。祖乙離開之後，先王中丁並未另立他子為王。之後聽說王位斷絕了許久，有幾十年無王繼位。先王中丁距今已有一百五十餘年了，余並不清楚肅方此刻情勢如何。然而大商王族素以亞系和寧系二系最為強大，余之先祖即為亞系的後裔，這位寧亘則屬於寧系。據報他能征善戰，多年來轉戰東北，率領師眾四出貿易，勢力財力皆十分強大。」（注）

婦好微微皺眉，說道：「他此時來到天邑商，有何目的？」

王昭道：「余也甚為不解，不知他是何居心。而且他帶了師眾前來，可能不懷好意。」

婦好被激起了鬥志，說道：「婦好自當保衛天邑商，不受外人侵略！」

王昭沉吟道：「我等需小心行事。寧亘並非外人，與我大商王族遠祖同出肅方，在他並未透露任何敵意之前，我等先以禮相待。」

當寧亘之師進入天邑商時，天邑商的王族多臣、居民眾庶，共有數萬人搶著出來觀看。天邑商素以富裕繁華聞名天下，卻也從未見過寧亘所展示的絢麗富貴。寧亘率領五千師眾，全數乘馬，各持弓戈，體態雄健；馬身披著純金打造的盔甲，馬車上也鑲滿了閃閃發光的珠貝寶石。馬師之後跟著一排數十輛華麗的馬車，馬車上載著巨大的木籠，籠中關著各種珍禽異獸，有孔雀、大象、犀牛，還有許多見所未見、聞所未聞的禽獸。天邑商居民盡皆驚詫讚嘆不已，直呼大開眼界。

眾人此刻都已知道，寧亘來自商人的發源地東北肅方，乃是大商王族的遠親。寧亘稟承著商人傳統，率領師眾征戰劫掠各方，之後再與各方進行貿易。寧亘征服之地直逼東方海岸，他在海中採集大量的海貝，繼而在淒山發現了一個巨大的金穴，一夜暴富，據說他的財富比天邑商所有王族的加起來還要多。

注 考古文物顯示商王族可能分為亞系和寧系，各有不同的族徽，但都屬於子姓。書中之「寧」為稱謂，即寧系之長，如同「亞」禽的「亞」也是稱謂，即「亞」系之長。商王一系已稱王，地位高過二系之長，便不再用「亞」和「寧」的頭銜。

寧亘年紀約四十來歲，禿頭大肚，頭上戴著一頂形狀古怪的帽子。這帽子甚高，頂部呈盛開的花形，兩側似葉，冠前飾有精緻的獸面圖案，冠下方則飾以一圈龍紋，後腦的帽沿插上短短的玉笄，藉以固定高帽。據說一百多年前，商人王族人人喜愛戴這種帽子；今日居於肅方的王族仍保留了這種形式的帽子，乃是肅方王族的標誌，但在天邑商卻有幾十年未曾見過了，王族都覺寧亘的帽子十分稀奇，指指點點，低聲議論。

除了那頂帽子之外，寧亘便是個尋常的富人模樣，本身並無可觀之處。可觀的是寧亘之子，此子約莫十五六歲年紀，生得長身玉立，面容英俊出眾，竟是個天下少見的美男子。

商王王昭和王婦婦好設下了盛大的禮儀，歡迎寧亘一行人入城，進入王宮。王昭在公宮中宴客，已備好豐盛的宴席；宮中置放了七只大鼎，三只盛王宮釀造的美酒，其餘四只分別煮著牛肉、羊肉、鹿肉和豚肉，熱氣騰騰，香味撲鼻。

賓主坐定，寒暄一番後，寧亘留意到所有人的目光都集中在自己的子身上，便笑吟吟地向商王介紹道：「啟稟我王，這是我的獨子，名晙（音同『俊』），年方十五，文武皆能，善於經商，力大無窮，乃是我肅方第一勇士。」

其餘王族都目不轉睛地望著子晙，心中皆想：「寧亘特意給這個子取名『晙』，人果然如朝陽般俊朗至極。」

寧亘又道：「我多次出外經商出征，都以晙為前導。他擅長交涉，每回由他出頭，交易總能順利進行；交涉不成必得一戰時，晙則戰無不勝！」說著哈哈大笑，難掩得意之情。其餘王族紛紛出言讚美，王昭也點頭道：「很好，很好！」

寧亘轉向王婦說道：「久仰王婦武勇過人，子晙亦擅長使戈，王婦或可派人試試他的戈術，藉以指點於他？」

婦好聽他說得自大，心中頗感不快，說道：「我王多子個個勇武，無不擅長使戈射箭。」說著對站在王昭身後的子央一指，說道：「這位是王子央，在諸多王子中，武藝可說十分精湛。我便讓他出手試試令子的武藝吧。」

子央聞聲而出，他高大雄壯，一站出來便氣勢萬千，鎮住全場。子央此時已尋得虎屍並將之藏起，自己仍留在天邑商擔任王昭親戍，等待婦好命他出征虎方。

這時子晙抬頭望向子央，微微一笑，站起身來，走到子央身前，恭敬行禮，說道：「請王子央指教！」

兩人相對而立，子晙的身材高䠷結實，與子央不相上下；只是子央容貌原本平凡，臉上遭豹抓傷之後，更留下了猙獰的傷痕，和子晙的英俊面貌相比，當真是一個天上，一個地下。圍觀王族都不禁有些羞赧，暗暗感到有失顏面。

子央和子晙來到堂中空地，互相行禮，各自舉起戈，相對而望。

子央首先大吼一聲，金戈在身周揮舞一圈，風聲呼呼，踏步上前。他的臂力強勁，武藝在多子中最為高超精湛，這時忽然舉戈，往子晙當頭砸下，勢道極猛，足能將對手打得腦殼迸裂。

子晙竟也不遑多讓，他微一閃身，便避過了子央的一擊，舉起金戈反擊。兩人雙戈多次相交，發出哐噹巨響，震得堂中的吉金鼎發出嗡嗡聲響。

幾個攻防之後，兩人仍舊不分勝負。子央有些急躁，往後退出兩步，不慎踩到一只酒尊，腳下一絆，子晙趁機一戈橫劈，幾乎斬上子央的手臂，眾人都驚呼出聲。就在這時，子晙忽然改變戈的方向，砰一聲斬到了一旁的柱子上，將柱子斬出一個深深的口子。

子晙這一戈明明可以斬斷子央的手臂，卻蓄意相饒，避免血濺當場，眾人都同聲吁了一口氣。

子晙收戈退後，神態從容，面帶微笑，行禮笑道：「承王子央相讓，子晙在此拜謝！」

子央激憤已極，滿臉通紅，暴喝道：「你比戈時不盡全力，存心侮辱對手！我不欠你這條手臂！」舉起戈，猛地便往自己的手臂斬去。

就在這時，婦好搶步上前，舉戈擋住子央之戈。她身為商方師長，臂力不弱，一下子便將子央之戈擊偏了，未曾斬斷手臂，只在手臂上畫出一道長長的傷口，鮮血四濺，四座皆驚。

婦好臉色陰沉，一言不發，狠狠地瞪了子央一眼。

子央見到她的眼神，知道自己即使毅然自殘，也未能避免婦好的恚怒，只怕不出幾日，自己就得去王宮的地囚中報到了。他感到頭皮發麻，滿背冷汗，心想：「伊㒵的警告就將成真，如今我已得到虎侯子之屍，應當趕緊找機會偷襲告方，自據一方，方能自保。」然而他從虎方歸來後，便有子吉夭折之事，婦好沉浸於喪子之痛中，下手屠殺巫者洩憤，更無心派他去征服虎方，擒殺子弓之事便耽擱了下來。

這時寧亘趕緊站起身，對王昭和婦好行禮道歉，又親自上前替子央包紮止血，口中說道：「我這個子畢竟年紀稚嫩，不懂事體！他武藝雖還過得去，但跟王子央相比，或跟商王王昭年輕時的英武神勇相比，可差得遠了！」

王昭原本見子央敗在子晙手下，心裡也有些不舒坦，但聽寧亘口舌便給，語多奉承，藉口讚美自己，也不免露出微笑，說道：「寧亘！你這子調教得很不錯啊。」

寧亘聽王昭稱讚愛子，滿面喜色，拜謝說道：「敬稟我王，我子自幼最崇拜的人，便是我王王昭了。他從小聽了無數關於王昭征服四方的勇武事蹟，仰慕欽佩不已。這回造訪天邑商，他便求我帶他一道來，說若能見到王昭一面，他這輩子便再無所憾啊。」

王昭摸著鬍子微笑，顯然對寧亘和子晙這番話十分受用，頗有好感。婦好和子央看在眼中，心中都甚感不是滋味，但礙於對方是客，也不便多說甚麼。

當日宴席中有個祭祖之儀，王昭率領寧亘和王族多子來到大室，對共同的先祖中丁致祭。

祭祀完畢後，寧亘特意來找婦好，向她敬酒。婦好神色冷淡，寧亘神態謙遜，命手下呈上預先準備好的種種貴重禮物：罕見的象牙梳簪、十套精緻的吉金酒器、五百塊龜甲、三萬朋貝、珍珠瑪瑙等等，共有十大箱。婦好即使貴為王婦，也從未見過這等精緻貴重之物。

寧亘滿面帶笑，說道：「敬稟王婦，這都是亘特意從肅方帶來致送給王婦的薄禮。」

婦好微微點頭，敬拜為禮，說道：「有勞，婦好在此謝過。」

寧亘回禮道：「這只是寧亘一點點的心意。王婦英名遠播，戰功彪炳。亘聽聞，他方伯侯只要聽聞婦好之名，根本不敢與大商王婦之師交鋒，早早便捨棄王宮逃之夭夭。寧亘老早便仰慕王婦之名，今日得以拜見，果然人如其名，猶有過之。」

婦好聽他滿口奉承，只冷冷一笑，說道：「你有甚麼事情相求，就直說吧。」

寧亘乾笑兩聲，壓低聲音，說道：「等會兒的宴會之上，我想懇請王昭替我子子晙主持成年禮，並收他為子。不知王婦意下如何？」

婦好微微皺眉，說道：「我王已有多子，如何會收你的子為子？」

寧亘忙道：「王婦切勿誤會！子晙絕無僭越取代王子之心。只因我子自幼崇拜我王，若能得到我王的眷顧，收他為子，將是我寧亘一族最大的榮耀。我子定將終身敬事我王，不敢懈怠。」

婦好聽他說得冠冕堂皇，冷然道：「就算他成為王昭之子，也不可能繼承王位，這點你想必清楚。」

寧亘笑道：「亘當然清楚。我自並不敢期待他成為商王，只希望讓他長居於天邑商，親近王室，與王族之女通婚，擁有輔佐商王的資格，那便心滿意足了。」

婦好暗暗心想：「寧亘財力師力強大，他既大舉率師來到天邑商，卻不立即攻打奪位，只因忌憚我大商擁有萬眾之師。他希望讓王昭替其子主持成年禮，成為王族的一份子，此舉或許意在進駐天邑商，慢慢找機會鑽營。我此刻不能跟他撕破臉，應當誘敵深入，讓他以為王昭和我貪戀財物，愚蠢昏庸，未能看穿他的詭計。等他放鬆戒備，我便能出手對付他了。」於是點頭微笑，說道：「你送我的這些禮物，我很喜歡。子晙如此傑出的人才若能回歸大商王族，自將成為大商之助力，我理應大力贊成。我王得知後，想必也將十分歡喜。」

寧亘大喜，叩謝而去。

當晚的宴會之上，寧亘上前向王昭敬酒，說道：「啟稟我王，子晙將滿十六歲，就將行成年之禮。我竊想，不如便在天邑商商請一位王族尊長替他主持成年禮，讓他能夠有幸親受天邑商王族禮贊，得保安康。然而，天下還有誰比我王更加尊貴呢？若能央請我王替子晙主持成年禮，那可是子晙畢生之幸。亘懇請我王應允。」

王昭遲疑道：「自古只有直系血親尊長能替多子主持成年禮。由余主持，只怕不合祖制。」

寧亘說道：「這個好辦。只要讓子晙對我王行子子之禮，那麼我王就算是他的直系血親了。」

王昭仍在猶疑，寧亘又道：「我子自幼尊敬崇拜我王，我等與我王又同屬先王中丁子孫。此事千萬懇請我王首肯，則我寧亘舉族感激不盡。」

王昭聽他言已至此，無可推托，望向婦好。婦好只點頭道：「子晙乃人中俊傑，我王認其為子，應符合先祖之意。」

王昭聽她竟然大方贊同，頗感驚訝，於是對寧亘道：「寧亘之意甚誠，那余便請巫擇日行禮吧。」

寧亘大喜，拜倒在地，說道：「叩謝我王恩典！」

至此，寧亘的心意已昭然若揭；他特意帶子晙來天邑商行成年禮，甚至提起認王昭為父之儀，顯然正是有意讓子晙進入大商王族，在天邑商王族中爭取一席之地。

宴席結束之後，王昭同意認子晙為子的消息，很快便傳遍了天邑商，王族議論紛紛，大家都知道了寧亘這回來到天邑商，動機絕不簡單——原來他竟想讓王昭認自己的子為子，讓子晙成為王族的一員！

然而寧亘之子確實令人驚豔；所有目睹他進城的天邑商女子都為之臉紅心跳，他面貌英挺，身形高壯，正是商人最欣賞的典型。而他的財富更讓人欽羨不已，寧亘只有這一個大示之子，沒有其他兄弟跟他爭奪財產爵位，不論他在天邑商王族中能掙得甚麼地位，回到肅方後便是一方之長，更是雄視四方的巨富。

王族和天邑商居民便開始點數，王族中有哪個王女能配得上子晙？哪個王女要是真的有幸嫁給子晙，那可比留在天邑商尊貴優渥得多了。然而眾人細數起來，王女中年輕的有幾個，姿色最美的當數婦嫜和子嫚，但是婦嫜被前王后婦井和婦鼠嫁給了侯告，子嫚則被婦好當成罪犯，關在囚車中逐出了天邑商，趕到南方荊楚蠻荒之地了。王族中人都如此私下暗想：「婦井當時可沒料到，她將王族中最美貌的王女都趕走了，如今便只剩下王婦婦好的二女子妥子媚，可以嫁給寧亘之子了。」

果如眾人所料，婦好最先讓子晙認識的，便是自己的大女子妥。子妥剛滿十六歲，容色和其母一般平凡樸素，而且自幼在井方長大，並未受過王室的正規教育，加上飽受婦井壓抑虐待，性情自卑怯懦，近年雖被婦好接回天邑商並短暫入過左學，仍是個上不得檯面的王女；至於婦好的小女子媚則只有九歲，年紀尚幼，也不適合論及婚配。

子晙見到子妥時，先是頗為敬重，但在與她說過一陣子話之後，便感到她實在不似王女，話也說不下去了，逐漸心生疏遠。

婦好眼見子晙嫌棄子妥，心中甚感不快，暗想：「我讓王昭認子晙為子，令子晙成為天邑商王族的一員，原本只是誘敵深入之策，可別讓他勢力太過壯大了，變得無法收拾。如今天邑商沒有小王，寧亘才以為有機可趁。我得找個人制衡這對父子才是。」

於是她召來巫永，問道：「王子漁行蹤如何？」

巫永稟告道：「亞禽率師去魚婦屯迎接王子漁，聽說已接到了人，此刻正在歸途中。王婦要我早些下手麼？」

婦好搖搖頭，說道：「如今情況丕變。我決定讓子漁回到天邑商。你親自去迎接，務必保護王子漁平安歸來。」

巫永甚是驚詫，脫口道：「王婦！這卻是為何？他進入天邑商後，我們就不便對他下手了！」

婦好冷冷地道：「你只管聽命行事，不必多問！」

巫永俯首應命而去。

天邑商中，寧亘之子子畯愈來愈受到大商王族的敬重喜愛，婦好對子畯的反感也愈來愈深。

這日她對商王道：「子畯雖是不錯，但他畢竟來自肅方。這等來自外方蠻地之人，誰知道他究竟學了些甚麼文，識得多少字，懂得多少祭祀之儀？不如送他去左右二學，讓師般、師貯好好考較他一番再說。」

王昭聽她說得有理，便答應了，讓人請師般即刻來王宮覲見。

師般年事已高，身體大不如前。他在助手師貯的攙扶下來到天邑商公宮拜見王昭，王昭將寧亘和子畯的事情告訴了他，最後道：「子畯看來是個人才，余已答應認他為子，並替他主持成年禮，巫祝仍在挑擇吉日行禮。在此之前，余想讓他去右學一陣子，請師般幫余觀察，他是否當真文武全才？人品又如何？」

師般望著王昭，老臉皺起，顯得對此事十分不贊許，說道：「我王已有多子，何必認這個旁系之子為子？」

王昭道：「不需顧慮過多。他不是王之親子，並無接任王位的資格。其父寧亘是先王中丁的第五代孫，根據王室血統法則，五代之內仍屬王族。寧亘已將他五代以下所有父母祖妣的名都報給我知，全是商王王族中人。況且肅方向來行一夫一妻制，不難追溯。再說，子晙即使成了我的子，余也不會讓他有靠近王位的機會。」

師般仍舊滿面不贊許之色，似乎還想說甚麼，卻嘆了口氣，不再言語。

於是王昭親自陪伴寧亘送子晙來到右學，讓子晙拜見師般，在此求學。

右學多子多女的年紀和子晙一般，都是十多歲，見到他來，俱都十分緊張。不知這位從肅方來的王族之子跟他們相比，究竟孰高孰低，孰強孰弱？

不出幾日，子晙的能文能武，聰明才智和武力勇氣，樣樣比所有王子王女都高出一大截，人人心服口服，連師般都愛才惜才誇讚不絕。

第四十二章　漁歸

一個月過去了，大商王族仍舊對子畯萬分矚目，見過他的人無不驚嘆於他的出色外表和超卓才能，這一輩現存於天邑商的王族多子之中根本沒有人及得上他。他有子弓的溫文正直，有子央的健壯勇武，更有子商的凜然氣魄和子漁的俊秀出眾，不管走到哪兒，都廣受眾人注目和歡迎。王女們對他更是趨之若鶩，幾乎時時都有幾位王女圍繞在他身邊，有的殷勤獻媚，有的乾脆便公開示意想嫁給他為婦。到得後來，寧亘不得不派八名肅戍跟在子畯身邊，替他擋下所有的不速之客；尤其在夜間，若沒有這八名肅戍的嚴密守衛，子畯只怕連個覺都別想睡好。

而子畯也確實是個人物。在大商王族的圍繞關注之下，他始終從容自若，風度翩翩，舉止得宜，多子多生們即使對他滿心嫉妒，卻也挑不出他甚麼毛病，找不到甚麼藉口詆毀於他。

子桑這時仍舊未被分封，眼見眾王子對子畯嫉妒仇視，卻無人敢宣諸於口。他的年齡在諸王子中最長，於是決定替大家出頭，伸張正義。他對所有人說道：「子畯根本沒甚麼了不起，只不過是外表好看罷了，其實無用得緊！我一拳便能打倒了他！」

然而子桑的話很快便傳到了寧亘和子晙的耳中。子晙知道子桑平庸無用，不值一哂，認為不必理會，寧亘卻道：「你不教訓他一頓，那些王子們不會知道你的厲害。」

於是子晙特意邀請子桑來自己的居處聚會。子桑知道子晙意在挑釁，鼓起勇氣，大著膽子去了。十多名王族子女都跟去觀看，想知道子桑是否當真有膽挑戰子晙，兩人當面對上，又會有甚麼下場？

子晙甚有風度，當先說道：「晙素聞兄桑酒量過人，竊想與兄桑喝幾罈鬱鬯，暢談天下之事，不知兄桑意下如何？」

子桑原本嗜酒，聽說他想邀自己喝酒，那是正中下懷，立即爽快答應了。二人於是在子晙的住處喝起酒來；喝完三罈之後，子桑便有些醉醺醺的，子晙卻仍精神奕奕，言笑晏晏，更無半分醉意。喝完五罈之後，子桑已經趴倒在几上，連話都說不清楚了。

子晙臉色雖酡紅，卻仍清醒得很，笑道：「兄桑曾說過，晙無用得緊，一拳便能打倒我。子晙現在此地，不躲不避，兄桑不妨試試，能不能一拳將晙打倒？」

子桑這時已醉得厲害，聽他這麼說，便撐著站起身，指著子晙道：「好！我便打你！你可……可說話算話，站著……站著別動！」

子晙站在當地，攤開雙手，毫不防備，面帶微笑。旁觀眾王族子女都歡呼鼓譟起來，催促子桑出拳去打子晙。

子桑握緊拳頭，奮力揮拳過去，但雙腿一軟，拳還沒揮出，便跪倒在地。他勉強爬起身，再次揮拳，卻又再次落空，胖大的身軀滾在地上，再也爬不起來。旁觀王族子女見到子桑狼狽顢頇的模樣，都忍不住嗤笑起來。

子晙俊逸的臉上露出關懷的笑容，說道：「兄桑果然酒量驚人，並且對晙手下留情，故意不打中晙，當真令人拜服！」

子桑想要回答，才張開嘴，便哇的一聲開始嘔吐，將方才飲下的鬱鬯全數嘔了出來，嘔得自己全身都是，汙穢狼狽至極。

子晙趕緊蹲下身，不顧汙穢，用衣袖替子桑擦拭臉頰，口中連聲問道：「兄桑沒事麼？快歇歇，別岔了氣！」

旁觀眾王子王女見了，都不禁替子桑感到羞慚，對子晙的敬佩又多了幾分。

經過子桑醉酒一事後，王族對子晙更是全心欽服，讚不絕口。

婦好眼見子晙得到王族上下的尊敬，而他竟對自己之女子妥不理不睬，擺明不給面子，是可忍，孰不可忍？但婦好向來善於隱忍，萬分沉得住氣，表面上對寧亘和子晙更加恭維禮敬，私下卻不斷向寧亘索取財物，假作自己是個貪財短視之輩。

這日，婦好派人去請師般來見，對他說道：「這肅方之子子晙，你覺得如何？」

師般道：「才智出眾，武勇過人，確實是個少見的人才。」

婦好皺眉道：「但我看著他，心裡卻很不喜。我王已有多位王子，也不適宜再多收旁系之子。王若問你，你就說他粗疏不識文字，不適合回入我大商王族。知道了麼？」

師般唯唯諾諾，口中含糊答應了。

不多久，王昭請巫永貞卜，擇定甲寅日乃是舉行子子和成年禮的吉日。於是王昭召集王族多臣，詢問眾人的意見。

王族多臣大都不置可否，認為王想要收多一子，只要不關乎王位，便不關其他人的事；而子畯才華武藝出眾，這是大家親眼目睹的，也無人有異議。

這時婦好說道：「子畯在右學待了一段時日，王應當請問師般的意見。」

王昭轉向師般，問道：「請問師般有何高見？」

師般回答道：「敬稟我王、王婦，依我在右學六十多年教授多子的經驗，以及這幾個月來的觀察，我認為子畯資質優異，聰明俊秀，健壯善武，確實是我大商難得的人才。我王膝下已有多位王子，但若有心多收一位子，為我大商貢獻心力，子畯確是上佳的人選。寧亘所提的子子儀式，我王應當如期進行。」

王婦婦好豎起眉毛，愈聽愈怒，但勉強維持平靜，淡淡地道：「請問師般，是否確定子畯的才能當真如此出色？」

師般答道：「回王婦的話，子畯才能出眾，人所共見。王婦推舉讓我王認子畯為子，真是眼光過人！」

婦好心中怒如火燒，眼中露出肅殺之色，表面雖仍維持平靜，旁觀眾人卻都已感受到她的憤怒不滿。她微微點頭，說道：「多謝師般指點。」

眾人議畢後，婦好回到寢宮，冷然對身邊的戍者說道：「師般這老頭子老而不死，莫非妖怪？不如我讓巫永貞卜一下，看看他何時壽終正寢！」

這話很快便傳入師般的耳中。師般原本便年老體衰，被王婦婦好這一激之下，竟氣得病倒了。眾人都知王婦婦好對師般心存怨氣，不敢去探望他，甚至蓄意疏遠；連其親子親女都摒棄親情，置他於不顧。

王后婦斁向來體弱多病，閉門不出，但她對王昭身邊的三卿向來十分尊重。她雖貴為王后，但二子一女相繼遭驅逐出天邑商，只剩下她孤身一人，寂寞伶仃，與年老病重的師般頗有些同病相憐。她聽聞師般病倒，便命親信的侍女朱婢送飲食藥物來右學，照顧師般的起居病情。

師般見王后婦斁對自己這般有情有義，十分感動，對朱婢道：「朱婢，請妳代我向王后致謝！王后和我，此刻都是婦好的眼中之釘，隨時可獲罪遭戮。我又老又病，總之是快要去見先祖了。王后還年輕，地位尊貴，請她一定要善自珍重啊！」

朱婢答應了，低聲道：「王后心中最掛念的，自是她的二子一女了。只盼他們一切平安，早日歸來天邑商。」提起這三個王子王女，朱婢不禁悲從中來，潸然淚下，難以自抑。

師般只能長嘆，心中知道子漁、子曜和子嫚多半是凶多吉少，只能勉強安慰朱婢，說道：「願先祖保佑，但盼王后婦戣的子女能夠平安回來！」

數月之後，在禽師、巫卣和醫小臣的護送下，王子漁竟真的平安地回到了天邑商，受到商王王昭盛大的迎接。

子漁離開魚婦屯後，整個人便慢慢恢復原形，腫脹了五次的肚腹逐漸消退，恢復了高眺修長的身形，臉面也回復了往時的俊秀。除了臉色仍有些蒼白外，他的外貌與離開時幾乎毫無改變。他坐在馬車上進入天邑商時，勉力隱藏壓抑身心的所受的苦難創傷，假裝若無其事，維持著表面的平靜，只有嘴角偶爾微微的不由自主抽動，透露出他心底的恐懼和折磨。他知道，自己回歸天邑商後還得面臨許許多多的挑戰苦厄，他必須儘快拾起無比的剛強堅毅，才能度過這些難關，登上小王之位。

王昭眼見王后婦戣大子、素所珍愛的子漁平安歸來，自然高興非常，讓子漁立即去拜見母后婦戣。子漁見到母戣身穿華麗的王后衣裳，卻仍舊病弱如昔，忍不住痛哭起來。婦戣伸手撫摸著他的臉頰，露出對大子的萬般關懷疼惜。

子漁跪在母戣身邊，低聲述說了這過去兩年多來的經歷，婦戣皺眉傾聽，最後對他做了幾個手勢，表示不用擔心，一切最壞的都已過去，並要他設法找回子曜和子嫚。

子漁說道：「母請放心，漁一定盡力尋找弟妹，讓他們平安回到天邑商，回到母戣身邊。如今我的第一要務，乃是確立我能登上小王之位，掌控天邑商的情勢。」

婦斁聞言，露出憂心之色，做手勢告知大巫散已離開天邑商。

子漁皺起眉頭，說道：「大巫散多年來盡力保護我母子，為何會在這關鍵時刻離去？」

婦斁搖頭表示不知，伸手指了指天。

子漁擔憂地望向窗外，頓感孤立無援。母斁體弱多病，即使身為王后，卻完全無法參與政事、師戎或祭祀，對自己毫無幫助；弟妹年紀幼小，又都不在天邑商，如今連最大的助力大巫散也已離去。自己的大敵從王后婦井轉為王婦婦好，婦好乃是王昭最親信的王婦、師長及輔佐，自己的處境只有比往年更加艱危。他該如何做，才能順利爭得小王之位？

寧亘對王子漁的歸來冷眼旁觀，暗中將子漁和子晙比較，心想：「大商王族當真是沒有人了！那個號稱孔武有力的子央，並非我子對手；之前的小王子弓，又已遭王昭流放。如今新任王后體弱多病，她的大子漁雖俊秀有才，但看來也病弱得厲害，並非長命之相。多子之中，誰也比不過我子子晙！」

他愈想愈自信滿滿，於是帶著子晙去拜見子漁，送上大量的珍貴禮物做為見面禮，表現得十分親熱。

子漁雖然才回到天邑商不久，卻早已想清楚寧亘父子不懷好意，來天邑商自是懷著覬覦王位之心。他在婦斁之宮招待二人，暗中打量，心想：「這寧亘野心畢露，王婦婦好不可能視而不見來。顯然她也已起了戒心，才會讓我回到天邑商，利用我與寧亘抗衡。子晙確實一表人才，要對付這對父子，需得讓他們太過自信，自己暴露野心，再出手收拾。」於是故意裝得病懨懨地，說話有氣無力，前言不對後語，顯得自己病體衰敗，神智不清。

子晙在見到子漁之後，覺得這個大商王子、未來小王實在言過其實，暗中對父亘說道：「父可放心，子漁並不是我的對手。」

寧亘點頭道：「不錯。你瞧大商之師，雖有萬人之眾，但早已失去肅方的剽悍勇武。王昭這一系來到南方，安逸了一百多年，雖在此地稱霸，但其師柔弱馴服，簡直變得和羌人一般了！我商人乃是最早服馬的民族，戰力天下第一，往年縱橫四方，以狩獵和掠奪他族維生。肅方亘師仍保有野性戰力，商師如何是我等之敵？」

在寧亘父子造訪之後，子漁單獨去見王婦婦好，意圖探明她的心思。

子漁離開天邑商多年，在外吃了不少苦，此時已近二十歲，身形修長，面目成熟，完全是個俊逸的成人了。子漁對婦好拜倒行禮，率先說道：「婦井多年來壓迫我一家，令我母子四人慘不堪言。多虧王婦英明睿智，下手除去婦井，解救我一家於水深火熱之中，子漁感激不盡，畢生難報王婦大恩！」

婦好聽了，只淡淡地道：「不用謝我。王后乃是誤飲毒酒致死，與我並無關係。」

子漁說道：「無論如何，子漁仍舊感恩在心，王婦有何吩咐，子漁一定全心為王婦效力。」

婦好望著子漁，心想：「子漁聰明剔透，知道自己地位不穩，為求生存，因此放低姿態，對我如此恭順。一旦他受封小王，情勢轉變，就會無所顧忌了。」於是說道：「我王和我見你平安回到天邑商，都甚是歡喜。我知道你一心想受封小王，此事並不困難，但我認為大敵當前，不宜躁進。」

子漁微微點頭，說道：「王婦所言不錯。父王倘若太早立漁為小王，便會逼著寧亘提早動手。我方倘若尚未準備好，倉促應付，絕非上策。」

婦好見他切中要點，說道：「正是。寧亘手中有師，王族對他們又十分敬畏。我需得借你之力，方能與寧亘和子晙相抗。」

子漁說道：「子漁明白。只教子漁力所能及，但憑王婦驅策。」話說到這個份上，子漁和婦好都很明白，兩人為了對付共同的敵人，此刻暫時結盟合作，協議在除去寧亘之前，子漁不爭取小王之位。然而雙方都很清楚，對方仍是自己最大的敵人，總有一日，他們得下手除去對方，方能勝出。

數日之後，王昭有意立子漁為小王，詢問婦好的意見。婦好說道：「此事不可倉促而行。立小王乃是商之大事，應請大巫向天帝先祖貞卜後，方可定奪。」

然而大巫彀已離開天邑商，巫祝中十之八九已被婦好燒死，婦好雖多次建請封巫永為商王大巫，但王昭對巫永並不信任，王族中也無人贊成。此事在王族中多次討論爭辯，許多王族都推薦自己手下的巫者成為商王大巫，王昭卻不願意讓任何王族的親信大巫來到自己的身邊、擔任大巫。在商王大巫空懸的情況下，無人能主持如此重大的貞問，小王之位難以確立，子漁受封小王之事便這麼拖了下來。

即使如此，王昭對子漁仍舊極為重視關心，子漁一有小疾小恙，王昭便立即讓巫醫照顧施治，舉行御祭；他日日讓子漁跟隨在自己身邊，一同處理政事，並且命令他行侑祭於祖乙、祖丁、父乙等重要王族祭祀。然而子漁的身體不知為何卻愈發虛弱，幾乎比子曜當年還要嚴重，每日都有不同的疾症出現，常稱病休養，不見外人。

王昭十分擔憂，子漁牙痛時，便替子漁舉行禳除災禍之祭，以抵禦齒患；子漁眼睛不好，王昭便對先王小乙舉行福告之祭；子漁夜晚睡不好，王昭又替他舉行貞卜，祈問子漁是否有祟；子漁得了風寒，王昭便對先祖大戊舉行侑祭，卯一對羊做為犧牲。

這日王昭來到婦斆之宮探望子漁，但見子漁躺在寢室之中，熟睡未醒。婦斆坐在子漁身邊看顧，見到王昭到來，拜倒行禮。

王昭望向子漁的臉，不禁一驚，脫口道：「他……他怎會變成如此？」但見子漁頭髮花白，滿面皺紋，完全不似一個僅二十歲的青年。

婦斆微微搖頭，眼中含淚，張開口，說道：「昭，看樣子，漁是不會有起色的了。」

王昭更是大吃一驚，十多年來他從未聽見婦斁開口說話，忍不住道：「妳……妳能言語了？」

婦斁點頭道：「自從受封為后之後，斁就能夠言語了。我不願引人注意，因此從未對他人開口。」

王昭甚是激動，說道：「余已封妳為后，實踐了對巫彭的承諾，如今也有心封漁為小王，為何漁會遭此劫難？他怎會突然病成如此，這是受到魚婦的詛咒麼？」

婦斁微微搖頭，流下眼淚，說道：「漁的病並非真病，而是衰老。他替魚婦阿依生一女，便等於老了十歲；他在魚婦屯一共生產五次，等於兩年之間老了五十歲。魚婦在他的身上施了巫術，能暫時維持他的青春表相；然而在他離開魚婦屯後，巫術漸漸消失，漁便開始顯出衰老之狀了。一般人能活過五十歲的原本便不多，子漁此時剛過二十歲，身體卻已如一個將近七十歲的老翁，怎能不病？你瞧，他的頭髮幾乎完全白了，牙齒動搖，眼睛昏花，這些都是衰老之狀啊。」

王昭皺起眉頭，說道：「有得救治麼？」

婦斁搖頭道：「斁想，只有大巫瞉能辦到。」

王昭不禁忿忿說道：「大巫瞉為何在此關鍵時刻不告而別，捨棄了余，也捨棄了妳和三個子女？」

婦斁低聲道：「昭，巫瞉選擇在此時離去，自有其理由。我相信他早已預知漁將在魚婦屯遭受折難，回來後定會變得衰弱多病，無藥可治，想必是去尋找治漁的仙藥了。我不知道他何時會回來，在他回來之前，我只能用我自己的方法，替漁吊住一口氣，讓他活著，卻無法讓他恢復年輕。」

王昭慨然長嘆，一時心亂如麻；他對子漁冀望甚高，尤其在流放子弓之後，子漁已成為他心中的小王、未來的繼承人。豈知子漁竟不得先祖護祐，受此折難，患上了提早衰老的怪症？那他還能立哪個子為小王？寧亘和子畯虎視眈眈，王婦婦好又有自己的圖謀盤算，王昭心煩意亂，暗嘆：「即使余身為商王，更得到百歲之年，卻不得事事順心！」不忍心再看子漁蒼老衰弱的模樣，安慰了婦斁幾句，便起身離去。

王昭離去之後，子漁睜開眼睛，對母斁道：「母，漁的性命不長了，是麼？」

婦斁點點頭，說道：「不到一年。」

子漁吁出一口氣，流下眼淚，說道：「母！漁對不起母，讓母失望了。漁身為大子，應當替母分憂，應當照顧保護弟妹，然而漁卻半點也做不到！」

婦斁心中難受已極，說道：「你是個好孩子，當此時刻，還掛念著你的弟妹。」

子漁握住婦斁的手，說道：「漁不想死啊！母，妳能救漁一命麼？妳能替漁回復青春麼？」

婦斁輕撫他蒼白的頭髮，說道：「漁啊，母能力有限，無法讓你復原。但你不必擔憂，只要等到大巫穀帶著天藥回來，一切就會沒事，你也可以回復青春，得享長壽了。」

子漁忙問：「真的麼？大巫穀真的會帶天藥回來給我麼？」又問：「他甚麼時候會回來？我能活到那個時候麼？」

婦斁嘆了口氣，說道：「母也不知。但你放心吧，母一定盡己所能，讓你活到大巫穀回來的時候。至於大巫穀是否能取得天藥，母卻無法預知，也只能誠心祈禱。」

子漁高聲道：「大巫穀一定能找到天藥，一定能將天藥帶回給我！我一旦回復青春，便可以成為小王，也可以保護母和弟妹了。大巫穀一定會回來救我的！」

婦斁見他神態過於激動，低聲道：「睡吧。」

子漁在婦斁的巫術之下，感到眼皮沉重，閉上眼睛，昏睡了過去。

王昭回到天邑商公宮，滿懷煩惱憂慮。他在封婦斁為后、驅逐小王子弓之後，原本便屬意讓子漁成為小王；豈知子漁從魚婦屯回來後，整個人都變得病弱衰老，實在擔當不起小王之位。他雖身為商王，威震天下，卻無法挽回愛子的性命！王昭難以排解心中鬱結，下令道：「啚小臣！取酒來！」

婦好正在公宮中辦事，見到王昭如此，便問道：「我王自雀方回到天邑商後，便甚少飲酒。今日我王不知為了何事，如此不豫？」

王昭拿起酒尊喝了一大口，說道：「余剛剛去探望子漁，他的性命是保住了，但是病得極重，看來是難以恢復。」

婦好面露哀憐之色，說道：「子漁雖有勇有才，卻和其母婦斁一般，纏綿病榻，著實可惜。」

王昭也不禁嘆息，說道：「婦斁身子虛弱，沒想到傳到她的二子身上，子曜自幼虛弱，子漁如今也遭病魔所纏，當真是先祖不佑！」

於是任命子漁為小王的計畫便永久擱置了下來。而王昭心灰意懶，再次拾起酒尊，沉緬於酒鄉，愈來愈少去天邑商公宮辦事，將諸事都交由王婦婦好和傅說處理，自己偶爾去探望婦斁和子漁，其餘時候都待在寢宮之中，飲酒度日。

這些情況，寧亘和子晙看在眼中，都感到自己的機會來了。

此時父子二人在天邑商已停留了大半年，舉行了子子儀式，成年禮也已辦過，子晙更在左右學待了數月，將大商王族的祭祀之禮、師戎之道全都學全了。於是寧亘便促請王昭任命子晙為王之親戍，跟隨在王昭身邊。王昭心事重重之下沒有多想，便任子晙為王之親戍，歸子央管轄。

自此之後，子晙便整日跟隨在王昭身旁，名義上是保護王昭的安危，事實上則與聞王昭一切政務，傾聽三卿和諸多方侯、方伯對王昭的上報。他將大商的三師、多侯、多伯、徵貢、收成等情形都弄得清清楚楚，夜間便向其父寧亘報告，讓寧亘聯絡收買天邑商的各王族侯伯，鼓動他們支持自己。

這日，肜祭之後，王昭在大室中與王族聚會，有王族提出定立小王之議。眾人皆知子漁體弱病重，不宜擔任小王，然而要從其他王子中挑出一個來，似乎也無適當人選。

寧亘也參與聚會，他故作輕鬆，哈哈而笑，說道：「我王多子個個文武雙全，只消在其中挑選一位擔任小王便可，何須煩惱？」

眾人都不作聲，知道寧亘說的是風涼話。天邑商人人都看得清楚，五位大示王子之中，子弓已失去小王之位，遭到放逐；子漁病重；只剩下子央、子商、子曜三人。子央和子商之母后井已死失勢，子商曾背叛王昭，被放逐到遙遠的熏育；子央雖擔任王親戍長，受到王昭信任，但大巫㱿貞卜以子央為小王的結果卻是「中凶」。那麼能夠成為小王的，便只剩下落不明的子曜一人。

然而王昭多次派遣使者四出尋訪子曜，數年來毫無消息，加上子曜原本便羸弱多病，很多人都深信子曜早已死去多時了。

這時婦好望向寧亘，說道：「寧亘此言甚是。多子之中，以子畯最為多才勇武，不如便封子畯為小王吧。」

此言一出，王族盡皆震驚不已，被寧亘收買的幾個王族以為婦好也受到寧亘的誘惑，心下竊喜，當即出聲贊成；大多數王族卻高聲反對，群情激烈。

王昭望向婦好，滿面懷疑之色。他自然清楚婦好極為厭惡寧亘和子畯父子，但她竟率先提議讓子畯擔任小王，這是出於甚麼居心？

他眼見王族分成兩派，有少數支持寧亘，心中訝異：「寧亘當真高明得緊。他來到天邑商不到一年，便已收買了這許多人替他說話，支持其子擔任小王！」又開始後悔：「我當初廢除子弓，實在太過輕忽。子弓仁善溫和，恭慎馴服，擔任小王十多年來從未出過大錯，對父母又極為孝順。我卻因為他被鬼影附身，心智不清試圖弒父，便輕易廢了他的小王之位！如今之計，我得想法子將他接回天邑商。即使子弓不及我長命，小王之位還是該由子弓擔當，大商才能維持和平，不致為外人有機可乘。」

王昭知道小王之事極為棘手，心中暗自謀畫接子弓回天邑商，於是說道：「確立小王，乃邦之大事，需得等余委任商王大巫之後，方可進行貞問，請示先祖定立小王的吉凶。此事留待日後再議。」

王族聽王昭這麼說，才不再多言。婦好放眼掃向一眾王族，記清楚所有了替寧亘說話的人，嘴角露出一抹冷酷的笑意。

第四十三章　除異

數日之後，婦好來到王昭的寢宮求見，說道：「巫永有重大事情稟告，懇請我王接見。」

王昭原本除了祭祀之外，不大理會政事。這時見婦好親自到來，只能勉強放下酒尊，問道：「何等大事？」

婦好答道：「與鬼影之咒有關。」

王昭聽了，點頭道：「讓他進來。」

不多時，巫永穿著一身潔淨無暇的白袍，帶著他臉上那無法除去的詭異笑容，進入王昭寢宮，對王昭和王婦婦好行禮，說道：「啟稟我王、王婦，巫永遵照王命，處心積慮，殫精竭智，盼能找到解除鬼影之方。幸得先祖護祐，讓巫永找到了袪除鬼影的方法，因此趕緊來向我王、王婦稟告。」

婦好早已清楚巫永要說甚麼，仍追問道：「甚麼方法？你快說！」

巫永說道：「待我向我王、王婦稟告，這段時日以來，先有小王受鬼影附身，意圖刺殺我王；後有子冶奉命替王子鑄造吉金器物，卻無意中鑄造出帶有不祥凶獸的金器，造成王子吉的死亡，其實都肇因於鬼影作祟。解決之法，須祈請天帝降臨，祛除鬼影。這個儀式需要的人牲不多，但要有一位王族之子，以褒法獻祭，天帝便可保佑天邑商的安全，不讓鬼影再次侵襲。」

王昭皺起眉頭，顯得有些懷疑不信。

婦好將王昭的神色看在眼中，問巫永道：「你確定麼？」

巫永道：「本巫貞卜多次，先祖之靈清楚告知這個方法，絕對不會有誤。」

婦好望向王昭，等待王昭回應。

王昭想了想，說道：「即使當真如此，我等又如何能挑一個王族之子，做為犧牲？」

婦好露出恍然大悟之色，開口說道：「啟稟我王，原來先祖早有安排！寧亘帶其子來到天邑商，不正是先祖的意思麼？」

王昭一怔，凝望著她，頓時明白了她的用意。

婦好正色說道：「寧亘之子子畯，乃是來自肅方的王族之子，維持著純粹的王族血統。他已行成年禮，我王並已認他為子。他血統純正，年齡適當，又是當今我王之子，做為巫永所需的人牲，再適合不過了。」

王昭仍覺得不可行，說道：「寧亘來者是客，更帶著五千亘師，子畯又已成為余子，我們怎能殺他為祭？」

婦好神色凝肅，說道：「先祖之意，豈可違背？先祖顯然不願意我們犧牲天邑商純血王族之子，因此特意安排寧亘來此。子晙出世的目的，就是為了犧牲自己，拯救大商。」

王昭無言可答，心中知道，此舉若果出於先祖之意，那麼自己並無選擇，只能忠實執行先祖的指示。他想了想，說道：「寧亘的五千亘師呢？」

婦好道：「好早已想過。寧亘以為五千亘師勇猛善戰，但他們只擅長在馬上征戰。我們只要奪走他們的馬，寧師便無用武之地了。」

王昭微微皺眉，說道：「數千匹馬，如何奪走？」

婦好道：「我自有辦法。這些馬殺死了可惜，我可讓巫者將馬匹毒倒，讓牠們全數陷入昏睡。自古以來商人從不出巫者，寧亘身邊也沒有巫，這是我們最大的優勢。」

王昭點了點頭，並未應允，卻也並未阻止。

得到王昭的默許後，婦好更不延遲，立即著手準備，當夜便出動多巫，以巫永的迷藥將亘師的馬匹盡數毒倒。

一切就緒後，次日清晨，王昭召集王族，包括子央、寧亘在內，來到大室商議關於確立子晙為小王之事。

寧亘高高興興地前來參加。而由於子晙即將成為小王，便不再擔任王之親戍，人已回到右學候命。

在王族到齊之後，婦好站起身，說道：「在商議確立小王之前，我大商王族還有一重大危機，需與王族商量定奪。那就是關於鬼影之事。」

眾人面面相覷，於是巫永便在婦好的示意下，站起身，說道：「本巫得知，過去天邑商發生的諸般禍事，皆肇因於鬼影。祛除鬼影乃是大商第一大事，唯有祛除鬼影，方能保得大商王族和天邑商的安全。」

眾王族都聽聞過關於鬼影之事，於是紛紛詢問：「當真？鬼影在何處？」「如何才能祛除鬼影？」

巫永續道：「鬼影無所不在，隨時能附在任何人的身上，實是防不勝防。本巫多次對天帝先祖祈禱，終於發現了祛除鬼影之法。這個方法很簡單，需由一位王族之子以褒法獻祭，天帝和先祖便可將鬼影驅退，令鬼影永遠無法侵襲我大商。」

王族聽了，群情激動，議論紛紛，當然誰都不願意犧牲自己之子。

這時婦好說道：「好欲推舉一個最佳的人選——那就是即將立為小王的寧亘之子，子晙！」

子央在一旁聞言，心頭大震。

而此言一出，寧亘立即跳起身，驚怒道：「甚麼？絕對不可！」

大室中陷入詭異的寂靜，眾人的眼光都落在寧亘的身上。

巫永面帶怪異微笑，興奮莫名地望向寧亘，連連點頭，說道：「王婦所言極是，子晙正是絕佳的人牲人選。本巫多次貞卜是否應以子晙為人牲獻祭，天帝先祖都昭示贊成。」

眾王族都極為相信貞卜，聽聞貞卜結果如此，那便是天帝先祖之意，知道再無轉圜餘地，於是紛紛低聲附和同意。

寧亘眼見情勢急轉直下，知道今日難以善了，立即拔出腰刀，大喝道：「寧戍，衝出去！」寧亘前來王族聚會，只帶了四名寧戍，這時多戍早已取出戈，奔到寧亘身旁守衛，準備殺出大室。

婦好見了，心想：「你自己搶先發難最好，省得我先出手！」立即揮手喝道：「寧亘膽敢在大室之中、在我王面前動用兵刃，多戍齊上，將他擒住了！」

王之親戍一擁而上，將寧亘團團圍住。寧亘帶來的四名親戍雖都是精挑細選的戍者，但只有四人，又無馬匹，如何抵擋得住數十名身經百戰的商王親戍？

子央當先搶上，揮戈逼退寧戍，直往寧亘橫劈而去。寧亘見他來勢洶洶，似乎有意取己性命，嚇得趕緊矮身，這一戈便削飛了他的花形高帽。

天邑商的居民都不戴帽子，因此見到肅方寧亘總是戴著高高的花形高帽，暗中都覺得可笑，總在背後指指點點。這時子央揮刀削下了寧亘的帽子，露出他發亮的禿頭，眾人見狀，都忍不住失笑。

寧亘怒喝道：「還我帽子來！」

但商王親戍已一擁而上，將他壓倒在地；他的四名手下也被王之親戍以戈矛指住，無法動彈。寧亘不再吼叫，安靜下來，明白自己的處境極為不堪，不僅是失去了帽子，連自己和愛子的性命也將難保。

子央早已學乖了，不敢擅自妄動他方之長，轉向王昭和王婦說道：「肅方寧亘已就擒，恭候父王、王婦指示。」

王昭有些猶豫，但仍說道：「寧亘犯上作亂，在大室中對余動戈，罪不可赦。將他押入地囚，由王族商討如何懲處。」

婦好轉過頭，問道：「子畯呢？」

這時師貯走上一步，恭敬說道：「子畯在右學中。我已餵他喝下藥酒，如今昏迷不醒了。」

婦好點頭道：「很好。巫永貞卜結果，認為今夜便是獻祭的吉日。今夜子時，你將子畯帶到大室，手腳都以粗繩牢牢綁住了。」

師貯答應而去。

於是當日晚間，巫永便在大室之外舉行人牲獻祭的儀式。所有大商王族全都到齊，盼能目睹驅逐鬼影、保護大商王族的神聖祭祖儀式。寧亘的手下早已全數被王之親戍抓起，他自己則被粗繩綁住，跪在大室之中。

夜色降臨，一個全身赤裸的青年被帶到大室之前的祭壇旁，正是子畯。他健壯的身軀被麻繩牢牢綁住，臉色蒼白如雪，雙目緊閉。巫祝們七手八腳地將他綁在木柱之上，巫永裝模作樣地飲下巫酒，高聲誦念，手舞足蹈；儀式完畢後，便在眾所期待之下，點起了子畯腳下的柴火。

火光閃爍，火焰吞噬了子晙的雙腿，慢慢往上延燒，直燒到他的身軀，將他的肌膚逐漸燒成赤色，又燒焦為黑色。子晙痛極清醒，發出陣陣慘叫，當火焰燒到他的心口時，他已叫不出聲來了；即使他再勇猛健壯，當半個身子都被燒焦之後，也已離死亡不遠。

寧亘目睹愛子成為褒祭的人牲，痛苦絕望，憤恨悲慟，猛然狂吼一聲，厲聲詛咒：「我寧亘絕對不會放過商王王昭，妖婦婦好！我詛咒你子女早死，詛咒你天邑商遭蠻族侵襲，城毀人亡，一個不留！」說完哇的一聲，嘔出大口鮮血，接著雙眼翻白，昏厥了過去。

婦好神色自若，淡淡地道：「寧亘神智不清，在祭祖儀式上胡言亂語，得罪先祖，罪不可赦！但盼先祖們寬宥他的過犯。」

她自然不會留下禍根，當日便將寧亘和他的手下五千多戍、僕從全數殺死，和子晙一起當作人牲獻祭，祭完便埋葬起來。寧亘帶來的所有珍禽異獸、貴重寶物、五千駿馬，也全數歸入了商王的藏寶室和馬場。至於當初收過寧亘的好處，曾贊成讓子晙擔任小王的王族，婦好一個也沒放過，皆以各種手段收拾了。

自從大巫縠暗中離開天邑商、王婦婦好燒死小祝之後，大巫之位便一直空懸著。在巫永成功燒死子晙獻祭、震懾天邑商後，婦好便再次提議由巫永擔任商王大巫。

王昭之前曾遲疑不決，只因過往歷代的商王大巫皆由商王任命，這是第一回由王婦主導任命大巫。王族中人多不贊成，但眾人親眼目睹王婦婦好以迅雷不及掩耳之勢解決了寧亘，更不敢公然與她作對，而王昭也因巫永找出袪除鬼影之法，決定同意婦好任命巫永為商王大巫，其他王族也無話可說。

巫永乃是婦好一手扶持起來的巫者，對婦好百般順服，半點也不敢違背。他在婦好的支持下成為商王大巫，效忠的對象自然也是婦好。

接下來的半年，婦好在天邑商的地位大大躍升。她知道此時王昭對自己萬般信任，正是除去異己的大好時機。子弓已遭放逐，子漁仍舊病重，試圖爭奪權位的寧亘、子晙也被除去，婦好的下一個目標，便是解決處處跟她作對的耆老師般。

婦好找了師般之徒、左學之長師貯來自己的宮殿，對他說道：「在除去寧亘子晙一事上，師般不聽從我的命令，在王族面前大力推崇子晙。你對此有何看法？」

師貯道：「師般年老昏聵，此事他未曾遵照王婦的指令去做，那是他大大地錯了。」

婦好問道：「你認為應當如何處置師般？」

師貯道：「師般乃是我王之師，大商耆老、右學之長、三卿之一。即便他偶有做錯，我王也絕不會輕易懲處。」

婦好點頭不語。

師貯又道：「況且我王顧念師般婦往年的照顧之恩，絕不會對師般不敬。」

婦好道：「我知道師般之婦乃是我王同母之姊，在王昭年幼時對他十分愛惜照顧。但是她不是很早便去世了麼？」

師貯道：「正是，她死去已有三十多年了。然而我王顧念舊情，一直不忘王姊的恩情。再說，師般因取王女，即使師般婦早死，師般仍身屬王族，能夠參與王族重大祭祀。要懲處他，需得大部分的王族首肯。」

婦好輕哼一聲，說道：「王族叛徒太多，我才不屑去取得王族們的同意！」她望向師貯，說道：「師般年紀也不小了，又不曾服過甚麼不死之藥。我聽聞他患病已久，倘若某夜病重而死，不也是尋常之事麼？」

師貯聞言一呆，抬頭望向婦好，難掩心中震驚。

婦好從懷中取出一個小瓶，說道：「師般對你十分信任，是麼？」

師貯吞了口口水，點了點頭。

婦好說道：「那麼事情便很容易了。你將這瓶裡的東西倒入師般的酒中，事情便自然能成。」

師貯顫抖著手，從婦好手中接過那只小瓶。他抬頭望向婦好凌厲的雙眼，不自禁露出懼色。

婦好冷著臉，說道：「師般死去之後，右學之長、三卿之一的位子便空了出來，你知道該怎麼做，去吧！」說完便讓他告退。

師貯手持小瓶，僵立一陣，才行禮退出婦好之宮，回往右學。

寢室之中，師般躺在榻上，睡眠中仍彎著腰，不斷咳嗽，一張臉在微弱的燈光下顯得極為蒼老衰弱。

師貯呆呆地望著師般，這個老人對他如父如師，集嚴峻慈愛於一身。師貯出生時母便死了，也始終未曾認父，乃是王族中的孤兒。師般可憐他孤苦伶仃，收養了他，讓自己的婦養大他，待他有如親子，盡心教導，最終將他培育成左學之長，實是一個王族孤兒所無法企及想望的高位。

師貯知道，自己的一切都是師般賜予的。但師般確實快要老病而死，況且婦好說得對，師般已成為自己進一步為右學之長的最大障礙。若他早些死去，事情便容易得多了。如此王婦婦好不必再為他的不恭煩心，自己也可榮登右學之長的高位，幾乎與商王和大巫三足鼎立，崇高尊榮。

這時從門外腳步聲響，一個老婦走了進來，正是王后婦斆的貼身婢女朱婢。她見到師貯在室中，心想：「看來師貯還是比較有良心。自從師般受到王婦婦好公開仇視後，連他的親生子女都不敢來探望親父！」

師貯轉頭見到她，嚇了一跳，脫口道：「朱婢，是妳！」

朱婢向他一笑，說道：「難得你有孝心，來此探望師般。這一個多月來，除了我以外，更沒有其他人來探望過他。」

師貯臉上微微一紅，倏然站起身，說道：「師般該好好休息，我去了。」他匆匆離去，臨到門口，又回頭道：「我給他帶了酒來。這是從他家中地窖取的，他平日晚上喜歡喝兩口酒再睡，會睡得比較沉。今晚妳也給他喝一爵吧。」

朱婢點點頭，望著師貯肥胖臃腫的背影，心想：「這孩子從小就有點古怪，如今長大了，還是一般古怪。」

當夜朱婢替師般打掃整理房室，又替他煮了粥食，放在床邊，心想他半夜醒來時，可以自己吃一些。想起師貯帶來的酒，便將酒和酒尊也放在床邊。

她正要離去時，師般正好醒了過來，招手要她近前。朱婢來到他身邊坐下，心想該說些寬心的事情給這個老人聽，於是說道：「方才師貯來探望你，還給你送了一壺酒來。你瞧，在這兒呢。」

師般聽了，果然十分感動，老淚縱橫，說道：「多虧了這孩子！他平日安靜沉默，但對我確實頗有孝心。」

朱婢微笑道：「我聽人說，他的母難產而死，沒有人肯認他為子，好不可憐。也虧得他命硬，雖沒人照顧，還是活了下來。你當時心生悲憫，讓自己的婦收養他，餵他喝奶，讓他好好長大。若非如此，這孩子早就沒命了。」

師般嘆了口起，說道：「我也不知當時為何會收養這孩子，可能就是一念可憐他的心吧！我自己已有多名子女，但他們年紀都大了，也已受到我王的分封。那時我也漸漸年老，心想多收個子，好好帶大他，將來可以繼承我在右學和左學的志業。如今看來，我當時的一念好心，確實不錯。」

朱婢心下有些不以為然，暗想：「話是如此，但師貯要是當真孝順，為何你病了幾個月，他不隨身照顧著，卻只來看你這一次？」又不想讓他傷心，只能道：「我方才見到他時，神情看來十分關切。他說因為你病倒了，左右二學事情很忙，因此無暇來看你，請師般勿怪。」

師般微笑道：「他能夠擔起左右二學的事務，那就足以報答我了，我怎會怪責於他？」勉強坐起身，說道：「妳也累了吧！陪我喝一尊酒，早點回去休息。」

朱婢答應了，於是取過多一只酒尊，打開酒壺，倒了兩尊酒，兩人相對舉尊，朱婢喝了一口，師般卻突然咳嗽起來，放下了酒尊。

朱婢甚是擔心，放下酒尊，問道：「你沒事麼？還是躺下吧。」話才說完，她忽然腹中劇痛如絞。朱婢痛得直不起身，緊咬牙關，只吐出一句話：「有毒！」說完便臉色發黑，口吐白沫，雙眼翻白，倒地死去。

師般望著她的屍身，張大了口，驚嚇過度，竟不知該如何反應。驚駭之餘，他只覺不可置信，一個不能接受的事實浮現在眼前：「酒是師貯送來的。師貯竟想毒死我！」

王昭得知王后的貼身侍婢朱婢在師般處飲毒酒而死，立即懷疑是婦好出手毒殺師般，卻陰錯陽差毒死了朱婢。他甚感驚懼，沒想到婦好膽大若此，竟敢下手毒殺大商耆老，商王之師！

他知道自己已逐漸失去對婦好的控制，又想起婦斁沒有了貼身婢女朱婢的照顧，往後的日子將更加難過，於是下令道：「朱婢乃是王后婦斁忠實的侍婢，多年來悉心照顧王后及其子女，如今不幸橫死，應予厚葬。」

婦好得知之後，立即反對道：「朱婢只是個來自兕方的低賤婢女，夜半在師般房中逗留，有喪我大商顏面，罪應處死。如今她因荒淫無度，飲酒猝死，怎可厚葬，貽羞天下！」

一番振振有詞的言論，讓王昭無言以對，王后婦斁也沒有替自己的婢女出聲，王族更無人敢拂逆婦好之意。因此朱婢的葬禮處理得極為草率，既沒有任何正式的葬儀祭禮，也沒有巫祝前來招靈送魂，只讓幾個戍者將她的屍身抬到城外的墓地，草草埋葬了，連墓碑都沒有。

師般原本老病交加，眼見王婦有心殺死自己，不願意再連累他人，在一個夏日的夜晚，他獨自飲下師貯送來的毒酒，悄悄死去，終年七十三。

師般之婦乃是先王小乙之女，因此師般和其婦所生之子女皆屬於王族多生。王昭感激師般多年來對自己的教導和協助，早年已將其二子外封為侯，這時他想召回師般大子接任師般右學之長、三卿之位，卻被婦好和師貯攔了下來。婦好認為師般大子已然外封，不應輕易召回天邑商任職；師貯則認為師般大子從未主導過左右二學，不能憑空成為右學之長，否則王族定將群起反對。

王昭詢問眾王族想法，無人敢拂逆婦好，紛紛附和王婦之見。王昭難以再堅持己見，於是在王婦婦好的主導下，由師般養子及忠實愛徒師貯升任為右學之長，掌管左右二學。

婦好的下一個目標，自然便是另一個三卿之一——傅說了。傅說乃是王昭在流放期間在傅地結交的異人，他本是傅方的奴隸，王昭在傅地碰巧見到他，看出他滿懷宏圖，擁有治事大才，便暗暗將此人記在心裡。王昭初登基時，知道自己王位不穩，不敢擅動，於是三年不問政事，讓先王的多臣處理一切政事，自己冷眼旁觀。三年之後，王昭感到時機到了，於是便託言發夢，說在傅方見到一位天降之臣，能夠幫助他治理大商。之後王昭蓄意取了傅伯之女，要求傅說隨傅伯女陪嫁至天邑商，隨即封傅說為卿。傅說果然不負王昭青眼有加，才幹出眾，內助王昭鞏固勢力，制定稅制，創建牛家馬場，提供王族充足的宴席之食和祭祀之牲；外替王昭編制左中右三師，為王出征準備糧草武器，成為大商不可或缺的重臣，贏得王族上下一致敬重。

婦好知道傅說對天邑商諸般王事極為重要，與師般空有崇高地位完全不同。她想對傅說下手，不能用下毒這麼粗糙的方式。於是她召來日漸信任的師貯，詢問師貯的意見。

師貯此時已升為左右二學之長，他對天邑商中種種人事物瞭若指掌，便說道：「傅說不貪財，也不好婦。要除掉他，只有一個辦法，便是讓他知道自身老命不保，提早告老還鄉。」

婦好道：「願聞其詳。」

師貯道：「他長年主理天邑商政事，一切向他方徵稅、鑄造吉金神器、玉器、記錄王庫收支，都在傅說的管轄之下。王婦若想除去他，需得先找人取代他的職務，讓他徒有高位，卻無實權。傅說年紀也不小了，當他明白清楚自身難保時，王婦再給他一條告老還鄉的出路，他想必願意回去傅方，以求保住老命。」

婦好道：「然而，誰能接手傅說的職務？」

師貯道：「這不難。天邑商諸事已上軌道，並無重大創舉，只需讓現有的作坊、庫房、師眾照舊運行便是。我掌理左右二學多年，熟識多子多生的性情能力，不如在右學中挑選具有才能而忠心順從的王族多子，讓他們逐步接手傅說的職務，只消一年的光景，便可大功告成。」

婦好點頭道：「甚好。便照你所說去做。一旦事成，我便讓我王封你為三卿之一，掌領天邑商一切事務。」

師貯大喜，拜謝而去。

傅說乃是極為聰明之人，眼見師貯開始指派多子來自己手下辦事，一一接過自己的職務，猜知定是婦好對付自己的手段。他正猶疑是否該向王昭報告此事，又想起王昭對婦好的親近信任，也想起往年王昭縱容王后婦井囂張跋扈的情狀，知道自己即使對王昭說出防範婦好的言語，也會惹火焚身，不但無法阻止婦好，更將陷入萬劫不復的險境。

婦好知道傅說聰明過人，等到時機成熟後，便單獨宴請傅說，席間極為客氣，說道：「我今日宴請傅卿，乃為感謝傅卿對王昭長年輔佐之功，特代我王向傅卿致謝。」

傅說眼見王昭並不在場，王昭既非老弱，又無病痛，何須由王婦婦好代替他來對自己致謝？他心知肚明，當即趁機說道：「天邑商富有天下，我王威震四方，多方共尊，實已開創大商盛世。傅說年老力衰，已無能再輔佐我王。如今有王婦婦好主理諸事，掌握王師，井井有條，該是傅說退歸田里的時候了。」

婦好見他自請退隱，知道他早已看清自己的用意，便道：「失去傅卿，將是我王莫大的損失。然而傅卿辛勞數十年，退歸故里安享歇息，也是應當的。我將稟告我王，請我王定奪。」

傅說拜謝退去。他一回到住處，便立即整理包裹，啟程回鄉。婦好更未向王昭請示或稟報，直接便准許了傅說的請求，讓他即日便離開居住管轄了二十多年的天邑商，回到傅方養老。

直到傅說辭位回鄉的一個月後，王昭方才得知此事。他一來飲酒過度，長處醉鄉，不問政事；二來早將政事交給傅說和婦好主理，已有幾個月未曾去天邑商公宮會見臣子。

在師般和傳說一死一去後，王昭失去了平日輔佐自己的兩大重臣，終於醒悟自己已完全落入婦好的掌握之中。往年他曾遭王后婦井箝制逼宮，險些失去王位，之後封了婦斁這個病弱之婦為后，以為此後便可高枕無憂，沒想到身邊向來信任的婦好竟成了第二個婦井！婦好長期輔政，熟悉王事，又勇猛善戰，手握王師，勢力遠遠超過婦井當年。

王昭感到孤立無援，只能日日沉緬酒鄉，裝作萬事皆不關心，暗中找了素來信任的巫箙，對他道：「余需要你幫助余，暗中送余密令去虎方給伊鼂，祕密召回王子弓。」

巫箙答應了。王昭又道：「余並命你追查大巫敨的去向，請他早日回來天邑商。此事緊急，不可有誤！」

巫箙領命而去。

王昭並送出密令去雀方，讓侯雀率五千精銳之師赴天邑商朝見。侯雀身為三卿之一，往年長駐天邑商，協理王事，保衛王城；然而他自上回和王昭狩獵時墜馬跌斷了腿之後，便留在雀方休養，一直未曾回歸天邑商。

王昭繼續留在王宮中飲酒度日，期待伊鼂可以接到自己的密令，暗中將子弓送回天邑商；也期待大巫敨早日回歸天邑商，協助維護自己岌岌可危的商王之位。至於侯雀，他原本暗暗期待雀師在二旬內便會來到天邑商，但侯雀卻始終未曾到來。

侯雀只比王昭小幾歲，此時已年過六十，步入老年，墜馬斷腿之後，身體便更加衰弱了。他沒有大示子，但有七個小示子，都不能繼承侯位。他對於自己的多子能否留在雀地甚感擔憂，多次詢問王昭，王昭都只叫他不必擔心，說他會照顧侯雀多子。

然而侯雀心中真正擔憂的事情，王昭並不明瞭。雀女雖嫁給了亞禽，但她仍住在雀方，掌握雀師，乃是雀方真正的掌權者。她出身大示，對自己那群年幼的小示之弟滿懷厭惡，一心想除去他們。侯雀十分了解雀女的性情，知道她心狠手辣，自己一死，雀女絕不會有任何猶豫，一定立即命他的二十多名妾婦和七個小示之子全數殉葬。侯雀身為商王族的一員，雖深信殉葬之婦子將在天上陪伴自己，但他仍有一分不忍之心，寧願他們能夠活至天年。

天邑商發生的種種事情，侯雀自然略知一二。他雖忌憚婦好勢力龐大，但數十年來對兄昭何等忠心，王昭又對他何等信任，當他收到王昭的密信時，知道自己不能置身事外，決意率領雀師攻入天邑商，與婦好對決。

然而在他出師之前，婦好竟祕密親來雀方見他，劈頭便道：「侯雀，我不會傷害王昭的性命。我和王昭意見相左，這是我夫婦之事，你不必插手。」

侯雀聽了，半信半疑，說道：「王婦須對先祖發誓，雀方能相信。」

婦好道：「婦好願對天帝先祖發誓，絕不傷害我王性命。」又道：「此外，我也將承諾保護你的多婦多子，在你升天後，不讓雀女將他們殉葬，或傷害他們。」

侯雀聽婦好如此承諾自己宿願，心中大為震動，暗想：「全天下雀女只肯聽婦好一人的指令，也只有她的承諾，能夠保住我的多婦多子！」於是行禮說道：「此事王婦若能替雀作主，雀感激不盡，粉身難報！」

婦好道：「不必謝我。我王年紀也大了，在確立小王這件事上始終搖擺不定，這對王族絕非好事。我聽天邑商王族傳言，許多人懷疑是侯雀蓄意從中阻擾，不讓我王確立小王，以便自己爭奪王位。」

侯雀聽了不禁一驚，忙道：「我年紀已老，又無大示之子，絕無此心！」

婦好道：「我也不信侯雀對我王有絲毫背叛之心。請侯雀放心，婦好所應承之事，願在先祖面前發誓，一輩子絕不違背。」

侯雀聞言不再猜疑，於是婦好便在先祖面前立誓，這輩子絕不傷害王昭性命，並將維護侯雀多婦多子的性命。之後侯雀也在先祖之前立誓，絕不干預婦好行事，由雀女在一旁做見證。

婦好離去後，侯雀便派使者赴天邑商面見王昭，稟道侯雀衰老病重，無法承王命率師護駕；又說王昭威震天下，四方賓服，天邑商平和穩固，我王若有任何憂難，自可倚賴素所親信的王婦婦好，託付其保衛天邑商的重任。

而王昭發往虎方、召回子弓的密令，輕易便被攔截了下來。巫箙還未離開天邑商，便被巫永擒擄，以巫術逼問出王昭的密令。

巫永立即去見王婦婦好，稟報道：「王昭打算祕密召回子弓，讓他重任小王！」

婦好大怒，豎起眉毛，說道：「我王真是醉得糊塗了！子弓犯下意圖刺殺我王之重罪，如何能重任小王？不，絕對不能讓子弓回來！」

她轉向一旁的師貯，問道：「師貯，你有何想法？」

師貯道：「王婦所言極是。子弓乃是遭我王廢棄的小王，絕不可讓他回返天邑商。如今使者已被巫永攔下，王之密令無法到達虎方。然而臣另有一計，可以永遠防止王子弓回返天邑商。」

婦好道：「你說。」

師貯道：「子央乃我王親戚之長，負責保衛我王安全，又素來忠於我王。讓他留在天邑商，對王婦遲早會礙手礙腳。貯認為，王婦可派王子央率領王師攻打虎方，逼迫虎侯殺死王子弓。虎侯自然不肯就範，定會與王子央大戰一場，雙方若勢均力敵，將兩敗俱傷。如此一來，便能徹底除去王子弓、王子央兩個麻煩了。」

婦好想了想，說道：「此計可行。我便命子央率領一萬王師，去虎方逼虎侯交出子弓，並命他不惜一戰。」

師貯又道：「如今王婦還有一個威脅，需得解決。」

婦好望向他，問道：「你是指何人？」

師貯壓低了聲音，說道：「臣所說者，乃是王子曜。」

婦好有些驚訝，說道：「他不是已死在北境冰原中了麼？」

師貯道：「臣聽巫永說起，王子曜並沒有死，而是被人捉去了。臣以為，王子弓、王子央、王子商三人都不成威脅；王子漁也病重難癒，唯一有資格成為小王的，便只剩下王子曜了。我王之前曾多次派人出城尋找王子曜，都被前王后婦井和伊鳧等人攔下。依臣所見，王婦應當防患於未然，早早找到王子曜，斬草除根。」

婦好沉吟一陣，說道：「王昭曾服下不死藥，未來數十年都不會死去，也不會傳位給下一任的商王。子曜溫和懦弱，由他擔任小王，較易控制，或許並非壞事。」

師貯搖頭道：「王婦可別忘記，王子曜有大巫毃的全心支持。哪日大巫毃當真回來了，而王子曜並未死去，甚至受封小王，大巫毃定將盡力輔佐王子曜，保護他順利登基。再說，我在左學任師多年，可說是看著王子曜長大的，清楚知道他的性格才能。王子曜雖體弱多病，但機智聰慧，絕不輸給其兄王子漁。臣以為，王子曜倘若回到天邑商，定將成為王婦的巨大威脅。」

婦好想了想，說道：「你說得是。子曜若活著回來，我王很可能起心立他為小王。若能讓子曜永遠消失，未始不是好事。那麼，此事便交給你去辦吧。」

師貯躬身道：「臣願承擔此任。請王婦命臣出外祭祀山岳河川，臣一路上留意尋訪王子曜的蹤跡，找到之後，便立即解決了他，免除王婦的後患。」

婦好道：「甚好，你去吧。一有消息，便儘快派人回來向我稟報。」

師貯當即拜謝王婦，整裝出發。

婦好並不知道，師貯勸王婦去做的這兩件事，其實都不懷好意，懷藏著他的私心算計。他勸婦好派子央去殺子弓，用意是想遣走子央，讓子央永遠離開天邑商，除去婦好身邊這個能征善戰、手握商師的親信。子央仗著自己是王后之子，在左學時就對師貯十分不敬，師貯心懷憤恨已久，老早便想對子央下手報仇。如今他找到機會能讓子央自己去送死，自然不會放過。

至於子曜，師貯原本便有意除掉他，因為師貯知道自己曾將子吉之死推到大巫殼身上，間接害死了小祝，大巫殼一定不會放過自己。而子曜乃是大巫殼一心保護扶持的王子，除去了子曜，或許便能讓大巫殼死了心，專心去追求更高深的巫術，不再回到天邑商，不再回到王昭身邊，不再來跟自己作對。

第四十四章 變身

子曜被關在鷹絕崖頂的石牢之中，不知過了多少個個日夜。他已無法計算時日，只隱約記得自己離開天邑商時是春天，遇見鷹族老人時已是冬天；他往北而行，進入北境冰原，攀上鷹絕崖時也是冬天，而鷹絕崖上不分四季同樣寒冷，彷彿春去秋來，又到了另一個冬天。

這日晚間，子曜忽地從昏迷中清醒過來，陡然記起自己是大商王子曜，是個人。他低下頭，發現自己身上衣裳破爛不堪，滿是泥巴和血跡，一片狼藉。他感到頭昏腦脹，全身痠軟疼痛，虛弱已極，勉強靠著石牆坐起，努力忍受飢餓和孤獨的折磨，忽然回想起自己和中兄央一起被囚禁於王宮地囚中的時光，心想：「當時有中兄央作伴，還有子嫚每夜替我們送米粥薄酒，如今回想起來，在天邑商王宮地囚中的那段日子，還算是頗為愉快愜意的啊。」

他正回想著往事時，忽聽牢外傳來一陣尖銳的呼嘯之聲。

子曜嚇了一跳，勉強爬起身，往石縫外望去，才發現石牢外竟刮起了狂風，天色陡然暗下，黑雲滿天，雲間透出斷續的閃電，雷聲隱隱。

子曜心想：「北境的天候竟能變化如此之快，當真驚人！」

正想時，石囚外傳來答答巨響，竟下起了大雨。狂風暴雷並起，霎時有如天搖地動，整個碉堡彷彿都搖晃起來。

子曜這時才意識到：「這不是一般的風雨雷電！」只聞一聲暴雷在頭上炸開，子曜嚇得跳起三尺，猜想定是碉堡的某處被雷擊中了。他鼓起勇氣探頭往窗外望去，透過細密雨幕，果見東方的高塔被雷劈中，石屑飛迸，石塊轟然墜落。

子曜臉色煞白，心想：「雷電要是打中我這石囚，石囚必將崩塌毀落，將我深埋在其中！」

他心中驚駭，趕緊尋找逃生的縫隙。但他已在這石囚中待了不知多少時日，都未能尋得出路，但聽外面雷暴之聲愈來愈密，愈來愈急，子曜只能縮在石囚角落，戒慎恐懼地等待石囚垮下壓死自己。雷聲轟然，在碉堡的四面此起彼落，持續了不知多久，幸而天雷始終不曾打在牢房之上。

過了不知多久，又是一聲暴雷，離牢房極近。子曜抱住頭縮在角落，再次睜開眼時，發現石牢的一面竟已被雷炸開了一個大洞。

子曜戰戰兢兢地移近大洞，往外看去。但見風雨交加、一片昏暗之中，一個矮小的身形站在一堆亂石之上，雙手高舉過頂，風雨圍繞著他的雙手迴旋飛舞，雷電在他的指揮之下，一次次擊中崖頂的碉堡，將巨石擊得粉碎，紛紛跌落。

子曜看得清楚，那矮小之人正是度卡族大巫隨風納木薩！他睜大了眼，只感到難以置信，暗想：「想不到隨風竟擁有如此強大的法力！」

隨風的圓臉上失去了平時的天真純樸，只剩下一片嚴厲肅殺。他繼續運用納木薩的法力，呼風喚雨，令天降暴雷，將鷹絕崖上的巨石碉堡砸得稀爛。子曜見到巨石中橫著數個鷹族多戍的屍體，血跡殷然，怵目驚心；鷹族老人、那名叫伏霜的鷹族王子和其餘鷹族多戍，都不知去向。

子曜張大了口，呆在當地。過了好一會兒，隨風才收回雙臂，雷電頓時停下，風雨也立即減輕了。隨風游目四望，終於在亂石堆中找到了子曜，大步向他走來，朝他伸出手。

子曜在石囚中飽受折磨，全身虛弱，實在站不起身。隨風見狀，便彎下腰，將他揹在身上，跨過一堆堆的亂石，走到崖邊繩梯之旁，往下攀去。隨風一離開崖頂，狂風暴雨頓時消失無蹤，天上顯露出一片清朗的夜色，一輪圓月高掛天空。

不多時，隨風便已背負著子曜落到地面。一頭白色的巨鹿站在冰崖腳下等候，隨風將子曜推上鹿背，自己也跟著躍上，坐在他身後，一聲叱喝，巨鹿便放蹄快奔。子曜放鬆了心神，在白鹿背上顛簸了一陣子，再也睜不開眼，昏睡了過去。

子曜再次醒來時，發現他們已騎著巨鹿回到了度卡族的帳篷群之外。

隨風跳下巨鹿，將子曜扶了下來，揹著他進入自己的帳篷，扶他坐倒，替他披上一條鹿皮被。

子曜驚魂未定，只覺有如置身夢中，呆了一陣，才道：「隨風，多謝你來救我！」

隨風擺擺手，表示不必介意，倒了一碗熱騰騰的鹿奶，遞過去給他。

子曜道謝了，伸手接過碗，放在嘴邊喝了一口，竟感到無比的陌生；他這才想起，自己上一回用碗飲食，已不知是多久以前的事了。

隨風自己也端起木碗，喝著鹿奶，雙眼凝視著子曜，問道：「你沒事麼？」

子曜一時答不上來，他昏迷太久，腦中一片模糊，只覺得自己的身子十分陌生，低頭望向自己的雙手，答道：「我沒事。但是過去這幾個月中發生了甚麼事，我……我半點也不知道。」

隨風道：「也沒發生甚麼事，你不就是被關在那崖頂的石囚中麼？」

子曜點點頭，說道：「我一上崖，就被他們關了起來。」他抬頭望向隨風，說道：「你……你竟有這等法力，能夠召喚風雨雷電，砸爛那座石堡！」

隨風放下木碗，緩緩說道：「呼風喚雨，並非納木薩最強大的法力。上古之時，每個方族都有與自然神靈溝通的本領，有的經由大巫，有的經由納木薩，有的經由禽獸。」

子曜道：「商人大巫，似乎並無這等呼風喚雨的本領。」

隨風臉色顯得有些陰沉，說道：「你所說的若是商王大巫㱿，那他絕對有這些本領，只是從未在人前展現過罷了。」

子曜聽他語氣中似乎對大巫彀頗有敵意，忍不住問道：「你認識商王大巫彀麼？」

隨風搖搖頭，說道：「我不認識大巫彀，但我知道他。他身為巫者，卻甘願立誓效忠商方，一輩子服侍商王，委實令人不齒。商人是玄鳥的後代，與鷹族原本是姊妹之族，但是早早遷往南方，失去了變身為鳥的能力。而且商人不出巫者，於是商王只好徵召他方巫者來為自己效力。這些商王之巫發現了如何鑄造吉金神器，學會升天通靈，去冥界請求商人的先祖協助庇佑，這便是商王大巫的神力所在。幾百年來，商王任用過多位法力強大的大巫，一代一代累積下來，巫術龐大，因此能夠襄助商人子孫，震懾四方各族。」

子曜聽隨風語氣中對商人懷著強烈的敵意，心想：「是了，我從未告訴過他我是商人，更未說出我是大商王族之子。我該對他說麼？」

隨風續道：「商人得到了與先祖通靈的能力，認為賓見祖先的本領太過珍貴，絕對不能讓任何其他方族之人擁有，因此做下了三件不可原諒之事。」

子曜忍不住問道：「商人做下了甚麼事？」

隨風道：「第一，商人壟斷金穴和鑄造吉金之法，不讓任何方族得到金穴或學會鑄造吉金器物之術。商王數次派師出征多方，目的就是為了霸佔金源。」

子曜曾在史宮審閱甲骨文獻，確實見到商王多次遷都，多次出師，都與搶奪金穴有關，心想：「隨風所說不錯，商人確實極為重視金穴。」他問道：「那麼另外兩件呢？」

隨風道：「第二，殺巫滅巫。商王命各方貢獻巫者、薩滿和納木薩至天邑商，供商王選用；等他們來到天邑商後，便找藉口將他們一一殺死，以巫之血祭祀商人的先祖。較遠的方族，則派大巫以巫術封鎖各族的神能，令度卡族無法與鹿神、雷神溝通，令羌人無法向饕餮神、天神阿爸祈求護祐，令鷹族失去隨意變身的能力。」

子曜甚感驚訝，他離開天邑商前，曾長時間隨大巫觳學習巫術，這些情形他卻聞所未聞，不禁半信半疑，問道：「那麼第三件事呢？」

隨風續道：「第三，商王派師出征，屠滅擁有其他通靈能力的他方之人，例如擁有第三眼的鬼方靈師。」

子曜聽了，只覺得頭皮發麻，這是他完全不知道的事情，囁嚅道：「我們……不，商人這麼做，是為了甚麼？就是為了獨霸天下麼？」

隨風點頭道：「不錯。商人滅夏，已有三百多年了。北境各族的納木薩，幾乎已被商人殺盡。變身族也只剩下了鷹族、虎族、豹族、羌族和犬族五族仍有少數能夠變身之人，其餘都已滅絕，或失去了變身的能力。商人一見到方族之人變身，便震驚眼紅，立即出師滅絕該方，擒回方人，當作人牲，祭祀先祖。天下最粗蠻橫暴之事，莫過於此！」

子曜一家長年受到王后婦井的壓迫，總覺得自己是受害的一方，從未想過自己所屬的大商王族在對其他方族之時，卻毫無疑問屬於強橫殘暴的一方。自己在天邑商衣食無缺、優渥舒適的生活，正來自商人數百年來對四周多方鄰族的攻伐殘殺、掠奪壓迫、擒擄奴役，不禁好生羞愧。

隨風忽然抬頭直望向他，說道：「我最初以為你不是商人，原來你畢竟是個商人！」

子曜心頭一跳，心想隨風身為納木薩，擁有深厚強大的巫術，要識破自己並非難事，只能坦承道：「不錯，我是商人，而且是現任商王王昭之子。我自幼在天邑商長大，因捲入王位之爭，受到王后的忌憚，隨後自請放逐，離開了天邑商。」

隨風淡褐色的眼眸在他臉上流轉，似乎在探測他是否道出實情。最後隨風點了點頭，說道：「原來如此。你的母是何人？」

子曜答道：「我母是兕方的婦斁。」

隨風驚道：「啊！你是婦斁之子。原來如此！」

子曜見他一副恍然大悟的樣子，想起鷹絕崖上的老人也提起過自己的母出身兕方，還說過自己的父昭乃是虎甲之子，更說甚麼「唯有鷹方和兕方通婚，才能生出純正血統的鷹王子孫」云云，不禁滿心好奇，說道：「隨風，你知道甚麼？我的身世似乎隱藏了許多不為人知的祕密。你能告訴我麼？」

他在不得已之下，竟得向北境度卡族的納木薩詢問自己的身世，出口後也不禁甚覺古怪。然而大巫骰直到他離開時，都未曾告知任何關於他身世的祕密，他也只能試圖向外人詢問了。

隨風抿著嘴，忽然伸手指著他，說道：「商王大巫骰一直在保護你。他在你身上施了多重巫術，讓邪祟之物無法傷害你。你那時從冰崖跌下，被我找到，也是受了商王大巫骰的巫術指引。商王大巫殼為何這麼關照你？你很重要麼？」

子曜聽了，甚感震驚。他想不到自己雖已離開了天邑商，大巫殼的法力卻仍如影隨形，持續保護自己不受傷害，甚至能令遙遠異族的一位納木薩出手相救。他說道：「大巫殼特意關照於我，應是因為他和我的母同樣來自兒方，而且商王大巫曾立誓保護所有王族子孫。」

隨風問道：「但他顯然並非對每一個王族子孫都如此關照。他如此關照你，是因為你將成為未來的商王麼？」

子曜搖頭道：「王后婦井的大子弓已任小王多年，王后婦井另有二子，我也有位兄，他們都比我年長而有才能，我絕不可能成為下一任商王。但是……但是你確實說得對，大巫殼對我一直十分照顧，我之前因獲罪而不能繼續上左學，他便讓我跟在他身邊，教我種種貞問祭祀之道。」

隨風點點頭，沉默一陣，說道：「但願我找到你，將你帶回，並未給度卡族帶來災難！」

子曜誠懇地道：「隨風，多謝你多次出手救我性命，子曜感激不盡。我絕不願給度卡族帶來任何災難或麻煩，不如我這就離去吧。」

隨風伸手摸著下巴，神情凝肅而老成，和孩童般的面貌與身形完全不符。他沉吟道：「你別急著走。子曜，我出手救你，並不只是因為受到商王大巫殼施於你身上的法力影響。我本就已察覺到，是某位大巫的法力將我吸引到鷹絕崖腳下，讓我找到跌斷腿的你。但是我決定出手將你救回，卻是因為我覺得你這個人本身……本身有一種特殊的力量。」

子曜不明白他這話是何意義，也不知該如何接口。

隨風忽然問道：「你上去鷹絕崖之後，見到了甚麼人，發生了甚麼事？」

子曜道：「我見到當時來找我的老人。原來他存心騙我上崖，一見到我，便立即將我囚禁起來，想將我餓死，讓一個叫伏霜的王子當上鷹王。」

隨風問道：「你可知自己被囚禁了多久？」

子曜被關在石囚中時，大部分時候都在昏迷當中，實在不知道過了多久時日，遲疑道：「大約數旬，或是數月吧？」

隨風搖搖頭，說道：「你在崖頂上，已超過了一年。」

子曜大驚失色，脫口道：「當真？不……不可能？他們從未送食物給我，我怎麼可能不吃不喝過上一年？」

隨風道：「確實過了一年。我送你上崖之後，便和族人離開了這一帶，去往北方放牧。一年之後，又到了冬天，我們南下回到這附近，我見到鷹絕崖，想起了你，上去探視，才知道他們將你囚禁了起來，一怒之下，便毀壞了崖頂的那座王宮。你這一年中定然仍有進食，不然絕不可能活到現在。」

子曜想起自己自由飛翔、捕捉禽獸的夢境，一時呆了，說不出話來。

隨風忽然轉開話題，問道：「你既是商王之子，為何又是鷹族王子？」

子曜想起那老者的言語：「你是虎甲唯一的孫，因此是我鷹族的王子。」說道：「我不知道？據那鷹族老頭所說，虎甲乃是鷹方現任的『鷹王』，他去往商地後，當上了商王，王號虎甲。但這怎麼可能？我大商怎麼可能讓一個外族擔任商王？就算不是外族，一般商人若非王族，根本就不可能成為商王。」

隨風問道：「商王王族如何知道誰是王族，誰不是王族？」

子曜說道：「當一個王族之子或女出生時，都須經大巫貞問，證明是王族血統，才能進行認父和命名的儀式，才能以『子』為姓。不是王族的子女，通常連左學都不能入，不但不能成為商王，甚至連成為佐臣的資格都沒有。」

隨風問道：「因此只有王族能成為商王或佐臣？」

子曜答道：「商王只能由王族擔任，佐臣則可以破例由非王族或外族擔任。」

隨風側頭道：「關於商王之位的傳遞，其中想必有例外。你是王族，因為你父是王族；你父是王族，因為你祖虎甲是王族。然而虎甲卻是如何被認證為王族的？」

子曜搖頭道：「這就是我想不通的地方。外族人來到天邑商，不論他有多少財富師馬，都不可能忽然就被承認為王族的一員，更不可能成為商王。」

隨風微微搖頭，說道：「除非……他自己是位大巫，能以巫術愚弄所有人。」

子曜一怔，問道：「這怎麼說？」

隨風道：「就如我們度卡族有納木薩，鷹族中也有通靈之巫，被稱為『喀目』。他們不但能夠變身為鷹，更能夠任意變身為其他禽獸。喀目的巫術奧妙神奇，甚至可以侵入他人的心志，改變他人的想法，甚至矇騙天下之人。」

子曜愈聽愈奇，忽然想起那老者對自己說話時的情景，他明明是個陌生人，卻不知為何對自己有著極大的說服力，自己幾乎想都沒想就全盤相信了他的言語，死心塌地遠赴北境，長途跋涉，甚至不顧死活地攀爬鷹絕崖。他脫口道：「那鷹族老者！他來找我，要我遠赴鷹絕崖，我竟然立即就相信了，而且乖乖地照他的話去做。莫非他就是鷹族的喀目，有著迷惑人心的神奇巫術？」

隨風露出不屑之色，撇嘴道：「當然不是！那老者不過是個低階的小巫之流，只能夠騙騙小孩兒罷了。鷹族早已沒有喀目了，他們若還有喀目，早就稱霸天下啦。再說，喀目巫術強大，倘若鷹族仍有喀目，怎麼可能容許我呼風喚雨，砸爛鷹絕崖上的王宮？」

子曜忽然靈光一閃，說道：「我知道了！他們所說的現任鷹王，也就是先王虎甲，會不會是為了保護鷹族不受商人滅絕，因此潛入天邑商？他不但是鷹王，同時也是鷹族喀目，能以巫術矇騙商人。當時祖丁多子年幼，不得不傳位給其弟南庚，因此他自稱是祖丁之子，以巫術讓商人相信他是王族的一員，騙倒了所有王族，甚至當上了商王！」

隨風緩緩點頭，說道：「你猜測得有理，事情想必八九不離十是如此。好個鷹王！他的計策差點就成功了。」

子曜坐直了身子，說道：「然而虎甲擔任商王，只有短短四年，可能正是因為他被人識破身分，或是在變身時被人看到，讓商王大巫起了疑心，因此……因此殺死了他，或是將他囚禁起來。先王盤庚匆匆遷離舊都奄，將商都遷到遙遠的殷，莫非就是為此？」

隨風道：「這等事情，你們的商王大巫嗀想必清楚得很。你為甚麼不去問他？」

子曜心中激動，腦中許多念頭快速閃過，說道：「不錯，這些幾十年前甚至上百年前的事情，大巫嗀一定清楚知道。他跟我說過，前一代的大巫可以將畢生的記憶完整地傳給下一代的大巫，因此大巫不用文字，便能夠保存流傳數百年的史事。」

隨風道：「記憶相傳的本事，很多其他方族的薩滿也都擁有。商人的特殊之處，在於你們不但懂得以大巫傳承記憶，同時也發明了文字，用以記載事件。即使大巫的傳承斷絕了，其餘人也能從文字紀錄中得知過去發生的事情。」

子曜搖頭嘆息，說道：「然而甲骨文字很容易遺失或是遭到破壞。大商歷代皆由史臣專職掌理甲骨，但天邑商史宮中的甲骨殘缺不全，很多甲骨都留在了舊都，並未運到天邑商；還有許多因為水浸蟲蝕，或是搬運時遭到磨損，上面的文字都已無法辨認。先王虎甲不過是四代之前的商王，關於他和之前諸先王的紀錄卻少之又少，幾乎付之闕如。」

子曜說到這裡，忽然想起大巫嗀對自己說過的一件古怪的事情。大巫嗀說他曾親眼見到一個人變身，並說道：「事情發生在五十六年前，那時我還只是個六歲的孩子。地點是在舊都奄。那人變身成一頭巨鳥。」

子曜當時曾追問變身的是誰，大巫殼卻道：「這就是我不能回答的問題。」

子曜忽然省悟過來，說道：「我知道了！大巫殼曾說他『見到』一人變身，他說的應是當時大巫沌的記憶，大巫沌親眼見到先王虎甲變身為巨鳥！」

隨風望向他，忽然問道：「你自幼就能變身為飛鳥，是麼？」

子曜搖頭道：「我？我當然不會變身。」

隨風仍舊望著他，想了想，忽然回身在一個匣子中翻找一陣，取出一只小小的陶瓶，遞過去給子曜，說道：「你喝下去。」

子曜伸手接過那個陶瓶，懷疑地問道：「這是甚麼？」

隨風道：「這是度卡族的神水。」

子曜打開瓶蓋，湊近鼻邊聞了一下，嗅到些辛辣刺鼻味。他心想：「莫非這和商人大巫的巫酒一般，是能讓人進入昏眩出神狀態的事物？」望向隨風，說道：「我喝下了，不會有危險麼？」

隨風搖搖頭，說道：「我常常喝，不會出人命的。」

子曜心想：「他若要害死我，也不必二度救我性命了。」於是小心翼翼地喝了一口。才一入口，便覺那神水有如一條燃燒的火線般，從他的喉頭直落入腹中，子曜被燙得眼淚都流了出來，不斷咳嗽，勉強吸了一口氣，嗆咽道：「好辣！」

話還沒說完，忽然腦中一陣暈眩，一股難以言喻的衝動從心底升起。他試圖壓抑，但是那股衝動實在太過強烈，他不得不彎下身，拱起雙肩，接著在自己親眼目睹之下，他第一次看清了自己的變身：他的雙臂肌膚上開始長出羽毛，等羽毛將雙臂完全覆蓋之後，雙臂便逐漸轉化為翅膀，向兩旁舒活伸展；他的身體上也開始長出羽毛，胸口往前突出，雙腳逐漸失去人腳的形狀，長出了四隻長長的腳趾，成為鳥爪，趾尖上長出吉金一般的利爪；他感到自己的臉面也在改變，嘴部往外拉長，成為長而尖銳的鳥喙，雙眼不再往前平視，而是分布在頭的兩邊，視力陡然變得銳利無比，不論遠近的細小之物都看得清清楚楚，一目瞭然。

子曜抬起頭，望見坐在身前的陌生人，那是個圓臉小男孩兒，似乎從未見過。他忽然感到一陣懷疑恐懼，便想撲上前用尖喙鳥爪攻擊那男孩兒。但他勉強克制住自己，努力回想，雖想不起這人的身分名字，但隱約記得這是朋友。他心想：「不！我不能攻擊他！」

隨風安然而坐，抬頭望著變身為巨鳥的子曜，淡褐色的眸子在巨鳥的身上遊走，臉上更無半分驚訝害怕之色，一片平靜淡然，好似在觀望世間最尋常的事物一般。他覺察到巨鳥曾一度想攻擊自己，卻不知如何克制住了。他仍舊空著雙手，毫無自衛之意，對眼前這頭巨鳥既不恐懼，也不防備。忽然他伸手指著巨鳥，說道：「你不是鷹。商人的祖先是玄鳥，我瞧你也不是玄鳥。也不是鴟梟，也不是鳳凰、瞿如、鴸鶘、蠻蠻、畢方。我猜想你應當是商人的神鳥之一，叫作鵬還是甚麼的。」

巨鳥睜著鳥眼望向隨風，側過頭，似乎對隨風的話只能明白一小部分，困惑中側頭凝思，試圖明白隨風這段話的意義。

隨風出神一陣，隨後笑了起來，說道：「子曜！我終於知道你是甚麼了。商王虎甲真是個了不起的人物。約莫一百年前，他孤身去到商人之都，以巫術矇騙商人，混入商王族，最後成為商王。他這麼做，並非為了保護鷹族不被商人滅絕，或是為了傷害毀滅商人。他是為了發掘出一個巨大的祕密！」

巨鳥仍舊帶著困惑，但聚精會神地望著度卡族的納木薩，等候他說下去。

隨風卻不再言語，從袖子中掏出一串鹿骨磨成的珠子，閉起雙目，手指頭不斷地數著珠子，口中喃喃禱念。過了好一陣子，他才睜開眼睛，望向變成巨鳥的子曜，笑道：「你真有耐心，竟還在這兒等我！我正與度卡族的鹿神和雷神溝通，我們有許多事情要商量。你出去飛一會兒吧，要是不敢吃自己捕捉的小禽小獸，那就再回來我這兒，我準備肉羹和鹿奶給你吃。」

巨鳥微微點頭，一矮身，從隨風帳篷的門鑽了出去，展開雙翅，沖天飛去，直入雲霄。

這是子曜第一次親眼見到自己變身，而且在變身後仍維持著清醒的意識。他好奇地拍動著巨大的翅膀，在天空中滑翔而過，寒風凜冽，吹拂著他的羽毛，然而他仍夠能睜眼迎風而視，因為他的鳥眼外罩上了一層薄膜，擋住了冷風。

子曜一邊感受著飛翔的痛快，一邊理清思緒。此刻他終於明白，自己往年常做飛翔的夢，都並不是夢，而是真實的經歷；他在睡著之時，往往不自覺地變身成鵬鳥，在夜空中自由翱翔。遇上凍餓交加的困窘情況時，變身成鳥更是他唯一的自保之法，羽毛讓他保持溫暖，捕食小禽小獸更能讓他填飽肚子、維持性命。在他昏厥過去時，幾乎所有的時光都以鳥身度過，藉以活下去。至於讙的下落，他心中再無疑問；自己確實吃掉了讙，他當時是鳥身，已無人性，肚子太過飢餓，瀕臨死亡，將一頭肥肥嫩嫩的奇獸讙捉來裹腹，似乎也沒甚麼不對，同時還能治百病，令自己的身體恢復健康，何樂而不為？

通常變身為鳥時，他完全失去子曜的意識，忘記自己原來是人；而在清醒過來之後，卻又忘記了變身為鳥時的一切經歷，只當那是一場虛幻的夢境。他就這麼渾渾噩噩地活了十六年，連自己都不知道自己能夠變身，而且時時變身為鳥。

子曜忽然想起一事：「是了，大巫嗀是知道的。他刻意關照我，就是因為他察覺了我有變身為鳥的能力。那回肜祭時，我昏厥過去，之後有隻巨大的野雉飛來大室之外，落在鼎耳之上，大巫嗀立即認出那隻雉是我變身而成。祭儀之後，他立即來到神室，逼問我剛才做了甚麼夢，而我那時記憶模糊不清，甚麼也說不出來。」

他回想過去諸事，又漸漸明白了更多的事情：「大巫嗀的猜測沒錯——我變身成雉，飛回了大室之外，俯視肜祭的進行。我無法忍受屠殺羌牲，因此飛落大鼎，站在鼎耳之上，仰天鳴叫。大巫嗀認出是我，但不敢說出真相，靈機一動，立即對著我拜倒，說那是先祖的神靈降臨，令所有王族戰慄畏懼，恭敬膜拜。」

子曜舒展翅膀，穿越雲層，來到雲層的上方，見到一輪圓月高掛天際。他解開了心頭的一些疑問，卻又有新的疑團生起：「為何我能夠變身？為何數百年來商王族的其他人都不能變身？先王虎甲顯然可以變身，他的王號有個『虎』字，想來當時的人都知道他能夠變身為虎。大巫㱿的大巫記憶中，曾在奄見到虎甲變身為巨鳥。那時的大巫迍見到商人之王竟然能夠變身，想必極為震驚失措，最後只能合力將巨鳥制伏囚禁，或是乾脆將他殺死。虎甲只做了四年商王就失蹤，盤庚接位之後，匆匆遷都，甚麼甲骨都沒有帶走，恐怕正是與虎甲變身為鳥之事有關。」

子曜飛了一陣，忽然想起一事：「我飛了這麼久，想必已飛出老遠，我該如何返回隨風的帳篷呢？」

他想到此處，頓感一陣驚惶，趕緊俯身往下，穿過雲層，但見一片黑茫茫的冰原平鋪在眼前，冰原上偶爾出現幾叢樹木，其餘都是一望無際、冰雪覆蓋的平地。他內心開始慌亂：「糟了，我再也找不到隨風了！」

正慌亂間，忽然聽見一陣低沉厚重的號角聲從北方傳來，子曜心神一定：「這號角聲似乎在呼喚我。」於是振翅往聲音來處飛去，隨即醒悟：「我忘了自己是鳥，天生就能辨別方向，何須著急？」

果然，他憑著直覺飛去，很快便辨認出方位，向著度卡族的帳幕群直飛而去，位置絲毫不差。

子曜明白了：「我變成鳥時，不能當自己是子曜。子曜是個人，只能在地上行走，不懂得飛，也不懂得分辨方向。鳥天生能夠飛翔，能夠分辨方向，不管飛出多遠，都能回到最初出發的地方。隨風一定是知道我首次清醒地變身，容易驚慌害怕，因此故意吹響號角，告訴我他在哪裡，呼喚我回去。」

子曜展翅翱翔，很快便飛回了度卡族的帳幕群。他收翅降落在隨風的帳幕之旁，正想著自己該如何變回人身，便見到隨風從帳幕走了出來，對自己招招手，說道：「子曜！我給你喝下的神水，藥性十分強烈，能讓你立即變身。你已飛翔了這麼久，藥性應當已大部分消退了。你快過來，讓我助你變回人身。」

子曜有些遲疑，舉步向他走去，離隨風十餘步時，心中忽然有股不祥的預感，停下腳步。就在這時，隨風的帳篷周圍忽然竄出一群度卡族人，個個手持弓箭，對準了變身為巨鳥的子曜。

子曜一驚，知道事情不好，展翅試圖飛走，卻感欲振無力，心想：「是隨風的神水！那神水裡面一定有甚麼古怪！」念頭還未動完，數十名度卡族人已高聲呼喊著，一擁而上，拋出一個巨大的繩網將他蓋住。子曜仰天尖鳴，奮力展翅，卻如何掙扎得出堅韌繩網？在度卡族人合力收網之下，巨鳥子曜被困在繩網之中，撲倒在地。

隨風走上前來，單膝跪在子曜的身旁，仍舊毫無表情，眼中卻有一絲遺憾歉疚之色。

他低聲道：「子曜，對不住。我們不會傷害你，但是我們也不能讓你離開此地。我希望你能明白我的苦衷。度卡族數百年來飽受商人殺戮壓迫，苟延殘喘，朝不保夕。如今你出現了，若你回去天邑商，必將成為下一任的商王，令商人永遠稱霸天下，其他方族再無存身之地。度卡族必須阻止商人擴張勢力，方能自保。我們迫不得已，別無選擇。」

子曜張開鳥喙，說不出話來，只發出一聲尖銳的鳥鳴。

第四十五章 覓友

卻說小巫那時從魚婦屯回往天邑商，途中得老鴉報訊，得知大巫骰悄然離去，婦好因愛子夭逝、悲憤過度而大殺巫祝，小祝也被婦好以火刑燒死，自己是絕對不能回去天邑商的了。

他在城外盤桓了數日，想起大巫骰曾說過子曜去了北境，於是決定遠遠避開天邑商，折而往北，去北境尋找子曜。

一時之間，他從不愁衣食的商王大巫之徒，變成了落魄的流浪之巫，身上不但沒有半個朋貝，連糧食都快吃完了。他身上唯一珍貴之物，便是大巫骰傳給他的那柄吉金小刀，鑄造精緻，以玄鳥圖案為裝飾，刀柄上還鑄有他的名字——「載」。

他知道自己只有一年的性命，必須在幾個月中找到子曜，說服他跟自己回去魚婦屯，才能解除魚婦阿依在自己腦袋上施下的巫術。儘管對巫者來說，跨過生死之線並不是那麼恐怖的事情，他仍然不願意腦殼迸裂而死，在死去之後少了一塊頭蓋骨，整個臉面如巫韋那般變形，想起來便好生噁心。

小巫一路北行，不斷向山神、風神、土神、樹神打探消息。一個月後，才終於尋得了子曜的蹤跡，得知他確曾經過北境的冰原，去往鷹絕崖。有一陣風告訴他，商人王子在度卡族隨風納木薩的協助下，攀上了鷹絕崖。之後便再也沒有下來。

小巫皺起眉頭深思，他只聽大巫說起過度卡族一次，隱約知道那是以馴鹿維生的北境之族，卻不知道他們也有大巫。他直覺度卡族的納木薩可能對子曜不懷好意，子曜多半是被納木薩所囚，卻無法猜測納木薩的意圖。

於是小巫找到一群野狼，詢問如何能才找到度卡族。

帶頭的母狼說道：「度卡族？他們養的馴鹿非常肥美可口，但很不容易捕獵。度卡族人會用弓箭，對他們養的馴鹿守衛嚴密。他們逐水草而居，此刻不知道在哪裡落腳。」

小巫於是又往北去，途中見到一頭飛鷹從頭上飛過，便呼喚道：「飛鷹！飛鷹！我請問你一件事，好麼？」

那飛鷹倒十分友善，飛了下來，收翅落在小巫的馬頭上，對小巫說道：「你有何事相問，快說吧。」

小巫道：「我想請問度卡族的所在。」

飛鷹側過頭，說道：「度卡族？就是養鹿的那群人麼？他們的帳篷時時遷移，不久前，我在幽都山腳的浴水邊見過他們。」

小巫問道：「幽都山？浴水？離此多遠，我該如何行去？」

飛鷹道：「浴水離此約有兩百里路，往北行去便是。你騎著馬走不快，不如我飛一趟，看看他們是否還留在那兒。」

小巫連忙向飛鷹道謝，飛鷹便振翅衝入雲霄。

過了許久，那鷹飛了回來，停在小巫身旁的一株大樹上，說道：「我找到了，度卡族仍在浴水邊紮營，他們已在那兒待了三個月。聽說他們和鷹族結怨，度卡族納木薩上了鷹絕崖，召喚天雷天雨，將鷹絕崖上的廢墟王宮打了個稀巴爛。」

小巫大感奇怪，問道：「納木薩和鷹族有甚麼仇怨？」

飛鷹聳起肩膀，眨了眨銳利的眼睛，說道：「我不知道？我是鷹族之人。鷹王失蹤了將近一百年，一直無人繼位。鷹族不必外族入侵，就已逐漸沒落，自個兒從中心腐爛崩壞了。如今鷹族幾乎沒有人能夠變身成人形，很快的就將沒有人能夠跟人族溝通，甚至跟巫溝通了！到那時節，鷹族就會淪為一般禽鳥，完全失去靈性了！」

說到這兒，那隻鷹似乎十分激憤，仰天長鳴一聲，再度振翅飛去。

小巫仰頭對飛鷹叫道：「喂，多謝你啦！」

他想著飛鷹對他說的話，心中懷疑：「度卡族納木薩為何會出手，砸爛鷹絕崖上的廢墟王宮，此事跟子曜又有甚麼關係？」他想不出個頭緒，只能掉轉馬頭，往北方幽都山和浴水馳去。

十餘日後，他來到一條大河邊上，遠遠果然能見到許多帳幕在河邊駐紮，帳幕邊還有不少巨大的白色馴鹿。

小巫勒馬而止，不敢輕易上前。他在遠處停住，跳下馬來，心想自己需得想出個計策，不能貿然闖入。

小巫畢竟法力不強，只能和風雲禽獸說說話，要指揮它們便不成了。他想起那飛鷹說度卡族的納木薩能夠呼風喚雨，命令天雷砸爛鷹絕崖上的王宮，心想：「這度卡族的大巫本領不小，可能和大巫瞉是同一等級的大巫。我該如何求見他，探問他關於子曜的事情？」

他還在苦苦思索，遠遠見一個圓臉小男孩兒騎著一頭巨大的白鹿近前來。男孩兒靠近小巫時，忽然勒停白鹿，對小巫招招手，說道：「你叫小巫，是來找王子曜的，是麼？」

小巫聞言一呆，只好站起身，說道：「正是。請問你是？」

圓臉男孩的眼形不大，有著淡褐色的眸子，臉頰紅撲撲地，看來十分天真幼稚，但神情嚴肅。他望著小巫，說道：「我叫隨風，是度卡族的納木薩。」

小巫大驚失色，心想：「怎麼這許多方族的大巫都生得如孩童一般模樣？羌方的釋比姜是個七八歲的小女孩兒，這度卡族的納木薩則是個十多歲的男童，看來比我還小上幾歲。若我跟人說是商方大巫，只怕到處都會有人相信！」

他趕緊雙手交叉於胸，向隨風行禮，說道：「小巫拜見度卡族納木薩。我來自天邑商，欲尋找大商王子曜。」

隨風定定地望著他，靜了一陣，才道：「跟我來。」對馴鹿說了幾句話，馴鹿便回頭往河邊的營帳行去。

小巫趕緊翻身上馬，跟在那頭巨大的馴鹿身後，但見那頭馴鹿身形巨大，比他的馬還要高出一倍，小巫心想：「不知這頭鹿是何等神鹿，怎地生得如此巨大？還是度卡族大巫在牠身上施了巫術，才讓牠看起來如此巨碩？」

他戰戰兢兢地跟著隨風來到一座鹿皮帳篷外，隨風請他進去後，自己便大剌剌地坐下了，做手勢讓小巫也坐下。

小巫坐定後，隨風往身旁一個手掌高的小小帳幕一指，說道：「你要找的王子曜，就在這帳幕裡。我以巫術將他關在這個天幕之中，一日不解除巫術，他便一日無法出來。」

小巫睜大了眼，但見那小小帳幕不過數寸高，實在難以想像子曜如何被關在裡面。他勉強鎮定，說道：「王子曜是我好友，請問納木薩為何將他關起來？」

隨風一張圓臉顯得十分天真純樸，但眼神卻凝肅而老練。他凝視著小巫，說道：「老實說，子曜也是我的朋友。我多次救他性命，甚至助他攀上了鷹絕崖。鷹族中人將他關在石牢中超過一年，是我摧毀鷹王之堡，將他救出，我對他並無惡意。你也是個巫者，因此我能坦白告訴你——他不是個尋常的王子，他的體內流著鷹族之血，只因他的祖虎甲乃是鷹族最後一位鷹王。由於子曜有鷹王的血統，又有商王和兕方的血統，因此他乃是世間所有大巫之敵，直接威脅到所有巫者的生死存亡。」

小巫滿心疑惑，問道：「為甚麼擁有鷹王和商王、兕方的血統，就會威脅到天下所有巫者？」

隨風靜了下來，似乎在思考該如何解釋此事。他想了一陣，才道：「子曜能夠變身為鳥。你知道此事麼？」

小巫聽到這無稽之談，失笑道：「甚麼變身為鳥，哪有此事？我跟子曜從小一起長大，從來沒見過他變身成鳥！」

隨風靜靜地道：「但我親眼見到他變身。」

小巫知道隨風沒必要撒謊，呆在當地，張大了口，說不出話來。

隨風嘆了口氣，說道：「虧你是個巫者，還是子曜最好的朋友，竟然連此事都不知道！」又道：「然而這也不能怪你，連他自己也不清不楚的。你們商王大巫殼是心知肚明的，但他可能擔心此事會令人驚駭恐懼，是以並未告訴任何人。我並不了解道來龍去脈，也不知道子曜的身世血統，只隱隱知道他能變身成鳥。我將他留在鷹絕崖上的廢棄王宮之後，便跟著族人離開了鷹絕崖。一年之後，度卡族回到鷹絕崖左近的冰原上，我才發現子曜一上去鷹絕崖，便被鷹族的人關在石囚之中，已有超過一年未曾飲食了。鷹族的人說他終日昏迷不醒，然而他確實還活著。於是我便猜測，子曜一定能夠變身，在他昏迷之時變身為獸，出外覓食，才活了下來。」

小巫只覺一切都極端不可思議，更是啞口無言。

隨風續道：「最古怪的是，子曜自己完全不知道此事，也無法控制自己何時變身。變身後發生的事情，他一概不記得，唯一記得的零碎片段，他也只當是夢境。我毀壞鷹王城堡，將他救了出來，之後給他喝下度卡族的神水，他便立即在我眼前活生生變身成一頭巨鳥，沖天飛翔，並且能記得自己是王子曜；我呼喚他時，他也會回來。」

小巫聽到這裡，只能深吸一口氣，逼迫自己接受這些不可思議的事實，說道：「你說，你用神水喚醒了他變身的本能，讓他清楚知道自己能夠變身？」

隨風點點頭，說道：「正是如此。」

小巫問道：「那麼他現在能夠決定何時變身麼？」

隨風搖頭道：「仍舊不行。我怕他傷害自己，也怕他被其他巫者捉去，因此將他關在這兒。」說著伸手指了指身旁的小小帳幕。

小巫站起身，說道：「既然你是王子曜的朋友，那事情就好辦了。請讓我見他，我不能讓王子曜留在這兒，必須帶他回返天邑商。」

隨風微微搖頭，伸手搭在那小小的天幕上，說道：「不。你不能見他，他不能回去，我也不會讓他離開此地。況且據聞他的兄長王子漁已回到天邑商了，很可能成為小王，將來繼承商王之位的將是王子漁，不是王子曜。而且此時天邑商遭王婦婦好把持，大巫㱿也不在天邑商，你們回去並不安全。」

小巫急道：「但你也不能將他永遠關在這兒啊！」

隨風道：「我不能讓他離開。我說過，他是天下所有巫者最大的威脅。他若回到天邑商，商王見到自己的子能夠自由變身為鳥，定將陷入巨大的恐慌。商王將明白巫者的能力，意識到巫者的危險，肯定會決意下手殺死親子。他一旦連自己的親子都願意下手殺死，那其他的巫者自然更要斬草除根。」

小巫聽了，心想：「他這話說得不怎麼通，王昭不見得會殺死子曜，就算他殺死了子曜，也不見得會想殺盡天下之巫。再說了，就算王昭想殺盡天下之巫，但他自己不懂得巫術，又怎麼殺得了這許多的巫者？既然度卡族強詞奪理，決意不放過子曜，我也不客氣了。」

他才動此念，隨風便已測知他的心意，淡淡地道：「你想強奪子曜，儘管試試不妨。我下手可不會留情，十分輕易便能你制住，更可將你隨意毀去。」

小巫自知法力和隨風相差太遠，自己絕對無力強奪，只能嘆口氣，說道：「我鬥不過你，你要制住我，就制住好了，我也只能任你處置。」

隨風只對他道：「我的巫術比你強大得多，不怕你反抗或逃走。子曜在我手中，你也不會獨自離開。我要你乖乖跟在我身邊，該出力時出力，盡量幫我的忙。現下我正要出門，你跟著我同行吧。度卡族只有我一個巫者，你雖年少，巫術也不強，但多一雙眼睛替我監視從四面八方襲來的種種危險，也非壞事。」

小巫心中雪亮：「他把我帶來這兒，卻不殺我，還跟我說了這許多話，用意就是要扣留我，逼我幫他的忙。」即使他萬般不願意，此時也別無選擇，於是沉著臉問道：「你要去哪兒？」

隨風道：「我打算帶子曜去見鬼影。」

小巫奇道：「鬼影？就是鬼方靈師死前放出的鬼影麼？」

隨風點點頭，說道：「正是。世間巫術最高明的巫者，便數商王大巫巫殼。我原本應當帶子曜去見商王大巫殼，向他詢問此事，然而巫殼一心想成為天巫，已經不管人間世事了。冥界最高明的巫者，則是鬼方靈師，但他已被大商王婦婦好殺死。他死前派出了幾個鬼影，我知道其中一個位於東海外的鬼島之上，正打算去找這個鬼影，將子曜交給他，請他處置。」

小巫對隨風的所有言語聽得一知半解，滿心懷疑憂慮，問道：「這鬼影到底是甚麼東西？他會傷害王子曜麼？」

隨風搖搖頭，說道：「我也不知道鬼影是甚麼。冥界的事物原本便十分詭異古怪，連大巫都難以理解。總之，那些鬼影等於是鬼方靈師之徒，他們應當會知道該如何處置子曜，才不致危害天下所有巫者。」

小巫見他堅決不肯放人，只能嘆了口氣，說道：「我老實跟你說吧，魚婦阿依在我的腦袋上下了詛咒，一年之內，若我不帶王子曜回到魚婦屯，頭蓋骨就會爆開而死。我願意幫你，但是時間倘若超出一年，我也只有死路一條。」

隨風聽了，只點了點頭，表示聽見了，卻未顯露半點關懷之意或同情之心，揮手道：

「我知道了。你出去吧。」

小巫只得站起身，走出帳篷。他見隨風全不在意自己的死活，不由得心想：「要找到像大巫穀那般關心疼愛我的巫者，世間只怕是不會再有。大巫穀究竟為甚麼要離開天邑商？隨風剛才提到大巫穀一心成為天巫，天巫是甚麼東西？他為何不等我回來，帶我一起去？」

他自幼便是孤兒，被大巫穀收留，撫養長大；大巫穀性情孤高，冷漠寡言，小巫雖能感受到他對自己十分重視，但大巫穀並非慈父，在教導小巫種種祭祀巫祝之道外，對他連閒話都不多說一句，也從不伸手碰觸他。然而對一個孤兒來說，有人願意收留照顧自己，便已是天大的恩德了；況且大巫穀還教給他那麼多的巫術、祭祀、貞問之道，讓他在天邑商巫祝中頗有地位。就憑這一點，他已對大巫穀感激無已，一輩子無法報答。此時此刻，孤單無依的他想起大巫穀的種種好處，眼眶不自禁紅了一圈。

於是隨風帶著那頂裝著王子曜的天幕、五個度卡族人以及小巫，一共七人，分別騎著馴鹿和馬匹穿過冰原，逕往東去。

不一日，七人來到海邊。小巫生長於天邑商，大河是見過，大海卻是第一次見到。他放眼望去，但見大海寬廣無邊，浪花翻騰，海面上浮著大大小小的白色冰塊，不禁甚感驚奇，心想：「這就是大海麼？」又想：「這兒的海水想必寒冷得很。」

隨風已安排了一艘木船，七人上了船，隨風便命船伕往鬼島航去。

小巫第一次坐船，起初還甚感新奇，之後便開始暈船，甚麼都吃不下，整日犯嘔。他想起子曜，不禁擔心：「子曜住在那天幕之中，也會暈船麼？他身體虛弱，不知道讙是不是還陪伴著他，要是他病起來怎麼辦？」

他向隨風問起此事，隨風道：「你放心吧。王子曜身在天幕中，完全無法察覺天幕之外發生了甚麼事情，也不會知道天幕處於何等境地。除了水淹火燒之外，天幕裡一點也不會有知覺，更加不會暈船。」又道：「他在帳幕中有吃有喝，安穩無恙。」

小巫又問隨風道：「王子曜身邊有一頭奇獸，是獨眼三尾的讙。牠也在天幕中麼？」

隨風搖搖頭，說道：「我從來沒見過甚麼讙。王子曜單獨一人來到冰原，身邊並沒有甚麼神獸。」

小巫好生奇怪，心想：「巫彭命令讙緊跟著子曜，好保住他的性命，讙怎會突然不見了呢？除非讙遇上甚麼意外？」他心中好生擔憂，既擔憂讙的生死，又擔憂子曜的安危。

他問隨風道：「你能幫我找找讙麼？」

隨風卻搖搖頭，說道：「牠不在冰原之上。冰原以外的事情，我就不知道了。」

小巫只好作罷。他勉強適應了船上的生活，只見太陽從船的前方升起，從船的後方落下，得知他們正往東方而去。如此在海上航行了七八日的工夫，眼前望去只有一片黝黑的海，海上漂浮著白色的冰塊；偶爾見到一些巨大的魚從船旁游過，天上也時有海鷗和巨鳥飛行，唯一不曾見到的就是小島。

隨風每夜站在船頭，仰頭觀測星象，測量計算船的方位，圓圓的臉上神色沉穩，略透憂慮。

小巫在旁觀望，一見到他皺眉，便忍不住問道：「我們駛錯方向了麼？還有多久才會到鬼島？」

隨風起初還會開口斥責他：「少問幾句！」後來連口也不開，只斜眼瞪他一眼；再之後連瞪也不瞪，似乎根本未曾聽見小巫的提問。

如此又航行了一旬，這日清晨，海面忽然傳來詭異的風聲，彷彿遠處有巨大的海浪向著小船襲來。

小巫最先警覺，連忙跳起身，搖醒了睡在一旁的隨風，大叫道：「海上有怪聲，你快起來聽聽！」

隨風跳起身，衝出船艙，來到甲板上，只見海上大霧瀰漫。隨風側耳傾聽，那海嘯般的聲音在呼喚道：「商王偷我海鹽，偷我海貝！商王還我海鹽，還我海貝！」

那聲音來得好快，轉眼便離隨風的木船只有數丈之遠。這時他們才看清，霧茫茫的海面上竟多了十多艘巨大的船，向著他們的木船圍擠而來。

小巫只看得目瞪口呆。他在木船上已待了許多日子，知道船需憑藉風力才能在海上航行，轉彎或改變方向都十分耗力費時。然而那些巨船在水上極為敏捷，好似游魚一般，比起他們乘坐的木船靈活百倍，一轉眼就團團圍住了木船。

隨風的五個族人也已奔出，站在船板上，見到自己的木船被那些巨船圍繞，也驚駭得張大了口。

隨風皺起眉頭，維持鎮定，高聲叫道：「來者何人？」

那些大船卻一片死寂，船上黑漆漆地，也看不出有沒有人在船上。

海風呼嘯中，小巫忽然大叫一聲：「那是甚麼？」伸手往木船的船舷指去，但見許多黏黏稠稠之物正翻過船舷，攀上船來，黑暗中看不清是何物事。

隨風口中誦念咒語，試圖驅散那些黏稠的東西；小巫也對著它們施巫術，但它們完全不受影響，仍舊緩慢而堅定地向著隨風等人爬過來，不多時便來到一個度卡族人的腳下，纏上他的小腿。那度卡族人尖呼起來，聲音淒厲。小巫趕緊衝上前，拔出腰間吉金小刀，向度卡族人腿上的黏稠之物刺去。一刀刺下，頓時噴出一團更加黏稠的液體，全數黏在小巫的手上，那度卡族人仰天倒下，口吐白沫，昏死了過去。

隨風知道情勢不妙，叫道：「開船！全速回頭！」

船伕們趕緊扯繩轉帆，盡力掉轉船頭，想轉為向西，但顯然為時已晚；前方早已被連成一排的巨船擋住，難以前進。此時船上黏稠之物愈來愈多，船帆也莫名其妙地著起了火，大火熊熊燃燒，船桅忽然倒下，剛好砸在隨風頭上，隨風驚呼一聲，撲倒在船板上。

小巫大驚，趕忙衝上前扶起隨風，但見他滿面鮮血，急道：「你沒事麼？」

隨風伸手抹去臉上鮮血，說道：「對方應是海王。我們打之不過，船已起火，得儘快逃走！」下令道：「放小船！我們乘小船逃走！」

小巫想起子曜，急道：「王子曜呢？我們得帶上他！」

隨風鑽入船艙，對著小天幕說了一些話，將小天幕扔過去給奔進來的小巫。小巫穩穩接過了，奔出船艙時，腳下卻又一絆，撲倒在地。他手上一個沒抓穩，天幕脫手遠遠飛了出去，正巧落在一團黏稠的事物之上。

小巫大叫一聲，衝上前撲上那團黏稠的事物，試圖搶回天幕，卻全身陷入那團黏稠的東西之中，頓時痛得慘呼不停。

隨風急叫道：「來不及了，快走！」

就在這時，另一個度卡族人被那黏稠的事物纏住，慘叫起來。隨風知道不能再耽擱，伸手硬拉起小巫，又衝過去救起其他度卡族人，先後躍上小船，施展巫術，讓那小船騰空飛起，直飛升了十餘丈高；接著又以巫術升起船帆，讓船往西迅疾飛去，直到脫出了大船的包圍之後，才落回海面，揚起白帆，往西急駛而去。

小巫回頭望向巨船包圍中的燃燒木船，心中大急，叫道：「子曜！子曜！」

隨風伸手按上他的肩膀，說道：「那是海王，他來攻擊我們，就是為了奪走子曜。我們的行蹤被海王發現了，海王因此率領海船圍攻我們的船。我若不留下子曜，他定會將我們全數殺盡，而我必須保護度卡族人，只能做出取捨。」

小巫大哭起來，說道：「你怎麼知道他不會傷害子曜？海王是甚麼東西，他為甚麼要奪走子曜？」

隨風嘆了一口長氣，顯得極為沮喪氣餒，緩緩說道：「海方中人沒有大巫，不懂得巫術，但海族人人都懂得一些粗淺的巫法，能在他們的地盤大海之上橫行。他們奪走子曜，不過是因為貪心，想利用他和商王討價還價。為了這個目的，他們絕不會殺死子曜的。」

小巫望著木船在夜色中熊熊燃燒，又驚又急，只想立刻飛回船上，跟子曜一起面對困境，對抗敵人。然而他不能變身飛鳥，也不懂得飛翔的巫法，只能眼睜睜地望著那艘木船離自己愈來愈遠，漸漸消失在霧氣之中。

第四十六章 伐告

天邑商

卻說當時子央聽信了伊鼂之言，放過了躲在虎方的子弓；他回到天邑商後，又聽從伊鼂的指示，向大巫㱿求得虎侯子之屍，將之祕密藏起。之後他便留在天邑商，繼續擔任王之親戍，靜候時機。這段時日中，他親眼見到王婦婦好勢力大大提升，幾乎凌駕於王昭之上；也目睹了婦好的暴戾殘忍和喜怒無常，從屠殺巫祝、陷害寧亘、活燒子晙，以至毒殺師般、驅逐傅說，手段殘忍狠絕。子央看在眼中，不禁慄慄自危，知道自己身為王親戍長，負責保衛王昭的安危，地位關鍵緊要，隨時也會被婦好下手害死。他同時也得知王昭開始擔憂己身的安危，曾密遣巫箙去找回子弓，卻未能成功。

子央心想：「我既然絕無機會成為小王，留在天邑商又生死難測，何須為了保衛父王而讓自己身處險地？父王既不肯封我為小王，又不肯分封我去外地，我應當儘早設法離開天邑商，擁師自立，方能自保。」

情勢發展到此地步，子央終於等到了千載難逢的良機：婦好絕不肯讓子弓回到天邑商重新擔任小王，在師貯的建議下，已下定決心除去這個心腹之患。

婦好叫了子央來，對他下令道：「我派你率萬人王師出征虎方，務須逼虎侯交出子弓。虎侯倘若堅持拒絕，你不惜與虎方開戰，也要殺死子弓，明白了麼？」

子央心中大喜，但面色不變，恭敬受命，當即整頓王師，一旬之後，便往虎方出發。子央派遣親信先去虎方密會伊皃，告知自己願意採取伊皃提出的上策，利用商王之師攻打告方，佔地為侯，希望伊皃依照諾言，立即來自己的師中，充當自己的策士。

伊皃得訊之後，立即去見子弓，告知此事。子弓擔心子央會加害伊皃，不願讓他離去，伊皃卻道：「我曾對子央做出承諾，絕不能反悔。」

子弓仍舊猶豫阻擋，伊皃道：「子央是你大敵，我勸他攻打佔據告方，你可知是為了甚麼？」

子弓道：「你打算分散減弱大商之師？」

伊皃點頭道：「正是。然而分散大商之師只是其一；其二，是我想讓子央死心，不再覬覦商王之位！」

子弓聽了，這才恍然大悟，微微點頭。

伊皃道：「他若留在天邑商，來日你登基為王後，他定然不服，會繼續與你爭奪商王之位。如今他聽信了我的計策，決定去偷襲佔領告方，這對你是大大的好事。一旦他成為告方之侯，獨霸一方，又得回他一心思念的婦嫜，便將安於現狀，不會再起心動念回天邑商跟你爭奪王位。只要我們盡力籠絡他，給他種種封賞，他自會跟隨侯告的腳步，繼續做大商的屏障。這麼一來，你不但除去一個大敵，更能將這個敵人轉化為你的助力。」

子弓由衷欽服伊皃，點頭道：「你深謀遠慮，非我能及。然而此去需得千萬小心，不要被子央害了。」

伊皃哈哈一笑，說道：「就憑子央那個腦袋空空的蠢才，哪裡害得了我？你放心吧，我絕不會有事的。」

於是伊皃便單獨離開虎方，在約定的夜晚來到子央的師營會見。

子央已在主帳中等候多時，不停地負手踱步，神色顯得十分焦慮。他見伊皃依約孤身前來，才鬆了口氣說道：「伊皃！我等候了超過一年，婦好才終於派我率師來虎方取子弓性命。我深思之後，決定接受你的上策，趁機率師攻打告方，再也不回天邑商了。」

伊皃露出微笑，說道：「中兄做此決定，實為上佳之策。王婦婦好在天邑商呼風喚雨，權勢滔天，中兄能夠保住性命，還得以率領萬人王師離開險地，可說萬幸至極。」

子央冷著臉，說道：「我此刻已沒有退路，你也得實現你的諾言！我要你喬裝改扮，擔任我的輔佐，跟在我身邊，直到我成功征服告方，才能離開。」

伊皃拜倒說道：「中兄對伊皃如此賞識，言聽計從，伊皃怎能辜負中兄？」

於是伊皃便喬裝改扮，留在子央的主帳。子央放下了心，當即率師往告方進發。伊皃跟在子央身邊，整日安安靜靜，一句話也不說。

到了晚間，子央忍不住發作了。他召伊臯來見，怒吼道：「你和子弓一起時，話說個不停，每日都拋出幾十道計策供他斟酌挑選。如今跟隨在我身邊，竟一句話也不肯說，我看你根本無心擔任我的輔佐！」

伊臯從容答道：「中兄誤會了。我對大兄弓知無不言，言無不盡，那是因為他對我萬分信任，絕不懷疑。」

子央哼了一聲，說道：「你是說我不信任你？」

伊臯道：「中兄對我自然有幾分信任，但絕非全心全意。擔任王之佐臣，最緊要的就是知道王能夠聽進去幾分，才說幾分。否則，即使掏心挖肺地向王進言，王卻聽不進去，那不是白費唇舌了麼？倘若令王落個不聽臣子建言的惡名，那便是臣子的不是了。」

子央聽他言語中將自己當王看待，怒氣頓時消了大半，點了點頭，說道：「你說下去。」

伊臯續道：「當中兄自認全心信任我時，我便會將心中所有計策全盤托出，並替中兄分辨每一計的利弊優缺，讓中兄斟酌考慮。到時中兄只怕聽我說話都要聽煩了，可能還會要我閉嘴不說呢！我替中兄做出的種種打算，都將是對中兄最有利的。然而我必須等到中兄全心信任我，才是向中兄提出建言的適當時機。」

子央聽了，只能點頭說道：「我和你一起長大，素來清楚你的才能。」

伊臯道：「清楚我之才和信任我之才，乃是兩回事。中兄清楚我的才能，那是第一個條件；中兄還需得相信我對你忠心，才會全心相信我是在替你盤算，而不是替大兄弓謀畫。」

子央點了點頭，說道：「不錯，你始終效忠子弓，這事我清楚知道。因此我確實很懷疑你對我究竟有幾分忠心，你的計策究竟有多少是為了我著想，有多少是為了子弓計算。」

伊鳧道：「我已說過，我跟在中兄身邊的時候，便全心為中兄打算，完全不考慮大兄的利益。當我離開中兄，回到大兄身邊時，那我便全心替大兄打算，不會考慮中兄的利益。」

子央擺擺手，說道：「好！從此刻起，我便全心信任你，你儘管說出你的建言，我一定全數聽取。攻打告方，你有何計策？」

伊鳧見他似乎真正有心請問，於是點了點頭，端正坐好，說道：「告方地勢甚佳，易守難攻，告方師力又十分強大。中兄善於征戰，我想先請問中兄，對攻打告方有何計畫？」

子央沉吟不語。他雖多次隨商王王婦出征，也曾獨自指揮數千戍馬，但指揮大權始終掌握在王昭或王婦婦好手中，他不過是奉命行事而已，不需自己動太多腦筋。再說，商王出征的對象大多是弱小之方，許多方族之人從未見過吉金，一見到商人有這般銳利神奇的戎器，立即放棄投降的多；頑抗不肯投降的，對大商之師來說，將之征服消滅也不過是遲早的事。有些方族擁有以木石製成的戎器，自以為十分強大，堅持與大商之師對抗到底，但最終畢竟不敵大商精銳的吉金兵器和迅捷的馬車，以敗亡毀滅收場。

告方卻不同；告方離天邑商甚近，雖不會鑄造吉金兵器，但因長年效忠大商王室，曾受商王賜予不少的吉金兵器，也懂得使用弓箭，與弱小之方的師力不可同日而語。子央對征服告方並無信心，也不確定該採用甚麼樣的策略方能取勝，於是老實說道：「告方師力強大，擁有吉金兵器和弓箭，實力遠勝我曾出征的多方，我自認並無必勝的把握。」

伊鳧點頭道：「中兄所言甚是。告方師力雖比不上大商，但也不弱。中兄手中雖掌握了萬人王師，卻非大商之師的精銳主力。因此我們不可強攻，只可巧取。」

子央問道：「如何巧取？」

伊鳧道：「之前我曾獻上一策，我等需得假稱受王昭之命，來告方修整戍馬，補充飲水糧食，讓侯告自己放我們進入告方城池。等央師都進入之後，便在當天夜晚發難，攻入王宮，殺死侯告。」

子央遲疑道：「告方王宮定有守衛，只怕也不易攻破。」

伊鳧笑道：「何須攻破？侯告知道你在天邑商的地位，定會設宴招待。我們便在宴會中發難，你和近身戍者一起動手，在宴會上當場殺死侯告；我在外面率領央師攻入王宮，殺盡告方之戍，佔領告方，召告這是商王王昭的命令。」

子央聽了，也不禁手心流汗。伊鳧的計策十分大膽，但也確實可行。他問道：「倘若我沒有機會下手，或是被他逃走了呢？」

伊甍道：「那也不必擔心，宴會當日若無法下手，便不要輕舉妄動，我也會按師不動。我們在告方停留總要三五日，一定能等到其他殺死侯告的機會。」

子央點了點頭。兩人又商談了許多細節，伊甍將種種可能的情況一一列出，與子央討論對策，兩人直談到夜深。

子央對伊甍的計謀十分欽佩，心中不禁想：「子弓有這樣的人輔佐，卻還失去了小王之位，當真無能至極！」

兩人商議已定，子央當下決定立即率領王師往北開往告方。從虎方前往告方，不過十日的路程。抵達告方邊境時，伊甍細細吩咐了前去報訊的使者如何稟報，才不會引起侯告的疑心。

使者去了，半日之後回來稟報：「侯告非常歡迎，請子央師長和眾戍進入告方，侯告今夜將設宴替各位洗塵。」

子央吁了口氣，與伊甍對望一眼，心中都想：「想來侯告年老昏聵，竟如此容易欺騙。」

於是子央率領一萬商王師眾，堂而皇之地進入了告方的屬地，來到侯告之宮。

告宮依山而建，宮殿全以巨石構成，十分壯觀。天邑商位於平地，王宮建築大多使用木材，因此子央從未見過如此宏大堅固的巨石建築，不禁暗自驚嘆。

伊鳧低聲對他道：「告方擅長以巨石構建宮殿，這是告方的一大長處。你佔領了告方之後，便可搜羅告方石匠，要他們傳授如何建造這等巨大的王宮，以後便可建造自己的央方之宮了。要不然，直接佔據了告侯的宮殿，也未嘗不可。」子央點了點頭。

一行人進入侯告之宮，但見宮殿外觀壯闊，內部裝飾也同樣華麗，到處掛著五彩的絲綢，色彩繽紛；進入大室後，室中已擺了酒席，几座上的尊爵卣斝都十分精緻，和大商王族所用不相上下。

子央頗感驚訝，伊鳧在他耳邊道：「告方土地肥沃，多產黍稷；鄰近荷山上的玉石晶瑩剔透，適於雕刻，聞名天下。此外，告方多產桑蠶絲布，一匹可值三個朋貝，因此侯告才如此富有。他每年捐獻給大商王室的龜甲超過一百枚，比任何方侯都要多。」

子央驚嘆道：「我竟不知侯告如此富有，幾乎可與大商王族匹敵！」

伊鳧淡淡一笑，說道：「若非如此，我也不會建議中兄來告方一開眼界了。」

子央明白他的意思。一旦攻佔告方，告方的所有財富便都屬於自己的了，想到此處，他的心跳不由得加快了一些。

不多時，便見侯告親自出來迎接。他是個白髮白眉的老頭子，看來總有五六十歲了，一身金色錦繡長袍，袍上繡著一頭告方的吉祥獸野水牛，極為耀眼華奢。他行走不便，在兩個婦的攙扶下走出來，氣喘吁吁地道：「王子央光臨敝方，歡迎之至！」

子央上前行禮，說道：「感謝侯告盛情接待！子央受父王之命，率師出來尋訪前任小王子弓，找不到便不得回返天邑商。然而我等在天邑商左近尋找了三個月，不見子弓的任何蹤跡。如今多戍疲乏，需得覓地補充糧食飲水，修整一番，再繼續上路尋找，央多謝侯告收容！」

侯告擺手道：「商王有命，我等自當遵從，盡力協助。王子央不需多禮。」兩人正對答間，一個貴婦從堂上走下，衣衫華美，容色艷麗。子央抬頭望去，但見那貴婦正是他日思夜想的婦嫜！

但聽侯告笑容可鞠地道：「這是我侯婦婦嫜，王子央應當識得她吧？」子央一見到婦嫜，整個人呆在了原地。他自然知道婦嫜在婦鼠的唆使下，被母后婦井送來告方，嫁給了侯告，但他並未想過侯告竟會將她立為侯婦，在告方地位如此崇高！

伊鳧輕輕扯了扯他的衣袖，子央才勉強定下神來，說道：「啟稟侯告，是，我……我在天邑商時便識得婦嫜。」

婦嫜也已見到了子央，睜大雙眼，臉上滿是不可置信的神情，眼中淚花不停打轉，勉強忍住，才未曾當場落淚。

侯告笑著道：「侯告有幸，能取大商王族之女為婦。婦嫜來到告方後，已替我生下了二子一女。我老年得此婦，實屬大幸，真需感謝商王之恩！」說著向著天邑商的方向行禮致敬。

子央咳嗽一聲，勉強笑了笑，卻感到咽喉哽住，更無法應答。

宴會上肥肉如山，美酒如池，豐盛已極。子央和他手下多戍受到侯告熱情的招待，個個吃喝得稱心滿意。席間伊鼂多次向子央施眼色，問他何時發難，子央卻總是搖頭。

伊鼂有些心急，悄悄來到他身邊，低聲道：「大夥兒很快便要喝醉了，時機稍縱即逝，莫要錯過！」

子央皺起眉頭，說道：「需得保護婦嬗不受傷害。」

伊鼂低聲道：「我知道你的顧慮。然而她身為侯婦，又替侯告生了二子一女，那兩個子想必有資格繼承侯位。她真會支持你麼？」

子央抿嘴不語。他見到婦嬗之後，心中便一團混亂，猶疑不決。他對婦嬗仍深懷依戀，伊鼂勸他來征服告方，其中一個原因，就是知道他極欲從侯告手中奪回舊時情人婦嬗。然而婦嬗在告方地位如此之高，甚至成為下一任告侯之母，子央不禁開始懷疑，自己若殺死侯告，對她會是好事麼？她會贊成自己，還是會痛恨自己一輩子？

子央沉吟一陣，說道：「計畫仍須進行，但是你須親自保護婦嬗的安危。」

伊鼂問道：「那她的子女呢？」

子央道：「自然都殺了。你跟她說，我成為告侯之後，她將繼續做我的侯婦，可以再替我生幾個子女。」

伊鼂立即搖頭道：「不！不！中兄，婦嬗的那三個子女，絕對不能殺。」

子央轉頭瞪向他，問道：「卻是為何？」

伊鼂道：「凡為人母者，無不親憐疼愛親生子女，絕無例外。你若傷害了她的子女，她定會恨你一世，絕難原諒。但是你若包容她這三個子女，她絕對會由衷感激你，對你一世忠心敬愛。等你的子出生後，你立他為小侯便是，前面那三個子女你不但不能殺，更要善加對待，常常賞賜衣食朋貝，表示你對他們一視同仁。若你肯這麼做，婦嬋一定對你感激涕零，不再另有所求。」

當年婦井硬將婦嬋送給侯告，子央一想起來，仍是滿腔憤怒。他聽了伊鼂的話後，稍稍冷靜下來，心想：「婦嬋對我一直有情有義，嫁給侯告並非她所願，和侯告生下子女也不是她的錯。不殺這些雜種，不免留下禍根；但是倘若殺了，讓婦嬋傷心痛苦，對我心生怨恨，那也不是好事。」

他思慮一陣，說道：「你說得是。那麼由你負責保護婦嬋和她的三個子女，不讓他們受到傷害。你可以告訴她，我承諾絕不會傷害她的子女。」

兩人商議妥當，子央於是上前向侯告敬酒。他趁侯告舉爵飲酒時，忽然拔出腰間吉金佩刀，橫揮而去，砍上侯告的咽喉，一眨眼間，侯告的頭便無聲無息地跌在了案上。

正當滿座震驚劇變，鴉雀無聲時，子央轉過身，高聲喝道：「動手！」

子央手下多戍一齊拔出短刀短戈，攻向侯告之戍，宴上頓時慘呼四起，血肉橫飛，一片血腥殺戮。

伊鳧早已拔出短刀，搶到婦嬣身前。但見她嚇得臉色煞白，手中抱著一個數月大的嬰兒，腳邊跟著兩個三四歲的子女。

伊鳧低聲道：「王子央命我來保護妳的安全。他來此便是為了救妳，絕不會讓妳受到任何傷害。然而若要保護妳的三個子女，妳最好親自向他求情，請他放過妳的子女。他多半會答應的。」

婦嬣驚駭之中聞言，點了點頭，對伊鳧投去感激的目光，低聲道：「我如何都不要緊，只不願連累了子女。我會親自向他懇求，請他千萬不要傷害我的子女！」

伊鳧道：「王子央當能體諒妳的心思。走，我們先去裡面躲避。」

婦嬣抱著嬰兒，拖著子女，快步奔向後室，伊鳧跟在她身後守護。五人在後室中等候了許久，只聽外面廝殺之聲漸低，伊鳧出去探望，回來說道：「結束了，請出來吧。」

婦嬣戰戰兢兢地跟著伊鳧來到大堂之上，但見屍橫遍地，觸目淨是鮮紅，忙將兩個孩子拉到身後，不讓他們多看。

子央舉著巨斧，正在室中巡視，一邊高聲指揮手下搜索未死逃逸的侯告之戍。婦嬣望向子央，眼淚不自由主地撲簌簌掉了下來。

子央回頭見到了她，大步走上前來，露出少見的溫柔神色，拋下巨斧，伸出雙手捧住她的臉頰，輕聲道：「嬣，別哭了。沒事了，我來救妳啦。」

婦嬣投入他的懷中，不停地抽噎。子央輕拍著她的背，感覺她懷中還抱著一個嬰兒，腳邊還跟了兩個稚齡子女，微微皺眉，但聽婦嬋低聲道：「央！我……我還以為這輩子再也見不到你了！」

子央心一軟，柔聲道：「我沒有一日不掛念著妳。妳該知道，我遲早會來救妳。」

婦嬋低下頭，說道：「我再也不要離開你了。子央，我求你一件事，好麼？」

子央道：「妳說。」

婦嬋道：「這幾個孩子……他們是無辜的。求你不要殺死他們，好麼？我求求你！」

子央心想：「伊㒵的話，一點兒也沒錯。」當即大聲道：「妳這是甚麼話？我怎會殺死妳的孩子？妳是他們的母，我知道妳絕對捨不得他們。我不但不會殺他們，還會善待他們，因為我疼惜妳，因此也疼惜妳的子女。我對妳永遠一片真心，絕不願意見到妳悲傷，只希望妳永遠快活，任何會讓妳流淚難過的事，我都不會去做！」

這番情話讓婦嬋心頭一鬆，淚如雨下，說道：「子央，我盼你來救我，已經盼了好多年！如今你終於來了，又答應不殺我的子女，世間再沒有比這更好的事了！」

子央見到她喜極而泣，也不禁滿腔歡喜，伸手輕拍她的背脊，直等到她止淚了，才讓她帶著子女去後面休息。他望向伊㒵，對他點了點頭，表示感激。

伊㒵將子央和婦嬋的對話都聽在耳中，心想：「子央肯聽我的話，還不算太蠢。婦嬋除了美貌溫柔之外，別無長處，倒是子央的良配。」

過不多時，侯告的親戚和重要輔臣都已被押到堂上。他們見到侯告身首異處，躺在當中地上，其餘僕役侍女、多戌的屍體躺了一室，都不由得手顫股慄，不知自己能否逃過一死。

子央高壯的身形坐在侯告的主位之上，看來威嚴肅穆，彷若天神。他對伊蒷點了點頭，伊蒷便走上前一步，對侯告的親戚輔臣高聲道：「侯告對商王不敬，意圖反叛，罪證確鑿，商王飭令子央師長來到告方，就地處決侯告，並命子央為告方之侯。」說著高高舉起一份寫在布帛上的文書，展示給告方諸人觀看。

這份假造的商王飭令自是出自伊蒷之手。告方識得文字的人原本不多，誰也看不懂這些圖畫般的文字究竟說了些甚麼，只能匍匐在地，恭敬接受。子央便在親信之戍的擁護下，登上了告侯之位。

當夜伊蒷與子央密談，說道：「中兄雖佔領告方，仍需得到商王的允許。明日我便派使者趕去天邑商，向我王和王婦上報此事。」

子央甚是擔心，皺眉問道：「父王得知後，必定震怒不已，婦好就更不用說了。你打算如何上報？」

伊蒷道：「我們可讓使者說，你率師搜索子弓，來到告方左近，得知侯告有意反叛，因此前來探查。你發現侯告果然蓄師待發，便率師闖入告方王宮，直言責問侯告。侯告坦率承認懷有叛心，打算殺你滅口，你和他大戰一場，才將他就地處決了。」

子央懷疑道：「這等一面之詞，父王會相信麼？」

伊鳧道：「他們不相信，又能如何？難道他們會親自來告方探查此事麼？婦好就算不信，也只能假作同意，伺機將你召回天邑商去，將你打入地囚、拷問清楚，追究你的罪過。因此，你此後千萬不可再輕易進入天邑商，明白麼？」

子央點頭道：「我明白了。」

次日，使者便帶著伊鳧的信物和指示去了。

子央和伊鳧在告方等候了一個多月，使者才回到告方，王昭派了一個使者跟來宣旨，竟是右學之長師貯。

當時師貯請命去尋訪殺死王子曜，同時也鼓動婦好派子央出師征伐虎方，殺死子弓。沒想到子央叛變，中途擅自攻打告方，佔領告地，並派使者回天邑商，依照伊鳧之策，向婦好報告侯告叛變，自己已殺死侯告等情。

婦好聞訊大怒。師貯這時才剛離開天邑商數日，婦好立即派人將師貯召了回來，質問他該如何處置子央。

師貯沒料到子央竟有這等計謀膽識，好生吃驚。這時只能硬著頭皮說道：「王子央所稟，想非事實。侯告數十年來忠於我王，此時年紀已老，絕不可能有叛變之心。王子央定是主動侵犯，佔領告方之地。」

婦好怒道：「他為何膽敢犯事？」

師貯道：「依臣猜想，很可能因為前王后婦井將王子央的舊情人婦嬋嫁給了侯告，子央心中積怨已久，這回找到機會，便去告方殺死侯告，藉以奪回婦嬋。」

婦好皺起眉頭，說道：「他已奪回了婦嬋，為何仍留在告方？我立即召他回天邑商！」

師貯搖頭道：「他自知違反王婦之命，自然不敢回來。」

婦好怒道：「那麼你說，此事該如何處置？」

師貯道：「王子央帶走的一萬師眾，並非大商最精銳之師。王婦可以召他回來，他不回來，便出師攻打告方。」

婦好皺眉道：「我命子央率師攻打虎方，虎方素來與我大商為敵，因此王族無人反對。然而我若出師攻打向來忠順於大商的告方，則必須得到我王的同意。即使他沉緬酒鄉，不理政事，倘若不是由我王親自出師攻打告方，王族必會群相質疑。」

師貯道：「王婦所言甚是。依我所見，王子央既然存心叛離，那便是打定主意不回天邑商了。王子央身為王之親戍，對我王忠心耿耿，盡責保護我王。他離開之後，王婦便少了一個敵人，未嘗不是一件好事。愚臣建議王婦，不如乾脆封王子央為告侯，命他取婦嬋為侯婦，讓他死心塌地留在告方，做為我大商的屏障。」

婦好沉思半晌，才道：「也只能如此了。」

於是婦好便派師貯跟隨使者來到告方，宣告王昭和婦好的旨意。

子央當然熟識師貯，知道他此刻乃是王婦婦好身邊最親信之臣，當即設下盛宴接待。師貯態度謙恭，對子央道：「侯告意圖叛變之事，我王和王婦已然得報知曉。我王和王婦命我嘉獎王子央迅猛決絕，即時撲滅侯告叛變之圖。我王正式封王子央為告方之侯，統領告方，屏障王室，並賞賜王族吉金器物三十件、鬯酒三十罈、布帛三百匹，請王子央笑納。」

子央如願以償，大為高興；一切果如伊鳧所料，婦好對子央擅自殺害侯告、侵略告方、自封告侯等舉並不敢公然指責，決定息事寧人，裝作事情果真如子央所稟報那般順水推舟，讓子央擔任新的告方之侯，統領告方，屏障王室。

子央鬆了口大氣，立即命人取出告方最精美的荷山玉器五十件，桑絲一百匹，龜甲一百片，回贈給父王和王婦婦好，同時也私下送給師貯十件精美的荷山玉器。師貯當然不會放過這個機會，暗中將自己相勸婦好的言語告訴了子央，好遮掩自己主張讓子央出師虎方送死的毒計。子央聽後，果然對師貯滿懷感激，誠心向他道謝。

伊鳧躲在隔壁偷聽子央和師貯的對話，心想：「這師貯心計深沉，不是個簡單的人物。他自稱曾勸婦好放過子央，也不知是真是假？我須警告子央，不可過於信任此人。」

這時子央忍不住問道：「關於前任侯告的侯婦婦嬋，請問父王和王婦有無任何指示？」

師貯自然知道婦嬋乃是子央的舊情人，在央入囚後，被婦井送給了年老的侯告。他壓低聲音，回道：「此事我王和王婦並未明示。然而當年婦嫥嫁入告方，原意便在籠絡侯告，令他忠心守衛大商，做為天邑商東方的屏障。如今商王任命中兄為告方之侯，婦嫥自然應當繼續為告侯之婦了。」

子央大喜，當夜便宣布封婦嫥為自己的侯婦。婦嫥原本便對子央舊情未斷，自然極為樂意；只擔心子央會想斬草除根，殺害自己的三個子女。然而在伊鼂的勸告之下，子央再次表明自己不但不會殺害前侯告的三個子女，還會善待他們，並且不斷告訴婦嫥這全是為了她。婦嫥深受感動，高高興興地成為新任告侯之婦，回到了舊情人子央的懷抱之中。

伊鼂在告方又待了一個月，直到子央牢牢掌握了告方的師政大權，一切安定下來，才向子央問起虎屍之事。

子央說道：「虎屍我已尋得，伐告時便帶了來，此刻在我師中。如今伐告成功，虎屍也可歸還給虎侯了。」

伊鼂道：「如此甚好。如今王子央身任告侯，告方安定，不如便讓我帶著虎屍，回往虎方吧。」

子央極不願意讓伊鼂離去，但他知道伊鼂對子弓忠心耿耿，無法挽留，也不想再勉強，說道：「如此甚好。那我便將虎屍交給你了。」

子央身邊自然有人建議他殺死伊鼂，除去一個棘手的敵人。然而子央雖天性粗率，卻並非卑鄙涼薄、忘恩負義之輩。他搖頭道：「伊鼂有功於我，我亦不能失信於他。他對子弓一片忠心，那是他的抉擇，也是他的德行。我不會也不能因此而殺害他。」於是便給了伊鼂許多賞賜，命手下運送裝著虎屍的石棺跟隨，將伊鼂送走了。

第四十七章 迷姜

伊皛回到虎方後，便向子弓報告了子央伐告的經過。子弓皺眉而聽，說道：「如今連子央都有了自己的勢力，我卻仍蝸居虎方，一籌莫展，卻該如何是好？」

伊皛只能安慰他道：「事情得一步一步來。我們需得慢慢翦除婦好的勢力，靜待時機，方能回返天邑商。」

於是伊皛將虎屍交還給虎侯，虎侯又驚又喜，對伊皛大為感激。他撫著石棺痛哭，命人儘快安排愛子的葬禮。

數日之後，虎侯邀請子弓和伊皛來參加其子的葬禮。二人來到虎侯之宮，但見宮中置一石台，台上躺著一具少年的屍體，血肉早已腐朽，只看得出身首分離。子央在大巫之宮取得虎屍時，屍體尚呈虎形；不知虎方巫者施了何等法術，這時虎侯子之屍已然恢復人形。

二人肅容對屍體行禮，子弓對虎侯道：「虎侯請節哀。」

虎侯回禮說道：「本侯需感謝二位指點，教我如何與子央周旋，才讓我兒得以回歸虎方。」說著向伊皛投去感激的目光，特意向他行禮致謝。

伊鳧忙回禮道：「虎侯對子弓和我有救命大恩，我等粉身碎骨也無法報答。能為虎侯略盡一絲綿薄之力，也是我等份內之所當。」

就在這時，一個人影從堂後轉了出來。那是個身形纖瘦的少女，懷中抱著一頭雪白的小羊，約莫十五六歲年紀。她一身白衣衫，長裙曳地，一雙眼睛清澈明亮，容顏柔美絕麗，舉止間帶著一股難言的尊貴和威嚴。子弓和伊鳧見到了，都不禁眼前一亮。

虎侯介紹道：「子弓，伊鳧，這是羌方釋比姜。她是羌伯之女，往年曾與我子有婚約。我特地邀請姜來此參加我兒的葬禮。」

子弓和伊鳧聽說她是羌伯之女，又是虎侯的兒媳，心中一凜，立即起身，一齊向她行禮。

姜睜著一雙清澈的秀目望向二人，劈頭便問：「你們認識王子曜麼？」

伊鳧無法從她的語氣中聽出她對子曜懷著善意或惡意，只能小心翼翼地回答道：「子曜乃是我王之子，其母為兕方的婦戮。」

姜望向子弓，子弓為人稟直，沒有伊鳧那麼多心眼，老實答道：「曜是我王弟之一，年紀比我小上許多，我偶爾會在左學見到他，但印象不深，眾人皆誇他是個好孩子，心地善良，性情溫和。」

姜聽了，臉色轉為柔軟，伸手輕撫懷中的羊，微微一笑，笑中帶著無盡的感念，說道：「王子曜曾救過我的命，姜對他萬分感激。」

子弓和伊鳧都是一驚，伊鳧問道：「願聞其詳。」

姜神色望了虎侯一眼，輕聲說道：「我在井方被王孫辟捉住，百般虐待，逼我變身為羊，以烹煮成羊羹給王后婦井享用。虎侯之子為了救我而犧牲性命，多虧王子曜偷偷護送我離開井方，我才保住一條命。」語氣雖平穩淡然，但難掩深深其後的怨懟。

子弓聽到這裡，終於明白過來：「她就是那頭羊！後來在天邑商救走羌奴，變身成豹，險些殺死子央的就是她！」子央受到豹子攻擊時，子弓也在場，當時情景血腥驚悚，他記得極為清楚，臉色不禁微微一變。那時姜仍是個六七歲的小女孩，和此時的少女形貌完全不同，因此子弓初初見到她時，完全未曾將她和那頭豹子聯想在一起。

姜並未留意子弓的反應，臉色轉為嚴峻冷酷，續道：「那個王孫辟殘狠可惡至極，我恨不得吃他的肉，剝他的皮！」

子弓和伊鳧對望一眼，心中都想：「她似乎並不知道子辟便是子弓之子，那我們還是別說破得好。」伊鳧又想：「是了，原來是子曜在井方救了這頭羊，偷偷將她帶回天邑商，她才有機會在射宮外攻擊子央。」

姜臉上露出擔憂之色，問道：「我聽說王后婦井將王子曜關入了地囚。他沒事麼？他還在地囚中麼？」

子弓搖頭道：「那是好幾年前的事了。後來其妹子嫚出頭替他換罪，母后婦井便將子曜放了出來，將子嫚流放到南方荊楚之地去了。」

姜鬆了口氣，垂下眼睫，說道：「可憐了子曜之妹。」又問道：「那麼王子曜還在天邑商麼？」

伊鳧道：「他多次得罪當時的王后婦井，最後自我流放，離開了天邑商。聽說他去了北境。」

姜點了點頭，說道：「原來子曜在北境。」她抬眼望向子弓和伊鳧，說道：「你們都是商王族之人，為何流落在此？」

子弓嘆道：「我原本乃是大商小王，母后婦井死去後，遭王婦婦好陷害流放，不得不離開天邑商。」

姜望了虎侯一眼，虎侯點了點頭，說道：「他說得不錯。子弓原本是商王王昭選定的小王，未來是要繼任為商王的。但他遭王婦婦好陷害，被放逐離開了天邑商。伊鳧是子弓的輔佐，我請了他們二人來到虎方作客。」

姜忽然輕笑一聲，轉向虎侯，說道：「虎侯，商人的王婦竟有這麼大的權力！不知你的侯婦有多大的權力呢？」

虎侯臉上竟然一紅，咳嗽一聲，避而不答，說道：「姜，葬禮就將開始，我得去準備了。」說完便大步速速離去。

子弓和伊鳧對望一眼，都不明白虎侯對姜的神態為何如此古怪。

姜站起身相送，神色從容而優雅。虎侯離去之後，她轉向子弓和伊鳧行禮，說道：「婦井既已死去，她和子辟往年對我的欺凌侮辱，我便擱下了。但王婦婦好率領商師攻打羌方，殺死羌人數千，此仇我絕不會忘。兩位既與婦好有仇，那麼便是我的盟友了。待葬禮結束之後，我再去尋兩位，細談除去婦好之策。」說完向二人行禮，抱著那頭雪白的小羊，輕盈走了出去。

子弓和伊鳧面面相覷，想不到這個柔弱嬌美的羌女，竟說出如此堅決狠毒的言語。兩人望著她的背影，都說不出話來。

虎侯子的葬禮便在當日下午舉行。虎方王族、多戌和上千多眾都來參與葬禮，場面浩大。虎方習俗相信死者定要入土為安，靈魂潛入地底的黃泉，方能重生；而虎方不興使用棺木，只在屍體塗上桐油，以麻布包實，直接埋入土坑之中。

葬禮之上，塗油、包屍、埋葬等儀式，全由虎侯子之未婚婦姜親手置辦。她平靜的神色中帶著一股莫名的哀淒，身周虎方眾人一片寂靜，眼望著姜細心地替虎侯子半腐爛的屍身塗上一層層的桐油，之後以麻布牢牢包裹，最後親自抱著虎子之屍，放入土坑。

虎方眾人這時才低聲唱起送靈之歌，祈禱虎侯子之靈可以找到歸途，安返黃泉。

伊鳧站在虎侯身旁，見虎侯老淚縱橫，悲傷逾恆，於是低聲安慰道：「令子終能入土為安，請虎侯節哀。」

虎侯抹去眼淚，嘆了口氣，哀哀說道：「我子既死，我婦也早早逝去，我此生是注定無後了！」

子弓問道：「虎侯難道不能再取婦麼？」

虎侯搖搖頭，說道：「虎方素來一夫一婦，夫婦死後便不再嫁取。除非……」

伊鳧忍不住問道：「除非甚麼？」

虎侯卻不回答，眼望著姜，忽然說道：「姜真是生錯了地方。她該生在我虎方才是！羌人柔弱順服，不喜征戰，無法保護自己的族人。姜性格剛強，在羌方受到許多壓抑，甚至因羌人太過柔弱，無法保護她，因而遭受種種磨難。我原本期望她嫁入我虎方之後，便可受到我虎方的保護，更能一展長才。只可惜我子無福取她，便被商人殺死！」

子弓想起殺死虎侯之子的正是自己的親弟子央，不禁甚感過意不去。伊鳧怕他說出不妥之言，趕緊向他連使眼色；兩人在虎侯子的葬禮之上，眼見虎侯哀淒悲痛，都不敢再多問。

次日清晨，伊鳧和子弓想起姜昨日約二人詳談除去婦好之策，於是到虎侯宮室外，求見羌伯之女姜。

虎侯之戍卻道：「姜和虎侯一早便去箭場射箭了。」

伊鳧和子弓對望一眼，伊鳧還未開口詢問，戍者已道：「虎侯有命，若見到二位來求見姜，便領二位去箭場。」

於是兩人跟隨戍者來到箭場，但見虎侯的箭場比天邑商王宮外的箭場要大上數倍，顯然是供上百名多弓的練箭之所。伊凫心中暗生疑懼：「我原本以為天邑商之外的諸方並不懂得使用弓箭，原來虎方多戍早就開始練習弓箭之術。」

但見寬闊的箭場上只有兩個人，一個是身形高大的虎侯，正聚精會神地望著不遠處的另一人，那是個身穿白衣的纖瘦少女，正是羌伯之女姜。

姜搭箭開弓，身形凝穩，一箭射出，正中十餘丈外的靶心，不偏不倚。她隨手抽出下一枝箭，接連射了五箭，箭箭都中靶心。旁邊靶上的箭應是虎侯所射，十箭都射在靶上，但分布得較散，和姜所射相比，顯然大為遜色。

虎侯又是讚嘆，又是惋惜，頹然搖頭，說道：「我的箭藝原本便比不上我子，也比不上妳。我打算取妳為婦的意圖，看來是無法實現了。」

姜回頭微微一笑，笑容中帶著幾分哀淒，說道：「令子是世上唯一箭藝超過我的人。我當初同意嫁給他，也就是為此。虎侯請節哀。」

伊凫精靈聰明，聽了這幾句話，便猜出了個大概：「虎侯之子箭藝超卓，因而贏得姜的芳心，答應嫁給他。如今虎侯要求與她比箭，也是希望能夠贏過她，並取她為妻，卻失敗了。原來昨日虎侯對姜神態古怪，葬禮時又提起一夫一婦和姜不應生在羌方等言語，看來虎方一夫一妻的例外，便是能夠再取子之婦，但是虎侯卻遭到了姜的拒絕。」轉念又想：「這可是子弓的大好機會啊！子弓箭藝精湛，射箭若能勝過她，或許她會願意嫁給子弓，成為我方的助力？」

正這麼想時，子弓走上一步，朗聲說道：「姜，敢問弓能和妳一比麼？」

伊鳧心頭一喜：「子弓可真開竅了。」但見子弓臉上神色緊繃，並無半分追求姜的意思，又不禁擔心：「這個死腦筋，不知他到底在想些甚麼？」

姜揚起下巴，嘴角露出一抹微笑，神態英挺而俏美，說道：「當然可以。」

於是二人各自選了個新的箭靶，虎侯的手下替二人呈上一綑箭。子弓仔細挑出十枝，放在身旁的石几上，對天帝和先祖行禮，又對虎侯行禮，最後對姜拱手行禮，說道：「請。」

這些射箭的禮儀，只盛行於天邑商的王族之間，虎侯和姜都從未見過，虎侯皺起眉頭，伸手摸著黃鬍子，顯得十分莫名所以。

姜則噗哧一聲笑了出來，說道：「商人打仗射箭前，都須這麼先對天地、先祖和敵人行禮麼？」

子弓嚴肅地道：「我大商敬拜天帝先祖，不論做甚麼事情，都須先祭拜天帝先祖，並請大巫貞問，懇求先祖的許可。」

姜收起笑容，眼神中露出一絲冰冷寒氣，說道：「你們殺死上百羌人，就是為了祭祀你們的那些可恨的先祖！」伸手指著子弓，說道：「老實告訴你，我恨商人入骨。我早已發誓要殺盡除了王子曜以外的所有商人，包括你在內！」

子弓感受到這纖瘦少女身上傳來的強烈殺氣，心頭一驚，勉強鎮靜，微微一笑說道：「姜，商人成千上萬，遍布天下，妳是殺之不盡的。」

姜點點頭，說道：「你說得對。那我殺盡商王族便是。」說完回過身，更不挑箭，隨手拾起一枝，便搭在弓上射出，連射十箭，毫不停頓，快若流星；而結果和方才一般，箭箭正中靶心。

虎侯和伊鳧等見了，都不禁驚駭萬分，他們從未見過這般出神入化的箭藝，簡直不似人所能為。

姜回過頭，冷然望向子弓，說道：「你的商人先祖若能保佑你，那你就會射得比我更好。如何？」

子弓沉住氣，不受她的挑釁，緩緩取起一枝箭，搭在弓上，一箭射出，正中靶心。他屏氣凝神，一箭一箭慢慢瞄準，慢慢射出，箭箭皆中靶心，與姜所射不分上下。

姜臉色側過頭，望向虎侯，說道：「請虎侯擔任評判。」

虎侯眼見子弓射箭極為精準，但他並不願意讓姜輸給子弓，就此嫁給他，一時沉吟不語。

就在這時，子弓放下弓箭，再次對天帝、先祖、虎侯和姜行禮，說道：「我射箭雖準，但耗時太多，遠不如姜，就此認輸。」

姜哈哈一笑，說道：「你倒大方，認輸認得如此爽快。」

伊鳧看在眼中，心想：「這羌女箭術高超，氣勢過人，不可小覷。我等定要想辦法與她結盟，取得她的信任。」於是走上前，恭維地道：「姜的箭術果然驚人！子弓的箭術在天邑商無人能及，沒想到姜的箭藝較子弓還要高超！」

姜臉上似笑非笑，望向這瘦長古怪，長得好似一隻鶴的商人，聽他對自己滿口奉承，說道：「你叫伊鳧，是麼？你是伊尹的後代，子弓的輔佐？」

伊鳧道：「正是。請問姜可否借一步說話？」

姜望了虎侯一眼，虎侯微微點頭，說道：「我先走一步，你們慢慢談。」率領親戍離去，箭場上便只剩下子弓、伊鳧和姜三人。

伊鳧對姜道：「昨夜妳提到今日要來找我們細談除去婦好之策。不知妳有何高見？」

姜望了子弓一眼，說道：「我當時可不知道商人小王竟如此無用。我為何要與你們聯手？」

伊鳧微微一笑，說道：「子弓乃是名正言順的小王。他的箭藝與妳不相上下，加上他仁德多智，雄才大略，乃是商王的最佳人選。再說了，不論之前的商王對貴方有多大的傷害，雙方有多大的仇恨，子弓此時此刻便能對妳立下承諾，在他當上商王之後，絕對不再侵犯羌方，也絕對不再用羌人做為人牲。」

姜神色沉肅，望向子弓，說道：「你對商人先祖如此敬畏崇拜，倘若你的先祖要求你用羌人做人牲，你是依照先祖的意思去做呢，還是膽敢違背先祖的要求？」

子弓望了伊梟一眼，他完全明白伊梟的心思，但要他說出違背先祖意思的話，卻又不禁十分為難。他想了想，說道：「姜，妳若願意與我結盟，與我等聯手殺死婦好，助我奪回商王之位，那我定當祈請先祖，詳細告知羌方對我的恩惠和協助，請求先祖答應不再用羌牲祭祀。」

姜瞇起眼睛，說道：「你的先祖們要是不答應呢？他們幾百年來慣於享用羌牲祭祀，難道會因為羌人幫助了他們的哪個子孫當上商王，便放棄享用羌牲了？」

子弓只能說道：「我定當盡我所能，祈請先祖同意。先祖若不同意，妳可隨時取我性命。」說著解下腰間的吉金小刀，遞過去給姜。

這個舉動，不但令伊梟大驚失色，連姜也詫異不已。眾人皆知，商王族之子出生後，便由大巫進行「子子」和「命名」的儀式，隨即請吉金工者鑄造一柄小刀，將新取的名鑄在吉金小刀之上；這等於是將王子的一部分靈魂灌注於吉金佩刀之中，這柄刀便代表著他們的靈魂，死去之後，他們將持著這柄刀升入天界，與先祖會合。失去這柄刀，便等於失去了靈魂，失去了性命，更加失去了商王族的身分和死後升天的機會。

姜低頭望向小刀，遲疑一陣，才伸手接過了。

子弓低頭望去，留意她的手雪白纖細，光滑柔美，心想：「真想不到，這樣小巧細嫩的一雙手，竟擁有如此高超的箭藝！」

姜抬頭望向子弓，說道：「你當真願意將刀給我？」

子弓點了點頭。

姜將吉金刀持在手中把玩，側頭望向伊鳧，說道：「你一心想要子弓取我為婦，這是你助他重奪小王之位的其中一步麼？」

伊鳧一呆，心想：「她怎知我心裡在想些甚麼？」

不料子弓搖了搖頭，說道：「我知妳對虎侯子情深義重，他又為了救妳而死。我對妳有欽慕敬愛之心，關懷保護之意，卻不願意讓妳左右為難。我身為大商小王，乃是羌方大敵，我的王弟子央更是殺死虎侯之子的罪魁禍首，讓妳考慮是否要嫁我為婦，實是強人所難，因此我並不願提出求婚之請。」

姜聽了，不禁心想：「商王族中除了子曜之外，還有其他的好人。這子弓雖不似子曜那般天性善良，心地倒是頗為仁慈。」

她將小刀推回子弓的手中，說道：「我不需持有你的吉金小刀。你若背叛我，我隨時能取你性命。姜願意與你結盟，聯手除去婦好。」

伊鳧聽見最後一句話，心中大喜過望，走上前來，說道：「太好了。請問姜有甚麼謀略，可以除去婦好？」

姜退開兩步，臉上露出陰暗神祕之色，吐出兩個字：「毒咒！」

伊鳧道：「願聞其詳。」

姜咬了咬嘴唇，說道：「鬼方已被商王消滅，但是邑方昔時與鬼方接壤，邑方大巫曾從鬼方靈師學得一種黑暗毒咒，靈驗非常，能在百里之外奪人性命。而邑方大巫將這毒咒傳了給我。」

子弓微微皺眉，說道：「鬼方的毒咒倘若如此厲害，又怎會被商王和王婦之師滅絕？」

姜揚起下巴，說道：「鬼方的咒術，並非你們所能想像。商人若是懂得鬼方的咒術，便不會敢輕易侵犯鬼方了。鬼方靈師的『鬼影』，你們聽說過麼？」

子弓和伊鳧聞言都不禁臉上變色，他們當然知道鬼影，知道那是鬼方靈師對商人發出的最後詛咒。他臨死之前，宣稱已派出了鬼影，以殺死婦好、滅絕商人為目標。儘管誰也沒有見過鬼影，然而這鬼影之說已造成子弓失去小王之位，遭王昭放逐離開天邑商。

伊鳧質疑道：「鬼影倘若當真那麼厲害，為何婦好仍好好地活著？」

姜的神情凝重，說道：「鬼影確實非常厲害，然而鬼影的行動非常緩慢，他們的作為可能要好幾年，甚至幾十年後才會見到結果。鬼影一旦成功，商王族就不只是死幾個人便罷，而是亡種滅族，徹底敗絕！」

子弓臉色大變，脫口問道：「有辦法阻止鬼影麼？」

姜搖了搖頭。

子弓皺起眉頭，來回踱步，說道：「鬼影如此可怖，我父王知道麼？大巫㲄能夠阻止鬼影的陰謀，保衛我大商麼？」

姜嘴角露出一絲狡猾的微笑，淡淡地道：「你們或許不知道，但大巫豰已離開天邑商，去尋求成為天巫之道了。即便大巫豰留在天邑商，也無法破除鬼影的詛咒。」

伊蒀卻並不十分擔心大商幾十年後的命運，問姜道：「關於妳說的毒咒，若要施行此咒，需要甚麼事物？」

姜望向子弓，說道：「需要商王子孫的血和肉。」

伊蒀一驚，心想：「天邑商外的商王子孫，不正是子弓麼？」

姜凝視著子弓，說道：「我若能取得商王族的血肉，毒咒便能破除商人先祖的護祐，侵入天邑商，殺死婦好。」

子弓站定腳步，說道：「不成！鬼影已經夠可怕了，妳這毒咒若進入天邑商，死去的可不只是婦好，所有商王族都將遭毒咒所害。不，我不能讓妳這麼做！」

姜抬頭望向他，說道：「子弓，我恨商人入骨，這一點我從未瞞過你，你應當清楚得很。我說過，我發誓殺盡王子曜以外的所有商人，王族和非王族都一樣。你不願意跟我聯手，那就算了。」

伊蒀立即插口道：「我們已決心跟妳聯手了，請姜勿疑心！」說著連連向子弓使眼色。子弓素來信任伊蒀，這時也只好壓下心頭疑慮，忍住不再開口。

姜凝望著子弓，淡淡地道：「你是否願意跟我聯手，我並不在意。如今你難以承諾往後永不侵犯羌人，但只有你日後真正在天邑商掌握大權了，這承諾對我們羌人才有意義。

今日我大可獨自出手，不需要你的幫助。你自願給我你的血肉，不過是省得我出手強奪，或是暗中使其他咒術取得，總之這是兩廂情願，我絕無逼迫你之意。」

伊覓問道：「取得血肉之後，妳便可立即施動法術麼？」

姜說道：「我必須在天邑商周圍設下結界，咒術只在結界之內有效，而且要在天邑商百里之內施咒。」

伊覓問道：「多快會生效？有無解除之法？」

姜道：「一日之內便會生效。沒有解除之法。」

伊覓續問：「那麼在天邑商中，所有大商王族，也就是跟子弓有血緣關係的人，全都會死去？」

姜點頭道：「不錯。」

伊覓側過頭，問道：「那麼在天邑商外的商王族呢？」

姜說道：「毒咒只在結界之內生效。」

伊覓問道：「倘若將結界圍在王宮之外，那麼死的就只有身在王宮中的王族了？」

姜道：「正是。然而我不能進入天邑商。商王大巫散在城中設下咒術，我一進城，便會顯現羊身。」

伊覓說道：「倘若由我替妳設下結界呢？」

姜問瞪著他，問道：「你不是被驅逐出天邑商了麼？」

伊鳧撇嘴一笑，說道：「子弓是被驅逐了，但我是自願跟他走的，可沒有被誰驅逐出天邑商，隨時可以回去。」

姜思慮一陣，說道：「我如何確定你能成功替我設下結界？」

伊鳧道：「我們可以在虎侯的地盤試驗幾次，等妳確定我能夠設下結界了，我才進入天邑商替妳辦妥此事，如何？」

姜點頭道：「很好，就這麼辦！我決定在下個月前動手。我立即教你如何設結界。你跟我來。」

當日晚間，虎方宮室之中，子弓和伊鳧陷入激烈的爭辯。

子弓堅決不贊成讓姜施用毒咒，伊鳧卻道：「你遭人陷害，流落異鄉，卻仍如此心軟！姜一心要咒死所有王族，但我已說服她只對付王宮中的王族，那便只有王昭、王婦婦好等其他十多個王族多子多女。這些人全都死去，對我們並沒有任何壞處，只有好處，你還有何顧慮？」

子弓甚是激動，高聲道：「伊鳧！你要我毒死自己的父王？我怎能做出這種惡毒不孝之事？」

伊鳧則道：「王昭活了六十多歲，已算是盡享天年。他若不死，任由妖婦婦好作亂，必將招致大商亡種滅族之禍啊！而且你要登上商王之位，需得等到王昭死去之後，讓他早死幾年，又有甚麼不對？當年你母后下手對付王昭，壓制他的神識，你可未曾反對！」

子弓急道：「母后當時只是壓制父王之魂，並非殺死他啊！」

伊鳧反駁道：「你母后打算將他壓制一世，這跟殺死他有何分別？」

子弓喘了口氣，說道：「伊鳧，你怎能只看眼前的利益，卻不去想未來的危害？我若將自己的血肉交給姜，不就是將整個大商王族的性命都交在她手中了麼？她未來哪日不高興了，在大邑商外設下結界，咒死所有大商王族，你我連自己怎麼死的都不知道！我等根本無從防範，只能任人宰割。我若為了當上商王而做出這等禍延子孫之事，那我還算是人麼？」

伊鳧緩緩搖頭，說道：「子弓，你的頭腦未免也太簡單了。你想想，羌族人中有幾個像姜那樣性格剛烈的人？有幾個人懂得施動毒咒？」

子弓猛然省悟，直盯著伊鳧，說道：「你的意思，是要在事後殺死她？」

伊鳧仍舊搖頭，說道：「不！我不願走到那個地步。我要你取她為婦，讓她生下有商王血統的子女。」

子弓聽了，更加驚詫，說不出話來。

伊鳧瞇起眼睛，說道：「我知道你不願意違背諾言，更不願意傷害盟友。我們既已答應與姜聯手，那麼便不能背叛她。唯一的辦法，就是讓她成為商王族的一部分，那麼她便不會再對天邑商施放毒咒。」

子弓在室中踱了幾步，說道：「她若不願意做我的婦呢？而且，羌伯已被父王殺死，她不再是伯侯之女，地位不高，生下的孩子並非大示，不能成為下一任的商王。」

伊鳧擺手道：「當此危機時刻，何須去想這麼多！毒咒只看血緣關係，不管大示小示。一旦她跟你生下子女，我們又將她和子女都留在天邑商，好好照顧，保護尊重她的族人，她又怎會再次對王族施放毒咒？再說，她若不願做你的婦，還有其他王族多子可以讓她挑選啊。她不是很感激子曜麼？我們便安排讓她嫁給子曜，成為子曜之婦，她一定會答應的。」

子弓沉吟道：「但子曜已自請放逐，只聽說他去了遙遠的北境，不知下落，多半早已死去了，我們哪裡找得回他？」

伊鳧道：「你先別擔心這許多。除了子曜之外，還有子桑等小示王族之子，人數足以任她挑選。」

子弓沉思一陣，說道：「如此或許可行。然而這麼做極為危險，一旦出錯，便將導致我大商王族滅族之禍。」

伊鳧嘆了口氣，說道：「子弓，我身為你的輔佐，絕不會建議你不擇手段，以奪取王位為唯一目標。然而我眼見妖婦婦好獨攬大權，大商岌岌可危，只怕幾年之內便要毀敗在她的手中了！我為何鼓動你爭取王位，甚至不惜殺害王昭，就是為了拯救大商啊！你難道不擔心麼？過去數年中，婦好四出征戰，替大商樹立無數敵人，甚至無端滅絕鬼方，招致鬼方靈師放出鬼影、詛咒大商，這是她一個人招惹的禍患，後果卻要我所有大商王族承擔！再任她胡鬧下去，大商指日便要滅亡了！」

子弓沉吟道：「你認為王婦究竟想得到甚麼？」

伊鳧摸著下巴，說道：「在我看來，她自己也不知道自己想要甚麼。她的野心太大，十多年來受到王后婦井的壓抑箝制，受盡了折磨。如今她終於除去了王后婦井，嘗到了自由和權力的滋味，加上多次出征取勝，有如著了迷一般，需得繼續征戰，才能滿足她嗜血的欲望。而她的欲望愈大，便更加不肯放棄已握有的權力地位，因此處心積慮，想要趕緊生一個子，讓自己的子當上商王。子吉夭折之後，她激憤無比，大開殺戒，正正反映了她求子不得的困境，因而處事愈顯激狂。」

子弓搖頭道：「生不生子，那是天帝和先祖的意思。她年紀也不小了，多次流產死胎，怎能期待自己還能生子？即使生了子吉，也早早夭折了。她一日不生子，難道父王就一日不立小王？在我之下有子央、子商；婦斆也有二子，子漁雖病弱，但還有子曜這個大示之子，倘若拖著不立小王，如何說得過去？」

伊鳧說道：「就是因為她尚未有子，婦好才必須繼續把持政權啊。她當然知道王昭還有多名大示之子，都有擔任小王的資格，但她偏偏就不讓任何王子成為小王，王昭又對她萬般聽信，你能拿她奈何？」

子弓頹然坐倒，說道：「她自己也是大商王族，怎能如此害我大商？」

伊鳧一邊嘆息，一邊搖頭，說道：「子弓，你在師般的教導下長大，傳承師般忠心耿直、心中只想著大商王族利益之心。但很多人跟你不同，滿腦子想的只是自己的利益啊。」

子弓沉思一陣，說道：「無論如何，我同意我等應當與姜聯手，先除去婦好再說。但我對姜並不放心，覺得她……她不可信任。」

這回伊鳧並沒有反駁，卻點頭道：「我們與她聯手，只是一時之計。等你當上了商王，我們該報答的，自然得報答；然而該防範的，仍然得防範。你先別擔心姜，我會緊緊盯著她。她是羌人，除了能變身為禽獸之外，並不擅長巫術。她的巫術看來只是向別人學來的，想必並不精深，我們不必如此怕她。」

子弓長嘆一聲，說道：「你這回進城，最好能設法探聽子曜的下落。她很在意子曜，或許我們真的可以撮合他們二人，減少姜對我大商王族的敵意。」

伊鳧笑道：「如我所說，姜和子曜若能結合生子，那就更好了。消滅敵人，不如化敵為友；化敵為友，不如把敵人取回家，幫你生個孩子。」

子弓聽他說得有趣，也不禁笑了，隨即臉色又凝肅起來，說道：「你不要小看了姜。她顯然並非一般的羌女，不但箭藝精湛，聰敏多智，性情剛強，而且懂得咒術。你以為自己可以掌握她，小心可別反被她掌握了。」

伊鳧聳聳肩膀，笑道：「我不過是隻長相古怪的鶴鳥，她絕不會有興趣理睬我的。你且放心吧，她再怎麼剛強，也不過是頭溫順的小母羊，我自有辦法對付。」又道：「而且她本身是羌人，又是羌伯之女，這點對我們十分有利。你可知道天邑商有多少羌奴？」

子弓道：「總有幾百人吧？」

伊鳧搖頭道：「不！在天邑商城外王田耕種的羌奴，超過五千人。在天邑商中服侍王族的，也有三千。你想想，這些羌奴若在姜的號召之下，群起反叛婦好，那會是甚麼樣的局面？」

子弓遲疑道：「羌奴百多年來為商人之奴，溫馴服從，他們怎敢反抗？」

伊鳧搖頭道：「被逼到臨死邊緣，又有羌伯之女號召，他們或許會願意拚死一搏。」

子弓又生起猶疑，說道：「羌人長年為商人之奴，姜雖為羌伯之女，地位較為尊貴，但畢竟和低賤的羌奴同為羌人，王族多眾只怕會瞧她不起。」

伊鳧道：「你自己見過她本人，的確美貌無匹，箭藝高超，智勇雙全；這樣的女子，即使是羌人，也必能贏得大商王族的尊重。」

子弓仍舊猶豫難決。

伊鳧觀察子弓臉上神色，又道：「子弓，我剛才提起讓姜嫁給子曜，只是玩笑之言。子曜是個沒用的小毛頭兒，姜是不會看上他的。你若對她有心，可繼續親近姜，想辦法取她為婦。羌人雖是商人之奴，姜卻是個了不得的人才，對你未來必將大有助益。」

子弓臉上微微一紅，說道：「待我想想。」

伊𡙹對他再了解不過，知道他這是對姜動了心，暗暗偷笑，心想：「子弓不論地位外貌、武藝才智，樣樣都比子曜高上十倍。就算她感激子曜曾出手相救，但在子弓的追求下，想必很快便會將子曜拋在腦後了。」

然而，事情卻不如善於料事的伊𡙹所想那麼順利。

首先的阻礙便是虎女。子弓已和虎女打得火熱，仍舊夜夜聚會，即使子弓心中清楚自己應當追求姜，卻不怎麼打得起精神。在伊𡙹的強逼軟求、曉以大義之下，子弓才百不情願地答應主動去找姜，試圖贏得她的芳心。

之後數日，子弓日日邀請姜去箭場射箭。姜來到了箭場，卻只抱著白羊，坐在一旁觀看子弓和其他虎方多弓練箭，自己卻不出手。子弓甚感奇怪，問她為何不下場射箭，姜只微笑搖頭。

子弓於是又邀請姜來到自己的房室，親手烹飪豚羹、篩斟美酒請她享用。大商王族之子時時祭祀宴客，因此個個都熟悉烹飪和篩酒之道。這時他挑選了最肥美的豚肉和上好的美酒招待姜，盡力討好於她。

姜吃得不多，對肉羹顯然並無興趣，只禮貌地嚐了一口，便停下了。她也不飲酒，只推說羌人不善飲酒，喝了一口便不喝了，子弓不禁甚感失望。

如此四五日過去了，姜從不拒絕子弓的邀請，但她顯然知道子弓有意追求，因此總是十分矜持；她與子弓相處時神態恬靜平和，言語不多，而且絕對不與他獨處，身邊總有兩個侍女跟隨陪伴。子弓日日與她相見，漸漸不由得對她愈來愈著迷；不只因為她絕秀的姿色，溫順的性情，也因為她渾身散發出的英氣和魄力，讓他深受吸引，難以抗拒。

這一日，在伊鼂的建議下，子弓邀請姜去東方的原野騎馬。兩人縱馬騎出數十里才停下，四下無人，放眼望去，只見一片無邊無際的丘陵田野鋪展在眼前。

這回終於沒有侍女跟隨，子弓知道這是絕佳的機會，於是鼓起勇氣，轉頭望向姜，說道：「姜，我對妳深深敬佩喜愛。請問，妳願意嫁我為婦麼？」

姜也轉頭望向他，神色沉靜安穩，毫無驚訝害羞之色，只凝肅地望著子弓，緩緩說道：「子弓，我不能嫁給你。」

子弓聞言，心一沉，問道：「為甚麼？」

姜望向田野，說道：「因為我已身有所屬。」

子弓點頭道：「我知道妳曾被妳父許給虎侯之子，但是他已死去多年了。」

姜搖搖頭，說道：「虎侯之子的箭藝勝過我，我確實願意嫁給他。然而他顯然不可能成為商王，終於因我而死。」

子弓聽她提起商王，甚感奇怪，問道：「他是虎方中人，自然不可能成為商王。這和他是否因妳而死有何關係？」

姜緩緩說道：「當我出生時，羌方大巫曾替我占卜，說我未來將成為大商王后，因此我只能嫁給將來會成為商王的人。我若隨意答應嫁給他人，定會令那人慘死，就如虎侯之子一般。」

子弓搶著道：「那妳更應該嫁給我！我曾任大商小王，只因婦好亂政而遭驅逐。我們聯手殺死婦好之後，我便將回歸天邑商，擔任商王了。」他頓了頓，又道：「妳若願意，等我當上商王之後再嫁我不遲。只要妳此刻應承我，我定會遵守我的諾言！」

姜苦苦一笑，說道：「子弓，我當然知道你曾任小王，也知道你一心回歸天邑商，爭奪商王之位。但是我也知道，你絕對不會成功，因此我不能嫁給你，不然只會害了你的性命。」

子弓聽她說得如此篤定，彷彿這是再清楚明白不過的事實一般，不禁又驚又怒，忍不住問道：「妳怎麼知道？」

姜望著他，眼神中滿是同情憐憫之色，只淡淡地答道：「我就是知道。」

她低頭表示歉意，一扯馬韁，回轉馬頭，往來時路馳去。

子弓望著她的背影，滿心困惑憤怒，混雜著一股難言的沮喪，忍不住叫道：「那妳說『身有所屬』，究竟是甚麼意思？」

姜未曾回答，逕自去了。子弓心中清楚：她說身有所屬，便是指她將會嫁給未來的商王，而那人並不是自己。

當夜伊鳧找到子弓時，他正獨自飲酒，看來已有七八分醉意。

伊鳧一驚，他知道子弓在天邑商時極為節制，除了祭祀之外，絕不飲酒，離開天邑商後更是嚴謹，滴酒不沾。這時竟喝得半醉，神色消沉頹喪，想必發生了甚麼大事。

伊鳧走上前，在他身前坐下，取過他的酒尊，凝視著子弓，問道：「發生了甚麼事？」

子弓抬頭望向他，伸手將酒尊奪了回來，一邊喝酒，一邊將自己向姜求婚失敗的前後說了。

伊鳧聽完後，連連搖頭，說道：「那個小羊女知道些甚麼！她說的話，如何能信！」

子弓長嘆一聲，說道：「她說得那麼篤定！我不知道羌人有何術法，但她充滿了自信，她說我絕對不會成功，好似清楚擺在眼前的事實一般！」

伊鳧拍拍他的肩頭，說道：「子弓，你千萬別聽信那小羊女的言語！你乃是下一任商王的最佳人選，這是再清楚不過的事。大巫启多次向先祖貞問，次次都是上吉。你難道不信先祖的意旨麼？」

子弓低下頭，緩緩搖頭，說道：「我不知道我該信甚麼。」

伊鳧堅定地道：「你應當信你自己！倘若連你都不信自己，世間還有誰會相信？我清楚知道你一定會成為商王，不論甚麼人攔阻在你面前，都要將他擊敗驅退，達成目的！」

子弓長嘆一聲，說道：「連羌方一個小小羊女都不信我，我還能做甚麼！」

伊鳧擺手道：「別理會她！她知道甚麼！我們只不過需要利用她的法術，達成除去婦好的目標。其餘你都不要多想，與羌方通婚，並非你唯一的選擇，也不是最好的選擇。等你當上商王之後，還愁找不到王婦麼？」

子弓搖搖頭，不再言語，又倒了一尊酒，仰頭喝乾了。他靜了一陣，才道：「與姜聯手，以毒咒害死王宮王族之事，我絕對不做。」不論伊鳧如何勸說，子弓始終搖頭，堅決拒絕再談此事。

第四十八章 尋天

當時巫穀悄然離開天邑商後，便一路往西北，來到了比鬼方還要北、比羌方還要西的地方。此地乾旱無比，放眼望去，只見到一片黃茫茫的沙漠。踏上沙漠之前，巫穀準備了足夠的飲水和糧食，然而當他親眼見到沙漠時，卻不禁深吐一口長氣。這沙漠無邊無際，而自己帶的糧食和水只夠吃喝十天半月，倘若吃完喝完時尚未找到要找的地方，那就只有死路一條了。

巫穀很清楚自己要找甚麼。自從他成為商王大巫，能夠每日留在神室之中，便開始努力研究收藏在神室中的每一件神器。每件用於祭祀祈禱的吉金鼎上都鑄有隱密的文字和圖樣，集中了一代代大巫的發現，以此方法傳給後世的大巫。

巫穀從前一代的商王大巫启那裡得到了歷代大巫的記憶，因此能夠輕易解讀吉金鼎上的文字和圖樣。比如那個雙虎鼎上的圖樣：中間是一張大巫的臉，臉帶微笑，左右各有一頭老虎，張大口對著大巫。幾年前，子曜曾問過他這圖案的意義，大巫穀只微笑以對，並未回答。這幅圖樣乃是大巫最深奧的祕密之一，其實他當時十分驚異於子曜為何會提出這麼關鍵之問。那時他已猜知，子曜可能不是個尋常的王子；他身為充滿巫術的兕方婦戮之子，其祖又是鷹王兼鷹方喀目，身世原本便十分特異，更有可能不是凡人。

然而他不必再繼續關心、擔憂子曜了。他已實踐了對巫彭的承諾；王昭立了婦斅為王后，即將立子漁為小王，他的責任已盡。巫靛知道自己必須去往西方，尋找記載中的「西天」——在巫術的傳承之中，「西天」乃是一切巫術的根源。

而羌方釋比姜的出現，更篤定了巫靛的追求。姜告訴了他關於天巫最重要的祕密，那就是西天的確實所在。很多巫者都知道西天位於西方大山的山巔之上，需先尋得一條祕密路徑「天門」，才能通往西天；倘若不知道天門所在，就算在西山中行走一百年，也到不了西天。

巫靛往西行去，在風沙襲人、炎熱乾燥的沙漠中走了超過三個月，終於來到西山腳下。

西山是天下最高的一座山，山頂隱沒在雲霧之中，甚麼也看不見。巫靛一跨上山路，便陡然寒冷起來；他拉緊破爛不堪的衣裳，撐著法杖，口中念著著咒語，舉步往山上行去。他依照羌方釋比姜的指點，在這座巨大的高山中探尋天門。

羌方釋比姜告訴他，天門是一條小徑，巫者需齋戒百日，在山中虔誠對天帝祈禱，並誦念特殊的咒語，天門才會出現。因此在踏上沙漠之前，巫靛已開始齋戒，至今早已超過百日了。他在西山之中緩緩行走，虔誠祈禱，一心誦念天門咒語。一個月過去了，他毫不猶疑，決不放棄，仍舊整日在山中漫無目的地行走誦咒。

終於在第八十天後，他的眼前忽然出現了一條全以白圓石鋪成的小徑，隱藏在山谷溪澗之中，隱密非常，看來正是通往天界的路徑——「天門」之路。

巫㲉欣喜若狂，暗想：「釋比姜畢竟沒有騙我！」於是他一步一步地走上那條白色圓石小徑，往西山之巔邁進。

他每走一步，便感到身子輕盈一分，彷彿離天界愈來愈近，彷彿他只要來到西山之巔，離登天就只有一步之遙了。

山勢愈高，雲霧愈濃，空氣也愈寒冷。巫㲉念了個咒語，企圖讓自己緩和一些。但這西山乃是天下巫術之泉源，他的巫術在此毫無用處，一陣寒風吹過，便將他的咒語吹散得無影無蹤了。他只能吸入一腔的冰冷寒氣，扯緊衣衫，繼續往山巔行去。

他並不覺得餓，只感到寒冷和疲倦。天色有時光明，有時黑暗，日夜不分；他知道此地的陰晴日夜受到歷代大巫在此施放的巫術左右，早已失去了人間日出日落的規律。巫㲉知道，自己的法力無法與古代所有大巫的積累，便也不曾嘗試抵抗，只低頭忍受著寒冷，一步一步往山上走去。

走了許久，可能有半年，也可能只有半日，忽然之間，巫㲉察覺自己來到了一處高地。他抬頭望去，但見此地比其他地方都光明得多，彷彿整座山上就只有此處得以照入。他跨入光明之中，卻不感到溫暖，只感到更加冰寒。

巫㲉抬頭望天，驚見天上有一隻巨大的眼睛，正一眨不眨地望向自己。

巫縠心跳加快，跪倒在地，祈請道：「天帝在上！巫縠擅自來此，多有冒犯，請天神恕罪！」

那隻眼睛只一眨不眨地望著他，毫無反應。然而巫縠知道天帝正觀望著他，審度他的巫術法力，觀察他這一生的功過得失。巫縠的身子微微發抖，只盼自己能夠通過天帝的測試，不讓天帝失望。

過了許久，那隻巨眼似乎終於看完了，緩緩眨了一下。

巫縠輕輕鬆了一口氣，至少天帝未曾將他趕走，自己應算是過了這一關吧？

巨眼並未發出任何聲音，但巫縠能夠聽見祂的言語：「巫縠！你來此地，是否意圖成為天巫？」

巫縠拜倒在地，說道：「回天帝，正是此意。巫縠盼能成為天巫，維繫天地暢通，世間和平。」

巨眼靜了一陣，對巫縠言語：「成為天巫的路非常艱難。你必須召集天下大巫，說服他們出手助你。」

巫縠問道：「請問天帝，他們該如何助我？」

巨眼言道：「你必須求他們給予你最艱辛痛苦的磨練，讓你經歷天下各種各樣的苦痛，方能成為天巫。」

巫縠聽了天帝之言，並不驚訝；他原本就明瞭成為天巫的路途必將充滿苦難艱辛，立即回答道：「巫穀不懼艱難痛苦，定將盡力說服天下大巫出手，給予我各種磨練，助我成為天巫！」

巨眼又眨了一下，便消失不見了。

巫穀不敢耽擱，立即盤膝坐定，取出包袱中的一只小鼎，鼎上鑄有一圈饕餮紋，十分精緻。他將鼎放在面前地上，小心地將一包「萬里傳」放入鼎中；接著他取出火刀火石，點燃了鼎中的萬里傳，一縷青煙緩緩從爐中冒出，直升天際。巫穀口中喃喃禱念，那青煙受到他的指引，在升入半空之後，陡然散成千百束，向著東南西北各方飛去，落入人間。巫穀凝神驅動青煙，專注地將他想送出的信息遠遠送出，傳給天下的每一位大巫。

世間究竟有多少大巫？他年幼時曾問過其師巫彭這個問題。巫彭回答道：「世間有多少方，就有多少大巫。」

巫穀並不滿足，追問道：「那麼天下有多少方？」

巫彭嘆了口氣，神色顯得有些憂傷，說道：「傳說黃帝時期，中原有方數萬；夏時只剩下三千；如今大商佔有天下，便只剩下數百了，而且仍然不斷減少。」

巫穀奇道：「這卻是為何？是因為大商師力強盛，方族難以生存麼？還是方族自相殘殺，彼此毀滅？」

巫彭顯出少有的認真，點頭道：「兩者都是，也都不是。方族之所以減少，乃是因為大巫的凋零。一個方族若沒有了大巫，便只有滅亡一途。」

巫㲄更加好奇，問道：「大巫乃是天下巫術最高強的巫者，大巫怎會凋零？」

巫彭揮揮手，顯然不願再談下去，說道：「等你長大後，便會知道了。」

巫㲄回想著許多年前與巫彭的對話，暗暗猜測如今天下究竟還有多少大巫？又有多少大巫能接受到自己傳出的信息？

他等青煙全數消散之後，才站起身，將神鼎收好。他放眼望向腳下寬廣綿延的山河大地，暗暗禱祝：「大巫們啊！期盼你們全數接到我的訊息，同意前來赤地一聚，同意助我成就這天地間最重大最神聖之偉業！」

巫㲄離開西山之巔，回到平地，來到他廣邀大巫聚會的赤地。

赤地位於西山東北方數千里外，乃是一片赤紅色的盆地砂原，極為乾燥，有時刮著寒冷無比的北風，有時刮著燥熱難耐的南風，從來不刮溫和的東西兩風。巫㲄選擇赤地，只因一般行旅絕不會選擇經過此地，一定遠遠繞路避開；能夠進入赤地而毫髮無損的，唯有大巫。

巫㲄在赤地等候了一兩日，便開始有大巫前來。最先來到正是羌方釋比姜，她呈現少女的外貌，懷中抱著聖羊，不再是當年狼狽潛入天邑商時七八歲幼女的形貌。她見到巫㲄，一言不發，神色沉肅。

巫㲄見到她，原本想向她道謝，感激她告知自己找到天門的祕密；然而見到她的臉色，想起羌方大城毀滅，數千羌人死亡，她的父也被王昭和婦好所殺，羌方受到巨大的打擊，便又想向她表達慰問之意。然而姜來到此地，是以羌方大巫的身分前來，而巫EE此時想做、事情極為重大，絕不能與任何前來聚會的大巫有任何私人恩怨情仇，是以便忍住了不開口。

之後前來的是荊楚大巫，那是一位全身披著彩色羽毛，頭上戴著長長鳥羽頭飾的老婦；以及度卡族大巫，那是一個身穿鹿皮袞的圓臉少年。巫EE感到他們各自懷有自己極想知道、關於子曜和子嫚的消息，但是他依然勉強克制自己，並不曾開口詢問。

之後又來了許多大巫，都是巫EE從未見過的：有一位全身黑袍，戴著黑色面具，巫EE猜測應是黑方大巫；有一位赤裸著上半身，身上密密麻麻都是赭紅色的紋身，應是醜方大巫；還有一位身穿獸皮，看花紋似乎是虎皮，想是虎方大巫。

等到第九十天，一共有七十位大巫來到赤地。但其中有十五位無法抵擋赤地的炎熱，早早便離去了。巫EE並未挽留；他知道一個大巫若無法平安留在赤地，便顯示了法力不足之象，實在算不上是大巫，也幫不上自己的忙，不如讓他們趁早離開。

剩下的五十五位大巫留在了赤地，等候巫EE宣告他的計畫。

巫EE等到時機成熟，於是站起身，朗聲道：「諸位大巫！這是第二度的天下大巫聚會。第一度在黃帝時代，在黃帝打敗蚩尤之後，曾召集天下大巫聚會，決定如何滅絕蚩尤族人，讓蚩尤族再也不能作怪，危害天下多眾。」

眾大巫紛紛點頭。大巫們各自傳承了前代大巫的記憶，因此都記得數百年前發生過的事情。即使記憶太多太雜，有些已模糊了，但只要有人提起，大巫們仍舊能在數百年的記憶中搜羅尋找，喚回他們需要記得的事情。

巫靫停頓了一下，又道：「這一回，我商王大巫靫，以商王之名，召請諸位大巫聚集在此，助我成為『天巫』，開啟天下太平的契機！」

這話一出，所有大巫都騷動起來，發出嗡嗡交談之聲。大巫來自不同之方，許多語言不通，但彼此仍舊能夠透過巫術溝通。這時只見人頭攢動，大巫們交頭接耳，議論不休，貌甚激昂，有的不時抬頭望向巫靫，對他指指點點，有的不斷搖頭，臉現不信之色。

巫靫又道：「我需要各位大巫的協助，才能通過磨練，成為天巫。我在此承諾，當我成為天巫之後，必將致力維持天地間的和平。我將說服商王停止征戰，保證所有方族都不再受到征伐侵略。商王也將停止迫害各族大巫，讓各族生存下去，和平相處。」

眾大巫聽了，又是一陣交頭接耳，有的臉色稍緩，微微點頭，有的仍舊面露懷疑之色。

但巫靫身形修長，面容清俊，風度翩翩，言語誠懇有力，許多大巫都不自由主對他生起好感，相信他的言語，衷心願意相助；然而也有不少大巫充滿恐懼疑慮，不敢參與此事，深怕會招致天罰。

巫靫透澈了解他們的心思，對大巫們說道：「本巫此舉，絕非違背天帝之意。天帝有好生之德，不喜殺戮流血。本巫一心成為天巫，正是為了實踐天帝的心意，維持世間和平。本巫此舉倘若招致了天帝的憤怒，我將承受一切懲罰，絕不殃及無辜！」

一位大巫站起身，質問道：「天下所有大巫，誰不想成為法力無邊的天巫？為甚麼我們要相助你？」

另一位大巫則道：「巫殼！你身為商王大巫，卻放棄職守，擅自離開天邑商，讓大商失去大巫的保護。你連自己所屬之方都不善盡職責、用心保護，我們又怎能相信你將以天下多方為心，以天下多眾為念？」

大巫們的質疑之聲此起彼落。巫殼定下心神，沉聲答道：「我祈求各位協助我，是因為我想成為天巫，並非為了我自己，而是為了天下蒼生。」又道：「不錯，我身為商王大巫，本應時刻守護大商，不離不棄；但是天下遭受商王蹂躪已久，我自認救助天下蒼生的責任，比起輔佐保護商王的責任更加重大。而商人想要長久保住天下，也必須依靠我扭轉他們好戰嗜血的習性，讓他們消停征伐殺戮。」

然而大巫們仍有許多質疑，巫殼花了許多的精神和唇舌，試圖一一說服不願意相助的大巫。

三日過去了，仍有十九位大巫無法接受巫殼的建議，拒絕相助，紛紛離去，願意留下來的大巫只餘三十六位。

於是巫殼帶領這三十六位大巫前往瑤池，傳說中修煉天巫的最佳處所。他信心滿滿，相信只要在瑤池接受各方大巫的磨練，便能夠開始踏上成為天巫之路。

剩下的三十六位大巫願意跟隨巫翫來到瑤池，不介意在此耗費時光心血，只因他們相信巫翫給他們的保證：在他成為天巫之後，他將說服商王停止征戰，致力於維持天地間的和平。任何有助於守護本族安危存亡的努力，對各方大巫來說都是值得一試的事。

瑤池旁的昆侖山巔乃是眾神居所，其中住了數百位神巫，包括巫翫之師巫彭在內。巫彭老早得知自己之徒巫翫將來到此地，打算修煉成天巫，不禁搖頭嘆息。他思慮許久，才決定從昆侖山下來，觀望情勢。他見到三十六個大巫跟在巫翫身後，來到瑤池岸旁。巫彭望向巫翫高眺的身形，清俊的臉龐，不禁觸動心事，忍不住跨入瑤池，步過水面，來到岸上，面對著巫翫。

巫翫睜著紫色的眸子望向巫彭，臉上露出微笑，說道：「師彭！我回來了。」

巫彭蒼老的臉上只有哀傷，沒有半絲歡喜興奮。他不斷搖頭，說道：「我告誡過你的事情，你一件也不肯聽，還故意反其道而行。你從小就是如此，我實在無法改變你。沒將你教好，是我的錯！」

巫翫仍舊望著巫彭，面帶微笑，似乎完全不將巫彭的指責放在心上。

巫彭頓了頓，又道：「然而你的徒兒卻教得不錯。我見過那叫作小巫的孩子，你竟然有勇氣收養那孩子，還教他巫術，膽量當真不小，野心也當真不小！」

巫毅緩緩說道：「不錯，他是個孤兒。我救了他的性命，教他巫術，好讓他存活下去。」

巫彭搖頭道：「不只是讓他存活下去，而是蓄意培養他成為下一代商王人選！你說你成為天巫之後，便將說服商王不再征戰殺戮，然而你卻有心讓一位巫者成為商王！這不是說一套，做一套麼？你想想，商王若同時身為法力強大的巫者，怎麼可能不繼續征服、殺戮四方之人，當作人牲祭祀商人祖先？」

巫毅神色平靜，淡然道：「我知道自己在做甚麼。小巫是我一手教出來的，他也知道自己在做甚麼。」

巫彭說不過自己的徒，也無法改變他的心意，於是嘆了口氣，伸出一隻蒼老的手掌，輕輕按上巫毅的心口，嘆了口氣，低聲道：「世間這些事，我巫彭不但不想管，而且管不著。無論如何，為師只能祝禱你一切順遂，無災無咎。」

巫毅低下頭，閉上雙目，誠心接受巫彭的祝禱。

巫彭離去之後，一個大巫開口道：「你要我們怎麼做，快快說出來吧！」

巫毅平靜地道：「巫毅懇求各位大巫，以自己最黑暗恐怖、最嚴厲陰毒的巫術施展在我身上，讓我遭受你所能施加的最大痛苦。我相信，只有在遍嘗天下最嚴苛的折磨痛苦之後，我才有資格成為天巫。」

此言一出，三十六個大巫互相望望，都不言語。

巫瞉吸了一口氣，說道：「請開始吧！」

一個苗條秀美的少女站了起來，懷中抱著一頭潔白的小羊，正是羌方釋比姜。她開口道：「過去數百年來，我羌方不斷受到商人侵略，燒殺俘虜，做為羌牲祭拜商人的先祖，死去的羌人以數千計。巫瞉！你應當知道，我仇恨商人之心，比其他方族更加熾盛；而我乞求和平之心，也更勝於其他方族。」

巫瞉點頭道：「妳當時來天邑商找我，告知我天門的祕密，我就清楚了妳希望我走上追求成為天巫的這條路。即使妳的用意是讓我離開天邑商，讓大商自趨滅亡，那也不要緊。一旦我成為天巫之後，我必會實踐我的承諾，讓天下多方平等相處、和諧共存。」

姜抿著嘴，冷冷地道：「你很快就會發現，離開天邑商並非你畢生最大的錯誤。你最大的錯誤，便是妄想成為天巫！你絕對無法撐過大巫們加諸於你的痛苦，無法走完這條路！」

巫瞉露出大巫之笑，說道：「釋比不妨試試。」

姜豎起眉頭，當即施下巫術，讓巫瞉感受到數百年來、數千名羌人被商人以各種方法屠殺，用以奉祀先祖的痛苦。巫瞉親身體驗火燒、刀割、水淹等種種酷刑之痛如海浪般撲到他的身上，嚙咬他的每一寸肌膚，讓他難以呼吸，連叫都叫不出聲來。

姜盤膝坐下，伸手溫柔地撫摸懷中的小羊，凝望著巫瞉在地上翻滾掙扎的模樣，嘴角露出一絲殘酷的笑意，冷然道：「這正是我羌族人在商人手中所受的種種苦痛。如今我要讓你每一種痛苦都遍嘗一次，讓你足足受刑三年的時光！」

巫骰痛得幾欲暈去，眼前發黑，無法言語，只能咬牙忍受，勉強點了點頭。

巫骰當然不能在這兒不吃不喝、受苦三年，然而姜的巫術卻能夠讓人感覺過了三年之久。每一日，每一刻，巫骰都在極端苦痛中度過，不但感受到姜人被當作人牲時身體上遭受的火燒刀切之痛，更感受到羌人眼見家園遭商師侵略，村落燒毀，親人被擄，家破人亡的悲痛折磨之苦。他也體會到數百個羌人被關在狹小的地囚之中，等待遭屠的悲憤和絕望；地囚中潮溼悶熱，所有的羌俘都飢餓難耐，穢物沾在身上，臭味令人欲嘔；而當他們終於被商人如羊群般趕出地囚，引到大室前，準備遭受屠殺之時，所有羌人都已飢餓疲倦，虛弱至極，無力反抗，只能引頸就戮，乖乖成為商人祭祖用的人牲，讓商人的先祖飽餐一頓。羌牲們心中懷藏的怒氣和怨恨愈來愈深沉，愈來愈濃厚，這些感受全都完完整整地深藏在羌人大巫釋比姜的記憶之中，此時全數如實奉還給商王大巫骰。

巫骰剛開始只是勉強忍受羌人受到的劇痛和煎熬，企圖抵禦羌人無邊無盡的怨氣和仇恨。然而一年過去了，他終於開始接受羌人的感受，開始與羌人合為一體。又過了一年，他逐漸感受到自己成為了一個羌人；自己不再是商王大巫，真真確確是一個遭可恨的商人俘虜，被關在地囚之中，準備遭商人殘忍殺戮，去奉獻給那些可恨的商人先祖。他經歷了一次又一次的戰火蹂躪，一次又一次眼見親人慘死，村莊毀滅，一次又一次地被火燒刀割，死於苦痛、絕望和仇恨之中。他甚至感覺到自己如此痛恨商人，尤其痛恨那個站在高台之上，穿著一身閃爍白衣，戴著面具，隨著鼓聲翩翩起舞，體貌優雅無比的商王大巫——也正是他自己。

那位大巫口中喃喃吟唱禱祝，他在說甚麼？他似乎在說：「本巫謹以三百羌人的肉體和鮮血取悅先祖，讓先祖在天上享受包含著鮮血和痛苦的上佳祭品。獻牛獻羊獻豕都不足夠，唯有奉獻活生生的人，才能表達子孫對先祖最誠摯的孝心和敬意。唯有如此，先祖天上之靈才會護祐商人子孫，讓我們戰無不勝，攻無不克；讓大商興盛繁榮，疆域廣闊，商人所有先王、先公、先祖皆永享祭祀，萬世不絕。」

為了商人的這一念對先祖的虔敬孝心，這一念取悅先祖神靈之心，為此而慘死犧牲的羌人和其他方族中人不可計數。

巫穀除了身心的痛苦之外，更發現了另一件事：他從不知道自己可以如此鄙視仇恨自己。他只感覺，在三年過去之後，當姜的巫術解除之後，他便將立即拔出金刀，亂刀刺死自己，讓自己死得慘不堪言，好為受苦慘死的諸多羌人報仇。

在三年將到之前，巫穀終於省悟一件事——承認錯誤並不足夠，道歉懺悔也不足夠；他不能改變過去，但能改變未來。身為商王大巫，他必須盡其所能，不讓任何羌人再遭受到同樣的痛苦。這是他在亂刀刺死自己之外，唯一能做的事。

在巫穀來說足足過了三年的巫術，對圍觀的大巫來說，卻只過了三食。

當巫穀從三年的痛苦解脫出來之後，第一件事，便是高聲叫道：「此苦絕不可再續！」他抬眼望向姜，讓姜見到他的眼神是清澈、誠懇、無邪的。

姜咬著嘴唇，凝望著巫穀清俊的臉龐，輕哼一聲，咬牙低聲道：「便宜了你！」又狠狠地道：「你等著瞧吧！你最關心的大商，很快就將毀滅。你一手扶植起來的王子曜，我也將親手毀了他！」

巫穀眉頭微蹙，心弦微微一動。姜確實是個不可小覷的巫者，她知道自己關心甚麼，便以子曜為威脅，果然動搖了自己的心思。然而巫穀才從三年的極端痛苦之中走出，他的心已比吉金還要堅硬。他望著姜，說道：「巫穀感謝釋比出手相助。請釋比善自珍重！子曜的生死禍福，我已顧不到了。」

姜豁然站起身，撫平雪白的裙襬，抱起聖羊，傲然離去。

第四十九章　神殺

第二個出手的是夷方大巫。夷方也多次遭受商師侵犯，多年前曾在婦好、侯告和子央的率領下，三千夷方之師全數覆滅，村莊被燒，大批女子孩童被捉回天邑商，有的充當奴隸，有的充當人牲；近年則是王昭協婦好、侯雀、亞禽出征夷方，商方再次大勝，擄回數百夷人。然而夷方大巫並未讓巫嗀體會夷牲的痛苦，他知道巫嗀已從姜手中承受過這種苦刑了，因此他要給巫嗀的是不一樣的考驗。他舉起一把長弓，對著巫嗀的臉孔，說道：「我東夷之人擅長以長弓射箭。今日我要你做出選擇，我該射死誰？」

五根木棍出現在夷方大巫面前，木棍上各綁著一個人。巫嗀定睛望去，但見那五人的第一人是自己的養父巫帛，第二人是自己早早死去的母，第三人是被婦井燒死的小祝，第四人是子曜，第五人卻是自己！

夷方大巫淡淡地道：「我夷方規矩，在成為夷方大巫之前，必得先通過這個考驗。我將以箭將這五人一一射死，而你需選擇我先射誰，後射誰。」

巫嗀感到額上流下冷汗。他當然知道這五人都不是真的，養父巫帛早已發瘋，生母已死去多年，小祝留在天邑商，子曜遠在北境，只有自己身在此地。夷方大巫要射死誰，其實都無關緊要，因為死人已然死去，不會再死一次；其餘眾人雖仍存活，但綁在柱子上的那幾人顯然並非真實，夷方大巫的箭即使射中他們，也定然不痛不癢。

夷方大巫說道：「你心中一定在想，這只是假象，我的箭不論射死誰，都無關緊要。不錯，這些人是假象，但是他們卻能真正感到痛楚。」

他一邊說著，一邊彎弓搭箭，一箭射往那木棍上的「巫罄」，箭擦過他的肩頭，鮮血冒出。巫罄立時感到肩頭一痛，伸手摸去，肩頭竟真出現了箭傷，他低下頭，見到一手都是血。

夷方大巫舉起長弓，說道：「快說吧！第一個射誰？」

巫罄的心跳加快，他並不完全明白這個測試是為了甚麼，他又應當如何決定？先射自己最不關心的人？還是先射最不重要的人？這五人中一個是自己，兩個是養父和生母，一個是他最忠實的侍者小祝，一個是他一心輔佐的未來商王。這些人對他都極為親近，也極為重要。他想要誰先死，誰後死？

巫罄感到全身冷汗直流，張開口，卻說不出話來。

夷方大巫瞇起眼睛，喝道：「快說！」

巫罄吸了一口氣，說道：「我不要見到親人痛苦，你先殺了我！」

夷方大巫嘴角露出冷笑，舉起弓，對準了綁在柱子上的巫罄，一箭射出，正中心臟。

巫罄慘叫一聲，只覺心口如萬針刺入般絞痛，撲倒在地。若非他剛剛經歷了三年的反覆死亡，此刻想必已痛昏了過去。

他伸手按住心口，感覺一股氣湧上喉頭，哇的一聲，吐出一團火熱的鮮血。他感到自己命不長久，很快便要死在當場。

但聽夷方大巫說道：「你選錯了。你讓別人先死，你才有機會解救其他人。你先犧牲了自己，似乎很無私，很慷慨激昂，事實上卻是最自私的選擇。」

巫穀勉強撐起身子，說道：「請讓我再選一次。」

夷方大巫搖著頭，不屑地道：「你若生在夷方，根本就沒有資格成為大巫！你的決定只有一次，你選錯了，便是永遠錯了，再也沒有改正的機會！」

他接著接連四箭射出，將綁在柱子上的另外四人都殺死了。巫穀目睹著他們臉上的恐懼驚詫、悲哀痛苦和無奈絕望，心中只有無限後悔，眼前一黑，昏厥了過去。

當他醒來時，夷方大巫站在他的面前，手中持著長弓，說道：「我東夷之人，皆擅長以長弓射箭。今日我要你選擇讓我射死誰。」

於是巫穀的面前又出現了同樣的五個人：養父、生母、小祝、自己和子曜。

夷方大巫問道：「我將用箭一一射死這五人。你要我先殺誰？」

巫穀腦中仍舊一片混亂，完全不記得剛才做過的選擇，但隱約記得自己選錯了，因此感到懊惱痛苦。他的眼神從養父移到親母，又從小祝移到子曜，最後停留在自己的臉上，幾乎又要脫口而出：「先殺了我吧！」

然而他及時忍住了，咬住嘴唇，心想：「萬萬不可，我不可先死。我要活下去，才能解救其他人。」

他望向父和母，心想：「母辛苦生我，養父教我成人，我怎能讓他們先死？」又望向子曜，心想：「他是世間最重要的人，我不能讓他先死。」最後他望向小祝，心想：「她是其中最能割捨的，我應當讓她先死，再設法解救其他的人。」於是說道：「小祝。」

小祝聽見了，抬頭望向他，眼神中並無半絲驚詫怨責，只有一片無私的感恩和眷戀，彷彿在說：「選得好！大巫彀，我願意為你而死，死多少次都甘願！」

巫彀見到她的眼神，立即便後悔了，想要開口阻止，夷方大巫的箭已射了出去，正中小祝的咽喉。

巫彀忽然感到喉嚨一陣烈火灼燒般的劇痛，就在同一時刻，小祝亦正在天邑商被婦好活活燒死。儘管巫彀並不知道，也並未親眼見到她死去，這時他卻眼睜睜看著她的咽喉噴出鮮血，柔美溫和的雙眼中露出一絲無奈，一絲哀淒，口中無聲地呼喚：「大巫彀！」接著那雙眼睛便永遠地閉上了。

巫彀發瘋般地大叫起來：「小祝！小祝！」想衝上前去，摟住她的身軀，但他卻無論如何也無法移動，整個人如被釘在當地一般。他高聲狂吼，滿面淚水，接著眼前一黑，再次昏厥過去。

等他再次醒來時，只感到一陣難言的痲木，那是心痛太過劇烈之後的空虛感。他知道自己不能承受再一次的選擇了。他也知道，怎麼選都不對。他固然不能選父母，也不能選將會拯救天下的未來商王子曜。他不能選自己，也不能選小祝。這五個人都不能選，那他要如何通過這夷方大巫的試煉？

巫縠痲木地轉過頭，見到夷方大巫仍舊站在自己身邊，手持長弓，面無表情，說道：「我將以箭將這五人一一射死，而你需選擇我先射誰，後射誰。你準備好了麼？」

巫縠望向那綁在木柱上的五個人，難以掙脫心頭的空洞，緩緩搖頭，說道：「你一個也不許射。你射誰，我便殺了你！」

夷方大巫微微揚眉，撇嘴說道：「我可沒說你可以選擇威脅我！」

巫縠只覺疲倦難言，擺擺手，說道：「我不管我能選擇甚麼，不能選擇甚麼。我只知道，若你敢傷害這其中任何一人，我便立即殺死你。你以為我做不到麼？」

夷方大巫臉色微變，微微後退，豎起眉毛，說道：「你敢威脅我，我便將你們五人全數殺了！」

巫縠忽然哈哈大笑起來，說道：「你原本便要將我們全都殺了，我還在乎甚麼？」他豁然站起身，伸手奪過夷方大巫的弓箭，對準了他的臉，說道：「我沒有甚麼可讓你選的，此時此刻殺死你，那麼我也不用選了！」

夷方大巫冷冷地瞪著他，哼了一聲，憤然道：「算你狠！」一轉身，大步離去，消失在瑤池邊的樹林之中。

巫彀喘息著，勉強站在當地，回過神來，手中的夷方長弓早已消失不見。他感到自己彷彿做了一場極為真實、極為恐怖的夢，即使醒來了，夢中的痛楚恐懼仍然盤桓在他心頭，尤其是小祝那淒美哀怨，苦痛絕望的眼神……

他吸了一口氣，望向剩下的三十四位大巫，勉強恢復清醒神智，記起自己到底為何身在此地。他定下心神，說道：「請下一位大巫賜教。」

這回站起身的是荊楚大巫，那是個頭戴五彩鳥羽、滿面皺紋的老婦。她拄著拐杖，緩緩走上前，來到巫彀身前，咧開缺牙的嘴，說道：「巫彀！你瞧，我長得醜陋麼？」

巫彀聞到她身上傳來的酸臭之味，望著她既老又醜的容貌，老實說道：「妳長得十分醜陋。」

荊楚大巫嘎嘎而笑，說道：「巫者鎮日接觸天神鬼怪、毒蟲藥草，大多面貌醜怪。但是你卻愛美得很，總是以最俊美的外貌示人。那麼，你看看你自己現在的模樣！」

巫彀低下頭，但見自己襤褸的衣衫之下，身形佝僂；他舉起手一看，原本修長潔白的手變得皮膚粗糙，骨節扭曲，長長的指甲呈灰黃色，蒼老醜怪已極。他心中一驚，從懷中掏出一面金鏡，往鏡中看去，見到一張布滿黑斑、斜眼歪嘴的臉面，臉上橫七豎八的都是猙獰的疤痕，眼睛混濁，頭髮稀疏，當真是又老又醜。

巫彀幾乎驚叫出聲，伸手撫摸自己的臉頰，觸手粗糙，鏡中的影像確實是自己的臉頰！他勉強鎮定下來，移開金鏡，望向荊楚大巫，只見她已變成一個身形窈窕的美艷婦人，杏眼桃腮，與自己的容貌十分相似，根本就是將自己的臉面身形強行奪去了。

荊楚大巫對著巫穀微笑，說道：「誰不希望永遠年輕美貌？然而要維持這樣的外貌，花費的巫術實在太大，太辛苦了，我可沒工夫做這些無謂的事。你呢？你究竟打算花費多少的精力巫術，用於維持自己年輕俊秀的外表？」

巫穀輕輕嘆了一口氣，他知道這是自己的最大的弱點。他自幼便生得極為俊美，不管甚麼人見到他，都忍不住讚嘆他是個世間少見的美少年。他不但外貌出眾，而且還是兕方大巫養子，從小學習巫術，更增加了他的神祕。不記得從幾歲開始，巫穀身邊便不乏仰慕者，男女老少皆有。不少兕方族人主動奉送各種珍貴的飲食禮物給他，乞求他接受。巫穀記得養父巫帛曾嚴厲警告他，在他正式成為巫者之前，絕對不能接受任何人的餽贈。於是他一一正色拒絕，那些愛慕者便跪在他的腳邊，痛哭流涕，懇求他接受，大半日都不肯離去。

等他年紀再大一些，便有無數美貌少女前來求見，自願獻身。然而這時巫穀已擁有一定的法力，能夠自持，不受誘惑。那些少女便瘋了般地抱住他的腿，求他多眷顧自己一點，即使短暫地瞥她們一眼，對她們露出一絲絲的微笑也好。但是巫穀始終嚴謹自持，堅決拒絕。

巫穀漸漸長大，容色愈來愈俊美，不只兕方之人，許多鄰近方族之人都慕名而來，只為了見這俊美出奇的巫骰一面。

當巫骰正式成為巫者之後，養父巫帛對他說道：「你已是巫者，能夠任意改變自己的外貌。我認為你應當藏起你的面目，永遠不以真實面貌示人。」

巫骰卻堅決不肯，說道：「我只聽聞巫者以巫術讓自己看來更英偉或更美艷，從未聽過巫者蓄意掩蓋自己的真實容貌。」

巫帛瞪著他，說道：「那你就做第一個吧！你的面貌將阻礙你行使大巫之職責，長久下去，你將無法成為真正的大巫！」

巫骰仍舊堅持，說道：「我的長相天生便是如此，我不願為了敷衍世人而掩蓋我的真面目。」

巫帛大怒，為此狠狠地鞭打了他一頓。巫骰默然承受，他從三歲起便開始學習巫術，也開始承受養父的瘋狂毆打，這時早已習慣，完全無動於衷。他對自己說道：「我甚麼都沒有，只有美好的外貌。倘若放棄了我的外貌，我還剩下甚麼呢？」

這時巫骰望著金鏡中醜陋老邁的自己，只覺一股難言的震驚反感。他勉強定下神來，逼迫自己目不轉睛地望著鏡中的影像，強逼迫自己接受。他對自己說道：「我若連俊美的容貌都不肯失去，又怎能成為天巫呢？」

他望著金鏡，面對著衰老醜陋無比的自己，勉強露出微笑。為了成為天巫，他甚麼都能捨棄，連父母小祝都能捨棄，何況是容貌？他伸手入懷，取出一柄吉金小刀，將刀尖對準自己的左頰，緩緩在那張蒼老醜陋的臉上劃出一道血痕，接著又不斷以小刀在自己的臉面切割，劃出更多橫七豎八的血痕。

荊楚大巫瞪著巫嗀，冷冷地哼了一聲。不知何時，她已恢復了醜陋老邁的外貌，忽然回身走去，消失在瑤池的霧氣之中。

巫嗀放下小刀，望著荊楚大巫的背影，哈哈大笑。他滿面鮮血，模樣極為恐怖，卻又顯得極為尊貴，極為驕傲。旁觀諸多大巫見了，都怵然而驚，不敢言語。

巫嗀高聲道：「你們繼續吧！我巫嗀都能承受得住！我要證明給天帝看，我有資格成為天巫！」

接下來的數十日中，多巫各自以不同的方法考驗折磨巫嗀。到了第八十日上，巫嗀身邊只剩下十二個大巫，他們仍將巫嗀圍繞在中心，繼續給他不同的折磨考驗。

這一日，太陽正要升起之前，天際雲霧繚繞，滿天紫紅雲霞。多位大巫都察覺一股不尋常的神祕氣氛，一齊抬頭望天。但見天上的雲霞忽然開始旋轉，愈轉愈快，接著就在日出雲霧的中心出現了一隻巨大的眼睛，多位大巫見狀都驚呼出聲，有的跳起飛奔，有的試圖鑽入地底，倉皇躲避。

然而眾巫都還來不及躲避，便已被定在當地，無法動彈，只能眼睜睜地望著那隻巨大的眼睛，感到那隻眼睛直直穿透過自己，將自己看得一清二楚。

巫縠心神震動，天地間的大神天帝再次出現了！

那隻眼睛往下觀望了一陣子，接著便現出了身形。在多位大巫的注目之下，雲層中出現了一條巨大的夔，身形細長，在空中懷繞盤旋，兩端皆有頭，一頭的口張著，另一頭的口則閉著。

天帝顯現夔形，那是歷代大巫皆清楚知道之事。所有吉金神器、石玉製品上的夔紋，隱含的意義就是天神；遠古黃帝升天，也是遭夔吞噬後，才升入天界。雙頭雙口的夔，乃是天上多神中最強大的一位，也是主宰萬物生死、掌管天地溝通的大神，更是受多巫尊重崇拜的天帝。

此時天帝以夔形從天而降，在半空中盤旋舞動，低頭凝望著地上的一圈大巫，又望向圈中的巫縠。天帝不能言語，然而所有大巫都聽見了天帝傳出的神祕訊息：「巫縠！來！到我這兒來！」

巫縠感到一陣難言的狂喜，知道天帝終於接受自己了，準備迎接自己上天去。他顫巍巍地站起身，張開雙臂，仰頭望天，但見夔向著自己下降，來到自己的頭頂，張開巨口，將他的頭含入口中。

巫縠的頭部霎時一陣火熱，好似要融化了一般。他勉強克制，才未曾慘叫出聲。接著夔口闔上，他的脖子火熱劇痛，知道自己已然身首分離，感覺自己的身子無助地癱倒在地上，頭則進入了夔的口中。

在其他多位大巫眼中，看見的景象卻大為不同。他們見到巫縠整個人化入一片燦爛的霞光之中，漸漸消失。他們都知道，巫縠被天帝吞噬了，也就是遭到「天殺」，並由此而升天。多位大巫們都曾執行過斬下人牲之首、獻祀天神的儀式，卻從未曾見過一位大巫當場被天帝吞噬的升天景象；有的羨慕感動，有的痛哭流涕，有的跪地膜拜，有的嚇得呆在當地，失去神智。

巫縠只覺自己被一團色彩斑斕的霞光包圍，緩緩轉動上升。眼前出現了那隻巨大的眼睛，凝望著他。巫縠想要跪地膜拜，才想起自己只剩下頭了，沒有身體，無法行禮。正這麼想時，他又突然間留意到自己的身子仍在，於是趕緊跪倒，恭敬向那隻巨眼膜拜。

巨眼又恢復成夔形，出現在他面前。巫縠望著眼前的夔首，心中感動莫名。他擁有歷代大巫的記憶，知道許多位早期的大巫曾親眼見過天帝，因此才將天帝的夔形刻鑄在種種神器之上，以祈求天帝的保佑。如今他竟親眼見到天帝，這可是身為大巫一生最大的榮耀！

夔面對著他，巫縠聽不見任何聲音，但覺知夔對自己的內心說起話來：「巫縠！你一心成為天巫，誠心邀請天下大巫相助，讓你經歷世間諸多痛苦折磨，這些我都看在眼中。今日我便達成你的宿願望。我已用神力將你殺死，此刻你已是神殺之巫；接著我將以神力讓你重生；重生之後，你將與天帝同體，你的形貌，將是夔的形貌，你在人間時，則可以任意變換身形。」

巫嗀滿心歡喜，跪倒在地，恭敬膜拜，說道：「巫嗀拜謝天帝！」

夔又對巫嗀傳言：「你回到地面後，我有一件重要的任務交代你。」

巫嗀恭謹答道：「但憑天帝指示，巫嗀一定盡力達成。」

夔傳言道：「你重生之後，必須絕地天通。」

巫嗀大驚，抬頭道：「天帝！你的意思是……」

夔神態凝重：「不錯。你將成為無所不在的天巫，而你最重要的任務，便是斷絕天地間的溝通。」

巫嗀擔憂道：「然而……然而絕地天通後，人和巫便再也不能與天帝、神靈和冥界溝通了。人若遇上種種災難，該如何詢問天帝的意旨，祈求天帝保佑？」

夔言道：「萬年以來，天地間的神、巫、人、獸、鬼，各有其位。神存於天上，巫、人、獸存於地面，鬼則寄身冥界。巫存於人獸之間，專職與天上的神靈溝通；人獸不但互相轉換，亦能互相包容。然而自商人稱王開始，便大力貶低獸的地位，商王喜好田獵，濫殺獸物；又多次出師，將能夠變身的方族趕盡殺絕，甚至將方族之人當成人牲，進獻給商人的先祖。今日人和獸已徹底分離，甚至成為仇敵了。不多久，巫者的地位也將產生變化；人將覬覦巫者的能力，大舉屠滅巫者，試圖直接與天帝、神靈和冥界溝通。當人和巫的界線愈來愈模糊，以致任何人都能成為巫之時，就是巫者滅絕的時候。在人征服獸、屠滅巫之後，下一步就要欺鬼凌天了。為了阻止人的意圖，絕地天通乃是必行之舉。」

巫殼聽了，陷入沉思。天帝的言語真實無誤，他心底雖清楚知道這些變化，卻始終無法面對承認。巫殼思慮良久後，心中已有決斷，抬起頭說道：「天帝之命，巫殼誠心遵從。然而巫殼有個條件。」

夔似乎笑了笑：「巫殼，你竟敢跟我談條件？」

巫殼鼓起勇氣，說道：「巫殼成為天巫之後，一定替天帝絕地天通。然而天帝需給我天藥！」

夔側過頭望著他，似乎甚感有趣：「你成為天巫後，將存活數萬萬年，永世不死。你要天藥做甚麼？」

巫殼道：「我不是為自己而求，而是為地上的人和獸索求天藥。」

夔微微搖頭：「獸已經沒救了。人不值得救。」

巫殼拜伏在地，說道：「絕地天通後，不管是巫、人或獸，都再也無法賓見天帝，與天帝溝通。人間諸事，天帝將任其自生自滅，不再理會。然而巫殼身為天巫，將永遠存在於天地之間，能夠觀望地上的一切生死興亡。巫殼不願見到人間充滿血腥屠殺，想以天藥替人揀擇一位聖王，讓他長生不死，永遠統治天下，維持人間和平。」

夔搖搖頭：「你思慮太多了，大可不必為人間操心。你想取得天藥並交給人間聖王，以為如此便能永遠維持天下和平？這是絕不可能的事。但是，你既然想嘗試，我便如你所願。」夔張開口，口中放著一個小小的包袱，「這就是天藥。」

巫穀驚喜莫名。他自然知道，「不死藥」能讓人延年益壽，活至百歲，已是人間最難得的神藥了；「天藥」則是傳說中更加神奇珍貴的神藥，比巫彭所持的不死藥神妙百倍，真正能讓人維持青春，永遠不死。

巫穀伸出手，恭敬地接過了那個包袱，拜下說道：「巫穀拜謝天帝！」

夔低下頭，一雙黑亮的眼睛凝望著巫穀，祂的聲音在巫穀心中響起：「巫穀，你打算將天藥交給誰？」

巫穀低下頭，說道：「巫穀心中自有定見。」

夔隆隆大笑起來，傳出最後一個訊息：「你去吧！」之後便張開大口，再次將巫穀吞了進去。

巫穀感到自己在夔的身體之中飛快地流動，不知過了多少時候，忽然見到前面出現光明，知道自己已來到夔的另一個頭，就將被夔的另一個口吐出。果然，他感覺自己離開了夔的口，面前只剩下一片耀眼的光芒。他經歷了神殺和神生的過程，終於重生入世，成為了天巫。

巫穀睜開眼時，發現自己仍坐在十二名大巫之中，但人已不在瑤池岸邊。他見到自己在一條十分眼熟的大河邊上，彷彿便是天邑商旁的洹水。他望向身邊的十二名大巫，但見他們臉色鐵青，恨恨地瞪著自己，一齊開口說道：「巫穀！你的磨練尚未結束！」

十二人一齊出手，施展巫術，繼續折磨著巫穀。然而他們並不知道，巫穀已不是原先的巫觳了。他已重生成為天帝的一部分，成為他一心嚮往的天巫。儘管他的巫觳之身仍在，仍能感到痛楚，餘下的十二位天巫也曾親眼目睹巫觳受到神殺神生的過程，但此刻卻已完全忘記了方才見到的所有景象，以為自己仍在助巫觳經歷苦難折磨，助他成為天巫。

巫觳手中緊緊握著那包天藥，心中充滿狂喜。他冒了巨大的危險，經歷了難以言述的痛苦，終於引得天帝以夔形下凡，給予自己神殺、神生，得以成為「天巫」，更得到了天藥！十二名大巫對他的折磨仍然極為慘酷，他知道自己雖依舊顯現人身，能夠經驗身體上的痛苦，但心智卻已不再是人了。他的心已與天帝結合為一，超越世間的一切。同時間，他也清楚照見了自己殘酷的命運。

在他成為無所不在的天巫、幫助天帝「絕地天通」之前，還得完成一件極為重要的事：他必須找到人間聖王，將天藥交付給他。

第五十章　海王

子曜清醒過來時，才一睜開眼，便知道自己已恢復人形，頭腦也是人的頭腦了。他立即記起了昏倒前發生的事：「我喝下隨風給我的神水，變身為鳥，在天空飛翔。一回到度卡族，便被隨風率領族人圍上捉住了。」

他驚然坐起身，移動手腳，卻並未被繩索綁縛。他隨即想起：「隨風是度卡族的薩滿，用個咒語便能困住我，自然不會需要用繩索將我綁住。」

但發現自己有手有腳，並且能夠自由活動，仍舊讓他鬆了口氣。他四處張望，看清自己坐在一間帳篷之中，和他記憶中隨風所居的帳篷相差不遠，只是顯得有些空曠，仔細瞧去，才發現帳幕中少了許多事物：隨風種種奇形怪狀的法器、時時持在手中雕刻的木頭、各種各樣的藥草、食材、鍋碗瓢盆等等，都不在帳幕之中。

他感到肚子餓極，想起自己變身成巨鳥時並未捕食田鼠或鳥雀，一心打算回到隨風的帳幕中吃肉羹，因此始終餓著肚子，昏倒之後想必也未曾進食。

子曜走出帳幕，不由得一呆，這才發現隨風的巫術有多高明，自己被困得有多深。他放眼望去，帳幕外既不是冰原，也不是草原，甚至不是任何他能辨識的地方，而是一整片看不清楚的模糊虛無。他轉頭向上下左右各方張望，凡是眼睛能見到的，都是一片變換莫測的迷霧，甚麼也看不真切。

子曜倒吸一口涼氣，知道自己被困在隨風設下的迷境之中，只要隨風不解除巫術，自己便絕對走不出去。

他嘆了口氣，回入帳幕，只見當中的地爐已生起了火，一鍋肉羹正咕嚕嚕地煮著。子曜好生感激，說道：「我正餓呢，多謝你啦，隨風！」隨即找到一只木碗，舀出半碗肉羹，一邊吹著熱羹，一邊緩緩喝了起來。他將整鍋肉羹都吃了個乾淨，火便逕自熄滅了。

子曜這幾年來多經乖舛，慣於獨處囚牢、忍受飢餓，這時能夠填飽肚子，便已心滿意足，雙手交叉放在腦後，躺下休息。這時他才留意到，火燒聲消失之後，四下忽然靜得可怕，帳幕外悄然無聲，既無風吹草動，也無半點禽獸鳴叫之聲，只有一片死寂。

子曜感到有些毛骨悚然，對著虛空說道：「隨風，這兒太安靜了。你來陪我說說話好麼？我保證我絕對不會逃走，反正我也逃不走。」

過了好一陣子，隨風並未出現，也不知聽到了沒有。

子曜心想：「他將我關在這虛假的帳幕之中，巫術防守想必十分嚴密，或許他根本聽不到我的聲音。不知他要將我關上多久，又打算如何處置我？」

子曜在帳幕中住了許多時日，帳外偶爾有太陽，偶爾有月亮，日夜長短並不定時。他總之累了就睡，餓了就吃，渾噩度日。

直到這一日，他睡眠中忽然感到一陣灼熱，睜開眼，見到帳幕竟著了火，火焰亂竄。子曜一驚，心想：「虛假的帳幕也會起火麼？」趕忙跳起身，往帳門闖去。他出來之後，只見到一片漆黑，原本的迷霧已不存在，只剩下一片灰暗。

子曜叫道：「起火啦！起火啦！」

他往灰暗中奔去，奔出幾步，一腳踩空，往下跌去。他高聲大叫，只知道自己向著一個無底深淵不斷跌落，忽覺手臂一緊，有人捉住了自己。子曜抬頭望去，但見捉住自己手臂之人生著一張圓臉，褐色的雙眸正凝望著自己，正是隨風納木薩。

子曜心中一喜，隨即又驚又憂。只見隨風圓臉蒼白，頰上額上滿是血跡，喘息不止，顯然受了不輕的傷。

子曜驚道：「你沒事麼？你受傷了？」

隨風不答，將他拉上灰暗的崖邊，急切地道：「子曜，我們打不過海王，需得逃走。他的目標是奪走你，我不知道他打算拿你做甚麼，但他一時之間應該不會傷害你。」

子曜感到事態緊急，忙問道：「海王是甚麼人？」

隨風深深吸了幾口氣，說道：「海王是大海之長。我們此時身在船上，我原本打算將你送去給鬼影，讓他們決定如何處置你。但是……但是途中遇到了海王和他的手下。」

子曜曾聽大巫說過「鬼影」，約略知道是鬼方靈師臨死前派出的使者，目的是消滅大商。他問道：「鬼影在何處？」

隨風道：「鬼影在東方一個海島上。過去十餘日我們一直在海上航行，不幸被海王找到，將我們的船燒了，逼得我們乘坐小船逃命。我不得不將你留給海王，請你見諒！」忽然又想起甚麼，補了一句道：「小巫和我在一起，你不必擔心他，我們會想辦法救你出來的。」

說完他手指一彈，子曜眼前一花，眼前出現一片寬廣碧綠的海水，海水之上是一片霧茫茫的天空，隨風也消失了。子曜眨眨眼睛，才發現自己果然身處一艘船上，而那艘船正劇烈燃燒著。

子曜從未見過大海，只嚇得閉上眼睛，不敢再看，心中升起一股衝動，便想立即變身為鳥，展翅快飛，遠遠離開這遼闊無邊的巨水。然而他並不能隨心所欲地變身，閉上眼睛後，船身搖晃更加明顯，他感到頭昏眼花，腹中翻滾欲嘔，只得勉強睜開眼睛，往遠方望去，頭暈的情況才略略減輕一些。自從他吃了讙以後，身體遠比往昔健壯，極少感到虛弱暈眩；然而這是他生平第一次乘船在大海中漂浮，暈浪卻是難免的了。

他放眼望去，見到周圍有十餘艘巨大的船正包圍著自己所在的船，西方則有一艘很小的船正揚帆迅速遠去，轉眼已駛出數百里之遙，大約便是隨風和度卡族人逃逸而去所乘的船了。遠遠似乎隱約傳來又驚又急的呼喚：「子曜！子曜！」卻聽不甚清楚。

海面風浪不大，但船身搖晃不止，與平地大不相同。子曜伸手握緊船舷，仍感到暈眩難受已極。他心想：「原來過去這許多日子，我都身處一艘船上！隨風的巫術當真厲害，讓我一直以為自己身處平穩不動的帳幕之中。他免除了我暈船之苦，我還該多謝他才是。」

這時船上的火燒愈來愈烈，子曜處於被燒死或跳入海中淹死的兩難，轉頭望望火，又轉頭望望海水，難以決定哪種死法比較不痛苦。

就在這時，但見三個黑黝黝的人從一艘大船上跳入海中，向著他的船游來；過不多時，便見三個黑黑的頭浮出水面，許多隻黑色的手抓住了他，將他拉入海中。

子曜驚叫一聲便沉入水裡，一下子感到海水冰冷如刀，水花濺得他滿頭滿臉。子曜不會泅水，滿心驚惶，幸而抓住他的人的手指有如鐵箍一般，將他牢牢扣著，讓他的頭浮出水面，不至於淹死；那三個黑色的人簇擁著他，直往大船游去。大船上有人拋下繩索，三個黑色的人分別伸出手，抓住繩索的一端，船上的人緩緩收回繩索，將四人拉了上去。

即使只泅過短短十餘丈的海面，並且有人扶著他，子曜仍在驚慌中喝了好幾口鹹鹹的海水。等他的人一翻過船舷，就趴倒在船板上大嘔起來，嘔出滿腹的海水，更頭痛欲裂，幾乎想把自己的整個頭都摘下來。

那些黑黑的海人讓他癱在船板上，便不再理會他，彼此呼喊交談了幾句，各自走了開去。

子曜喘了幾口氣，抬頭望去，只見甲板上有十餘個膚色黝黑的人，各自忙著拉繩索、搬重物等打理船上諸務，彷若身在平地，心想：「這些大約就是海人吧？他們長年住在這種搖搖晃晃的地方，不難受麼？」

那些海人顯然早已習慣海上的顛簸，在船上行走如飛，說笑自如，口中說的都是子曜聽不懂的語言。

子曜鼻中聞著刺鼻的海水鹹味，伴隨著魚蝦的腥味，又再次嘔吐起來。他不想弄髒船板，撲在船邊，往海水嘔去。海人們見到了，只是指著他大笑，更沒有人來看望他。

子曜嘔了一陣，見到海水中許多小魚游到船邊，啃咬著自己嘔吐之物，不禁苦笑，心想：「這些小魚甚麼髒東西都吃，大魚吃了小魚，人又捕大魚來吃，不是把髒東西都吃進自己的肚子裡去了麼？」

他委頓在船板上，又難受又狼狽，只能勉強振作，反思己身處境：「據隨風所說，我被海王捉住了，不確定他將如何對付我，但應當不會傷我性命。我只需耐心等待，隨風便會伺機相救。然而我是隨風的囚虜，他原本要帶我去鬼島，將我交給鬼影，若被隨風救出也不見得便是好事。我究竟該如何才能重獲自由？」

天色逐漸亮起，海面晨霧散開，露出一片碧藍的晴空。就在這時，幾個海人上來對他大聲說話，幾個伸手拉起他，將他押到一個龐大的人形身前。那人身形肥胖，膚色黝黑，光頭長鬚，叉腿坐在一只木箱之上。他的衣衫敞開，露出個毛茸茸的大肚子，一手摳腳，一手摳牙，神態閒適自得，卻又帶著幾分凶殘暴戾。

子曜猜想這胖子多半便是海王了，於是行禮問道：「請問尊駕便是海王麼？」

那胖子臉現疑惑之色，往身後望去。一個瘦瘦小小的人站了出來，那人膚色較淺，看面目似乎較像子曜見過的中土之人。他對胖子說了幾句，胖子點點頭，咕嚕咕嚕說了幾句，伸出粗粗的手指，指向子曜。

瘦子望向子曜，操著半生不熟的中土語言說道：「這位便是至高尚、至貴重、至睿智的海王。」

子曜見他會說中土語言，略略鬆了一口氣，於是對海王行禮說道：「敝人拜見海王。」

瘦子又道：「海王說，他聽那些鹿人提到，你是商人？」

子曜回答道：「正是。我是商人。」心想：「甚麼鹿人？噢，他說的鹿人，多半是指隨風的度卡族。」

胖子海王的臉色忽然變得十分憤怒凶狠，厲聲說了幾句話。瘦子翻譯道：「海王聽說，說商人不斷偷取海中的海鹽，還偷取海中的珍珠朋貝，這是真的麼？」

子曜心想：「商人百年來蒸海取鹽、潛水取貝，如何稱得上偷？」正不知該如何解釋，一個海人忽然矮下身，伸手從他腰間取過那把吉金小刀。子曜想伸手阻止，但想到自己身處海王的地盤，便又忍住了。

那海人拿著小刀看了一會兒，又遞去給海王看。海王接過小刀，睜大了眼，反覆觀看，顯得十分驚異。其餘海人也圍上觀看，個個滿面好奇之色，咕嚕咕嚕地交談不斷。

海王說了幾句話，一個海人拾起一段粗索，遞過去給海王，海王便試圖以吉金小刀切割繩索。這柄小刀乃是天邑商吉金鑄工之長子治專為大商王子所鑄，十分鋒銳，一斬之下，繩索立即斷為兩截。

海王驚呼一聲，伸長了手臂，讓小刀離自己遠遠的，似乎害怕刀上有甚麼咒法。天邑商王族的吉金鑄工技藝高超，遠非他方可及；許多蠻荒之方根本未曾見過吉金，更別說是以吉金鑄造成的各種巨大宏偉的祭器，或是小巧精美的刀兵酒器了。

那瘦子對子曜道：「海王問你，這是甚麼？大商有很多這種東西麼？」

子曜回答道：「這是吉金。商人能以吉金鑄造多種器物，天邑商有很多吉金器物。」心念一動，又道：「海王倘若喜歡這種吉金器物，我回去天邑商後，立即替海王準備一批吉金器物，替海王送來海上，供海王挑撿。」

瘦子翻譯之後，海王眼睛發光，指著那小刀，又說了幾句話。瘦子對子曜道：「海王聽人說，只有商王之子擁有吉金小刀。那是真的麼？」

子曜不敢否認，只能道：「確實如此。」

瘦子接著問道：「那麼你是大商王子？」

子曜只能老實回答道：「正是。」

海王睜著一雙小眼盯著子曜，又對瘦子說了幾句話。瘦子問道：「喂，海王問你，你既是商王之子，那麼你就是未來的商王了？」

子曜心中籌思：「我身處大海之中，面對異族海王，應當抬高自己的地位，免得海王以為我不重要，將我丟入海中餵魚。」當下說道：「不錯，我是商王之子，也可能是未來的商王。」又道：「我有個提議，海王倘若當真喜歡吉金器物，不妨派人去天邑商，告知有位大商王子在你手中，請商王送大批吉金器物來換我回去。」心中卻打算：「他若派人去天邑商，隨風途中定可得到消息，設法相救；這艘船倘若接近陸地，隨風便有機會將我救走了。」

瘦子翻譯之後，海王滿意地點點頭，繼續一手摳腳，一手摳牙，咧著嘴說了幾句話，得意地大笑起來。瘦子翻譯道：「海王說，他從鹿人手中搶走你，可是搶對了。你的建議甚好，就這麼辦！海王立即派人去天邑商見商王，告知商王他的王子在海王手中，商王想必會願意拿許多吉金器物將你贖回去。」

子曜不禁暗暗苦笑，心想：「王后婦井巴不得我走得愈遠愈好，永遠不要回到天邑商，又怎會在乎我被甚麼人擄走？更加不會用任何吉金器物贖我回去。但只要能引得海王接近陸地，我便有機會逃走了。」

海王笑了一陣，對手下吩咐了幾句。瘦子對子曜道：「海王說，他要把你關起來，命手下好好看守，不讓你餓死渴死，或掉進海裡淹死。」

海王一揮手，下個命令，立即便有幾雙有力的臂膀將子曜架了起來，半拖半拉地扔入了船板下的一間艙房之中。

於是子曜就被關在潮溼陰暗的船板底下，不見天日。艙房裡堆滿了粗索、船帆、木桶等雜物，骯髒凌亂，充斥著魚腥味和鹹味，加上人的汗臭味和腳臭味，艙中閉塞，空氣淤滯，氣味比船板上更加令人難以忍受。海王的手下十分聽話，用粗繩綁住了子曜的頸子和雙腳，防止他跳海，每日又定時給他送水送食，確定他不會餓死渴死。

如此過了不知多少日子，船繼續在大海中航行，也不知去往何方。子曜漸漸習慣了海上的風浪搖晃，不再感到頭暈，只能暫時安於現狀。他偶爾從壁板縫隙往外偷看，只見到一片無邊無際的碧綠海面，海面上點綴著翻翻滾滾的雪白浪花，心中甚感好奇，感覺自己又來到了一個奇異而陌生的境地。

子曜想起自己初至北境，見到那片純白無邊的冰天雪地時，也曾感到震驚陌生，彷彿不似人間；如今來到大海之上，又見到了一個與中土迥異、奇特至極的世界。他這時才知道自己往年在天邑商的生活有多麼狹隘，自己又有多麼無知。天地之大，遠遠超過大商宮室、大巫之宮甚至天邑商；世間之人，也不僅只天邑商大商王族、多臣和多眾。商王族始終認為自己是天下之主，宰制四方，事實上一出了天邑商，商人便不再是主宰了。各方皆有自己的王侯或一方之長，有的臣服於大商，有的以大商為敵，有的連大商是甚麼都搞不清楚，連吉金器物都從未見過，就如海王這般。

航行許久，這日子曜從壁板縫隙望去，遠遠能見到海面上出現一條黑線，似乎是陸地。他暗暗高興，暗想：「海王聽信了我的話，將我帶到陸地上，試圖向天邑商索取贖金。等到了陸地，我便能設法逃走。」

然而船離陸地一段距離後便停下了，不再靠近。

子曜往陸地眺望，過了一陣，但見一艘小船從岸邊駛出，慢慢向著大船駛近。子曜看見小船的船頭上立了一個身形肥胖的人，瞧衣著似乎是商人，心想：「這人是誰？他是天邑商的人麼？」暗自擔憂：「這人倘若來自天邑商，知道我是被王后放逐的王子曜，想必不會救我。」

不多時，小船終於來到大船旁邊，子曜看清楚了船上那人好生面熟，竟然是左學之長師貯！子曜記得師貯往年對自己十分體貼照顧，但他也是個謹慎勢利之人，心中半喜半憂：「師貯怎會來到這兒？他自能認得我，他會願意救我麼？」

不多時，師貯和幾個其他陌生的商人上了大船，在船板上和海王等人說起話來。那個瘦子再次擔任翻譯，雙方說了一陣子話，子曜聽得不很清楚，只隱約知道海王告知自己手上抓到了一個「商王之子」，問師貯願意用多少件吉金器物來將他贖回。

師貯先是不信，之後又追問這所謂「商王之子」是誰，叫甚麼名字，多少年齡。海王一夥從未問過子曜的名字，因此答不出來。那瘦子只道：「他瘦瘦小小的，膚色蒼白，看來有十六七歲年紀。他叫甚麼名，我可不知道。」

子曜心中忐忑，但聽師貯問道：「這個王子被關在何處？」大約有人往地下指了指，師貯低下頭，對著艙板說道：「王子曜，是你麼？」

子曜聽他立即猜出了是自己，連忙答道：「師貯，是我！是子曜！」

師貯嘿了一聲，說道：「我就知道是你！只有你會在外頭惹出這許多麻煩！」

子曜聽他口氣嚴厲冷淡，心頭一涼，頓時意識到自己獲救的機會甚是微小。但聽頭上海王大聲呼喝，顯然想阻止他們繼續交談。

師貯對海王道：「啟稟海王，此人並非真的商王之子，而是假的。他為了活命，因此欺騙海王。海王想要如何處置此人，都請隨意，最好立即殺了他。」

子曜聽師貯果然見死不救，冷靜下來，猜想定是天邑商發生了某種劇變，致使師貯無法出手相救，或是不敢相認，以至於對海王謊稱自己並非大商王子。但究竟是如何的劇變，能讓師貯變成一個如此冷血無情的陌生人？

子曜暗想：「我離開了許多年，天邑商想必變化甚大。或許父王已然死去，小王弓繼位，師貯因此蓄意不救我，甚至想借海王之手，將我害死。」

子曜自然無法料知天邑商的變化有多麼巨大，而師貯也早已不是當年的師貯了。自從王婦婦好使計毒死王后婦井之後，師貯便極力對婦好獻媚，先是將子吉之死歸罪於大巫縠，導致婦好下手屠殺巫祝；接著助她殺死寧亘和子晙；之後婦好命他毒死師般，他也狠心下手；至於逼走傳說、收服侯雀，也都出於師貯所獻之策。因此婦好對師貯十分信任，任他為右學之長，成為婦好最親信的手下之一。師貯知道自己大大地得罪了大巫骰，子漁則病得奄奄一息，不必擔心，反而擔心子曜會出乎意料地平安歸來，為此決心必得儘快殺死子曜，方能阻止大巫骰回到天邑商，向自己尋仇。因此他主動向婦好請命，出去尋訪並殺死子曜。師貯先去了北境，又跟蹤線索追來海邊，恰好聽聞海王捉住了一個大商王子，準備向商王討贖金。

師貯心中大喜，當即來到海王的船上，得知被海王擒住的正是子曜，那真是如同天上掉下了寶貝一般，喜不自勝，心想：「我自請王婦交派給我的任務，沒想到竟辦得如此順利！我到處找不到子曜，海王卻將他送上門來！」又想：「此地乃是海王的地盤，大海之中，我不宜妄動；我無法親手殺死他，仍可以想辦法讓海王下手除去了子曜。」於是告知子曜乃是假的大商王子，心想海王一怒之下，定會殺了他洩恨。

瘦子翻譯了師貯的言語後，海王果然暴怒，大吼大叫起來。子曜聽見船板上乒乒聲響，不知海王在憤怒中摔砸了些甚麼事物。

師貯心中甚喜，當即向海王告辭，登上小船，逕自去了。

子曜知道海王以為自己欺騙了他，一定憤怒之極，或許很快便會派手下來殺死自己。他戰戰兢兢地坐在船板下等待，然而等了許久，海王都未曾派人來將他扔到海中餵魚。

子曜感到船開始航行，向著大海中駛去，也不知道要去往何處。唯一不同的是，當日海人未曾給他送來清水食物，看來海王不再打算招待他了。

子曜坐在潮溼骯髒的船艙中，勉強忍受著飢渴，心中甚感消沉絕望：「我未曾死在天邑商王宮的地囚中，未曾死在鷹絕崖頂的石牢裡，如今卻要死在茫茫大海之上了。」他不願束手待斃，決定設法逃脫，心想：「就算跳入海中淹死，也好過繼續被關在這兒，任人宰割。」他奮力磨斷手腳上的繩索，忙了許久，只感到又餓又渴。直到天色全黑，他才終於磨斷了手腳上的繩索，心中籌思：「我應當趁天明之前逃到船板之上，試圖逃脫。這兒應離陸地不遠，或許我能找塊木板，浮在海面上，往陸地泅去。」

他不懂得泅水，但心知肚明如此跳入大海實是危險至極，在海浪衝擊之下，幾乎不可能游回陸地。只不過此時他已面臨死亡絕境，別無選擇，也只能冒險一試了。

不料就在當夜，情勢陡變。約莫夜半時分，正當子曜準備撬開船板，跳海逃生時，整艘船忽然劇烈搖晃起來。子曜未及反應，只見頭頂的船板飛快地迎向自己，原來他已被巨浪甩飛了起來，迎面撞上了頭頂的船板。他臉面劇痛，慘叫一聲，趕緊伸手摀著臉，隨即又落下地，身不由己地在艙中飛躍滾動。

子曜心想在這陣巨浪掀騰之下，自己很快便會被撞得頭破血流，支離骨碎，於是趁著飛撞向船側時，趕緊抓住了繫在船壁上的繩索，暫時穩住身形，至少不會再被大浪甩得滿艙亂飛亂摔。

子曜稍稍定下身形後，才聽見船外傳來的風雨咆嘯之聲，看來外面的浪頭著實不小。

船外顯然正刮著颶風，暴雨擊打船板，發出達達聲響，好似有幾百個巨人同時向著船射箭一般。巨船仍舊顛簸搖晃不已，子曜發現船艙已開始進水，海水從頭頂的船板縫隙沖入，彷如瀑布一般，從好幾處一齊傾盆而下。

但聽船板上傳來海人的呼喊之聲，呼聲緊急。子曜心想：「倘若連海人都未曾見過這等大風大浪，看來船多半會翻覆，全船的人都要淹死了！」

他心中甚感惋惜絕望：「我已決意跳海逃生，天帝卻降下這場颶風暴雨，有意讓我死於驚嚇恐慌之中。我死後沉入海底，葬身魚蝦之腹，便再也見不到母斁，也見不到兄漁和妹嫚了！」

便在此時，但聽頭上傳來叫罵怒吼、棍棒相交之聲，似乎有人在彼此打鬥，還有海人的慘叫之聲。子曜不禁大奇：「這麼大的風雨之中，他們竟在與敵人打鬥？那是甚麼敵人？又是從何而來？」

這時頭上的船板忽然掀開，船身一陣劇烈搖晃，子曜一時不察，手一鬆，整個人被甩出船底，砰一聲落在船板之上。他身上原本已被海水浸溼，此時巨浪和狂雨連接撲打在他身上，更讓他全身溼透。他隨著搖晃的船身滾來滾去，驚慌中伸手亂抓，左手摸到了一條不知用途的繩索，立即死命抓住，又趕緊伸出雙腿，緊緊纏在繩索之上，才勉強穩住身形。

子曜抬頭望去，狂風暴雨之中，船帆早已卸下，但船桅仍在風雨中左右擺蕩，似乎隨時會斷裂倒塌。就在這一瞬間，一道閃電迅疾打下，子曜在電光中見到了他生平從未見過的事物。

子曜眨眨眼，只道自己眼花了，等閃電過去，黑暗的天空中只剩下一點餘光，他眼中仍留下了空中巨物的影像：圓眼巨口，鹿角長鬚，蛇身魚鱗，四爪尖銳，無翅卻能飛，彷彿游魚般在水中轉圜自如……龍！

子曜張大了口，只盼閃電再來，好能再次見到龍的神奇身影。忽然某樣重物砰一聲摔在他的身旁，險些將他撞得飛出船外。子曜側頭望去，但見那是個海人，雙眼圓睜，滿面鮮血，已然死去。

子曜將目光集中在船板之上，這才留意到船板上正發生著一場激烈的打鬥。海王胖大的身形站在船板中央，手中持著巨棒不斷揮舞，口中吼聲連連，試圖擊退那頭不斷衝下攻擊的巨龍。

然而海王顯然不敵，巨棒揮舞了一陣，口中高聲叫了幾句，子曜猜想他是在喊：「撤退！撤退！」只見海王胖大的身形陡然變成一扇巨大的貝殼，彈到半空中，接著轟然落入海裡。其餘海人也紛紛跟隨逃命，有的變成螃蟹，有的變成巨蝦，有的變成海馬、鰭魚、鯊魚、魷魚、水母等奇形怪狀的海中生物，搶著跳入海中，潛入海水深處。轉眼間，船板上只剩下了子曜一人。

子曜心想：「這些海人遇上風雨敵人，就一個個變成魚蝦蟹貝棄船逃逸，不見影蹤。唯獨我一人不會變成魚蝦蟹貝，只能留在船上，跟著他們的船一起沉入海底了！」

正想時，身前的船板發出巨大聲響，似乎有甚麼重物落在了船板之上。

子曜一顆心怦怦亂跳，動念：「是甚麼東西落下來了？是龍麼？」

他睜大眼睛望去，然而黑夜之中，風雨交加，甚麼也看不見。過了半晌，離船板兩丈高處，雨幕之中，忽然出現了兩團燃燒的火焰，子曜心想：「船起火了麼？」隨即驚然發現：「那不是火，是一對眼睛！那對眼睛正望向我！是了，那是龍的眼睛！」

但見那對火紅的眼睛慢慢向他逼近，這時又是一道閃電橫空而過。子曜看清楚了，身前那巨物果然是龍，正是方才自己在空中見到的那頭龍！

子曜倒吸一口涼氣，他沒想到龍竟然如此巨大，只龍頭便足有自己的三倍高，一身銀色鱗片，閃閃發光，彷彿一條巨大怪異的蟒蛇，恐怖已極。

龍側頭望向他，張開口似乎想要說話，卻並未發出任何聲音。子曜感到牠想對自己說話，卻似乎說不出中土語言，或是根本說不出人的語言。龍似乎有些煩惱不快，咧開嘴，露出一口尖銳的牙齒，逼近前來，離子曜已不到一丈。

子曜平日很喜歡動物，對羊、兔、雞、犬等小禽小獸都十分溫和友善，小禽獸也都願意親近他，讓他撫摸餵食。然而面對眼前這頭巨龍，子曜卻束手無策，平日對禽獸的親近、愛護和善意全不知飛到幾重天外去了，心中只剩下無邊無際的恐懼。他這一輩子從未如此徹底恐懼過，直感到無法呼吸，全身戰慄，只想鑽入船板，甚至跳入大海，只要能避開那頭龍的注視，甚麼瘋狂危險的事情他都願意。

就在這時，他耳邊似乎聽見大巫殼的聲音，也聽見了隨風的聲音，兩人同時對他叫道：「子曜，快逃！」

子曜不禁苦笑，心想：「兩位大巫也未免太不切實際了，當此情勢，要我如何逃命？」

隨風的影像出現在他腦海中，圓圓的臉上滿是關切，手中握著一個陶瓶。子曜頓時認出，那是隨風讓自己變身為鳥前給自己喝下的度卡族神水，這才明白：「他要我變身飛走！」

這個念頭一動，對龍的恐懼驚慌瞬間佔滿了他的心思，子曜幾乎連想都未曾再想，身體深處陡然湧起一股衝動。他記得這是變身的衝動，但完全來不及感到驚訝疑懼，羽毛、翅膀、腳爪已在轉瞬間長了出來，早已沒有了手，也早已放開了繩索。他只知道自己展開雙翅，從船板躍起，向著狂風暴雨沖天直飛而去。

龍眼火光閃爍，似乎對子曜變身為鳥頗感驚詫，隨即一扭身軀，凌空飛起，隨後追上。

子曜回頭見到那頭龍騰空飛起，在後追趕自己，只能勉力拍動翅膀，拚命疾飛。狂風暴雨交加，只將他吹得東倒西歪，雨點啪啪地打在他的身上，溼冷而疼痛。他從未在風雨之中飛翔，也從未如此竭盡全力振翅，但在那頭龍的追逐之下，子曜的胸口只剩下逃命的焦急，完全不辨方向，只不顧性命地奮力向前飛去。

第五十一章 龍王

飛了不知多久，子曜變身而成的巨鳥即使體型壯健，也不可能在大海中永不止歇地不斷飛翔。他不敢回頭去望，卻知道那頭龍仍在自己身後不遠不近地跟著，似乎並無心追上自己，將自己殺死或吃掉，反而想看看自己究竟想飛去何處。

子曜心想：「牠似乎無心殺我，那是最好。我得趕緊往陸地飛去，找地方降落；即使是鳥，也不能永遠飛個不停。」

他勉強在風雨中辨識陸地，出乎意料之外的是，他不必用眼睛觀望，便已清楚知道陸地的方向。子曜心想：「這想必便是鳥的直覺吧！」於是略微改變方向，直往陸地飛去。

子曜不知道自己飛了多久，只知道風雨漸漸止歇，天也漸漸亮了起來。他暗暗祈禱：「最好龍只能在黑夜出現，見到陽光就消失了。」

但他心底也知道這是癡心妄想。龍能夠無翼而飛，還將一船的海王和海人打得死傷慘重，無力還手，不得不變成魚蝦蟹貝躲入海中，想必不會害怕日光。

子曜心中忐忑，感到那條龍仍不疾不徐地跟在自己身後，十分悠閒地扭動身軀。牠在空中來回飛旋，顯然游刃有餘，隨時能追上自己，卻故意不追上，似乎想看看自己究竟想逃去何處，究竟能逃到甚麼時候。

天大明之後，子曜終於飛到了陸地之上。他見到身下不再是滔滔海水，終於鬆了一口氣，心想：「人還是該活在陸地上。我在那大海中漂流了總有幾個月吧？這輩子我再也不要去海上了。」

他感到翅膀痠軟，腹中飢餓，心想：「我得找個地方降落了，不然若是一邊飛一邊餓昏過去，從天上跌落下地，那可不好。若有人見到一頭巨鳥從天上跌下，一定歡天喜地，認為是天帝送來的美食，立即便將我烤來吃了。」又想：「龍或許不願意被人見到，我飛到有人居住的村落，或許牠就會躲起來了。」轉念又想：「要是牠將村落整個都摧毀了呢？那我不是害了全村的人麼？」

他猶豫不決，最後終於找了個人煙稀少的樹林，收翅降落。

子曜筋疲力盡，幾乎不用多想，身體便已開始變化，慢慢變回人形。他回過神來時，才發現自己全身赤裸，坐倒在樹林中的一堆枯葉之上。

他落地不久，那條龍便跟了下來，落在他身前，睜著雙眼直盯著他，大嘴咧開，似乎在微笑。

子曜不知能對那頭龍說甚麼，虛弱疲累之中，只能說道：「我快餓昏了，你現在吃我，只吃得到一堆骨頭，連半點肉都沒有。」

那頭龍側頭望著他，忽然彎下身來，全身閃出耀眼的光輝，陡地顯現了人形，變成了個一身銀衫銀裙的少女！她看來約莫十五六歲年紀，容色絕麗，一頭長髮全為銀白色，直直披散到地，一雙眸子也是淡淡的銀色。

子曜只看得膛目結舌，心想：「那頭龍原來竟是個女孩兒！」又想：「她變身為人，身上立即就穿著衣衫裙子，我也得學學才是。不然我變回人身後老是赤身裸體，也不知能上哪兒去找衣衫，多不方便！」

正想時，那銀髮少女忽然一揮手，將一團事物扔在子曜的面前，竟然正是子曜的衣衫。

子曜大大鬆了一口氣，連忙說道：「多謝！」趕緊穿上了衣衫，但見自己的吉金小刀也在其中，好生驚訝：「這柄刀早被海王收去了，她竟從海王的船上找出，並替我帶了過來？」於是再次向那少女道謝，說道：「多謝妳替我帶上我的衣衫和金刀，不然這些衣物便要全數沉入大海中啦。」

銀髮少女微微一笑，容色竟極為美艷，但美艷中卻帶著一股難以掩抑的狠戾之氣。

子曜想起她在海王的船上不知殺死了多少海人，打了個寒顫，仍客客氣氣地問道：「請問妳是誰，為何要追我？」

銀髮少女張開櫻桃小口，卻說不出話來，微微皺眉，一手輕觸自己的面頰，似乎極想說甚麼，但就是說不出來。

子曜鼓起勇氣，問道：「妳不會說中土語言？還是不會說人的語言？」

少女搖搖頭，再次張開口，試著言語，喉間卻只發出一串低沉粗糙的聲響，極為難聽。

子曜皺起眉頭，不知該如何回應，面對著那少女，但見她神色甚是焦慮不耐，心中忽然一動：「她這倔強高傲的神色，倒和妹嫚有點相似。」頓時對她生起好感，伸手指著自己的胸口，說道：「子曜。我是子曜。我是商人。」

少女點點頭，表示明白，走上前來，對著他伸出一隻手。

子曜略一猶豫，便也伸出手，去握少女的手。不料，那少女的手看來潔白光滑如玉，摸上去卻有如火中燒炭一般，炙熱無比。子曜驚呼一聲，趕緊想收回手來，但那少女已緊緊握住了他的手，子曜再也抽不回來，整隻手掌有如放入了鼎中烹煮一般，忍不住長聲慘呼，跪倒在地。

少女仍不放手，更將他的另一隻手也握住了，子曜只覺雙手都在烈火中燒炙，皮肉灼焦，痛得慘叫不絕。

少女凝視著他，臉上仍舊帶著微笑，似乎完全無法感受到他的痛苦，反而覺得很有趣。

子曜痛得眼前發黑，幾欲昏去。就在這時，一個洪亮的聲音在他身後喝了一聲，語氣嚴厲，似乎意在阻止那銀髮少女。

少女微微一驚，果然放鬆了雙手。

子曜跪倒在地，雙手互捧，只感到兩手都痛澈骨髓。他勉強睜開眼，但見那少女身旁多出了一個青年，一身金袍，金髮金鬚，形貌威武，彷若天神。

那青年身形高大，低頭望了子曜一眼，又望向那少女，眼神凌厲，對她說了幾句話。少女顯得十分不服氣，抬頭望向青年，嘴巴動個不停，顯然回了幾句嘴。青年又說了幾句，看兩人的神情，似乎正在激烈爭執，但兩人聲音極低，子曜只見到二人嘴巴開闔，卻偏偏一個字也聽不見。

子曜鼓起勇氣，低頭望向自己的雙手，生怕看到的是一片燒焦的枯骨，然而當他望見自己的雙手時，卻不禁驚訝至極。但見自己的雙手並無改變，皮膚絲毫無損，只是方才銀髮少女握住的地方似乎沾染了一層淺淺的銀色薄膜，散發著奇異的光芒。他的雙手雖看來毫無損傷，但灼燒疼痛之感並未消失，他勉強咬牙忍住，才未曾呻吟出聲。

那青年忽然轉頭望向他，大步走上前來，伸手握住了他的手。子曜還來不及將手抽開，青年已握緊了他的雙手，子曜瞬間感到雙手一陣清涼，方才的灼熱疼痛霎時消失無蹤，心中好生感激，說道：「多謝你！」

青年對他點點頭，又回過頭去望向那銀髮少女，眼神中滿是責備之色，子曜「聽見」青年斥責那少女道：「妳看妳！差點兒弄死了他！他倘若真的死了，妳怎麼跟父王交代？」

少女也開口說話了，這回子曜聽見的不再是嘶啞粗糙的聲響，而是清脆悅耳的少女語音，她說道：「父王叫我追上他，將他帶回。我聽從父王的指令辦事，哪兒做錯了？我只不過是想跟他打招呼，才握住他的手。你看看，他不是好端端的麼？他像要死了的樣子麼？」這少女語如珠落，一轉眼便說出了這一串話。

青年皺眉道：「妳方才握住他的手，險些將他燒死！沒聽見他不停地慘叫麼？」

少女搖搖頭，說道：「沒有。他哪有慘叫？」說著轉頭望向子曜，露出微笑，美艷不可方物，說道：「我剛才握著你的手，你慘叫了麼？」

子曜望著她絕麗的容顏，一時竟說不出話來，想要老實說出自己確實痛得慘叫，又覺得對她不住；要自己當著青年的面撒謊，也未免太過丟臉，於是勉強擠出一個微笑，迴避不答。

少女甚是得意，對青年道：「你瞧！他好好的，你瞎擔心甚麼？」

青年哼了一聲，似乎對這嬌蠻的少女束手無策，說道：「妳自己去跟父王解釋。我們快帶他回去吧。」

子曜忍不住開口問道：「請問兩位要帶我去何處？兩位的父王又是何人？」

青年和少女一起望向他，四目圓睜，似乎很驚訝他竟然會說話。他們彼此望望，又望向子曜，青年說道：「你聽得懂我們的言語？」

子曜點了點頭，說道：「你們說的是商方語言，我當然聽得懂。」

青年神色嚴肅，說道：「我們說的是龍方語言，你怎麼可能聽得懂？」

子曜露出困惑之色，說道：「龍方？」

青年道：「不錯。你怎能聽得懂，又會說龍方的言語？」

子曜更加困惑，說道：「我從未聽說過龍方，也不懂得龍方的言語。我只懂得商方的言語。」

青年和少女對望一眼，一起走開了幾步，低聲交談，顯然都不明白子曜為何能夠聽懂他們的言語。

兩人談了一陣子，才又走回來，青年說道：「王子曜，我名叫『霝』，是龍王之子。我父王想要見你，因此派我兄妹出來尋你。我們住在東海中的一個島上，叫作龍島。請問你願意來龍島見我父王麼？」

子曜心想：「方才說要捉我去，現在又說要請我去，這是怎麼回事？」還未回答，那少女已搶著道：「何必問他願不願意？這事當然由不得他作主。父王派我攻擊海王的船，就是為了捉住他，不管他願不願意，都得跟我們走！」

子曜暗暗心驚，心想：「原來那頭銀龍攻擊海王的船，目的就是要捉住我！然而他們為何要捉我？」想起自己無端連累害死了許多海人，心中頗為過意不去，但又想起海王從隨風的手中奪走自己，一心想用自己向商王討贖，在遭到師盱拒絕後，大發雷霆，差點沒將自己餓死渴死，對自己該是仇怨多於友好，便也釋然了。他忽然想起一事，問道：「兩位怎會知道我在海王的船上？」

少女驕傲地道：「只要是海上發生的事情，全都逃不過龍族的眼線。」

子曜好奇道：「那麼陸地上的事情呢？」

少女嘟起嘴，不願意回答。青年回答道：「陸地上的事情，我們也知道一些。比如，度卡族的納木薩捉住了你，我們便收到了風聲。」

子曜甚是好奇，說道：「北境發生的事情，你們也知道麼？」

少女傲然道：「當然知道！我們也知道你是甚麼人。」

青年霍橫了她一眼，顯然認為她不應多說。少女似乎知道自己說溜了嘴，俏臉一紅，轉過頭去。

子曜聽了，心想：「我是甚麼人，竟能引起龍方中人的注意？」

霍神態斯文，言語客氣，再次問道：「王子曜，我父王想請你赴龍島相見，不知你可願意？」

子曜心想：「我反正無處可去，王后婦井逼我離開天邑商；鷹方王子將我囚禁在鷹絕崖上，禁閉了不知多久，幸而被隨風所救；之後隨風又將我關在那帳篷天幕裡面，想帶我去鬼島見鬼影；接著海王又粗暴地將我搶走，關在船艙底下，打算將我餓死。這對龍族兄妹至少是客客氣氣地請我去龍島，況且看這情況，也由不得我不去。」當下說道：「我反正無處可去，多謝兩位邀請我去龍島拜見令尊龍王，子曜恭敬不如從命。」

少女甚是歡喜，說道：「那你跟我們一起飛回龍島吧。你飛得慢，我們可以等你。」

子曜臉上一熱，只能老實說道：「我……我不能隨意變身為鳥。」

少女睜大眼，說道：「甚麼？那怎麼可能？」

子曜甚覺無奈，解釋道：「我原本並不知道自己能夠變身為鳥，後來度卡族的隨風納木薩告訴了我，我才知道自己能夠變身，但我從未學會如何隨意變身。我有意識地變身為鳥，一共只有兩次，第一次是隨風給我喝了度卡族的『神水』，第二次就是昨夜，在海王的船上，我被……被嚇壞了，為了逃命，才不知不覺地變身逃走。」他原本想說自己被那條龍嚇壞了，想起那條龍就是眼前這俏美的銀髮少女，臨時改口不提。

霏和少女對望一眼，霏道：「那麼你騎在我身上吧，我可以載你回去龍島。只是你得抱緊了，別跌入海中。一跌入海中，海王可是絕對不會放過你的。」

子曜心想：「霏是龍王之子，想必也能變身成龍，我可從來沒有騎過龍，龍沒有翅膀，不知究竟是怎麼飛的？」當下說道：「那麼多謝你了。」

少女噗哧一笑，說道：「你這俘虜倒也有趣，自己不能跟我們飛入牢籠，我兄說要載你去牢籠，你還向他道謝！」

子曜一笑道：「令兄請我去龍島作客，拜見令尊，我欣然同意，怎能說是俘虜？」

少女無言以對，忽然上前去拉他的手，說道：「那麼讓我載你去吧！」

子曜可沒忘記方才雙手如遭火炙的痛苦，趕緊避開，霏也及時拉住了少女，喝道：「小心些！妳會燒死他的。」

少女甩開霏的手，嬌叱道：「你別管我！」

霏見她發怒，收回手來，退開幾步。

少女回過頭來，凝視著子曜，俏麗的面容霎時變得頗為猙獰，說道：「我是龍王之女，叫作『瓏』。我不准你害怕我。我要接近你時，你不可逃避。就算我會燒疼你，你也不准避開。知道麼？你若不聽我的話，我便讓你受盡苦楚，求生不得，求死不能！」

子曜莫名其妙，心想：「不准我怕妳？就算妳燒死我，我也不能逃走？這女孩兒委實古怪得緊。妳要讓我不怕妳，還如此嚇唬我，我怎能不怕妳？」

霏在旁看得直搖頭，但他似乎對這妹妹頗感忌憚，不敢直言教訓，只能改變話題，說道：「王子曜，父王已久候多時，我們快些出發吧。」說完彎下身，忽然金光一閃，變身成一頭巨大的金龍，比方才追逐子曜的銀龍還要大上數倍。

金龍回頭望向子曜，說道：「你爬上來，坐在我的背上。」他雖已變身為龍，說話的聲音仍是人聲，只是比方才低沉了一些。

子曜生怕少女瓏要自己坐她背上，自己若騎著她一路飛去龍島，非被她燒死不可。他趕忙抓著鱗片，爬上金龍的背，緊緊抱住，感覺他的鱗片看上去雖閃亮堅硬，實際上卻頗為柔軟細滑，摸上去十分清涼舒服，略略放心。他側頭見到瓏臉色不豫，一轉眼間，也變成了一條銀龍。兩條龍更不耽擱，一扭身，竄入半空，向著大海飛去。

子曜不但未曾騎過龍，此前更從未見過龍，甚至連世間有龍方龍族都不知道。他忽然想起：「往年我們晚上睡不著時，往往纏著朱婢給我們說故事，她便會說一些遠方異域的人物和故事給我們聽。她曾說過有一族叫作『御龍族』，懂得騎著龍到處飛翔。我一直以為那是朱婢胡亂編出來哄我們小孩兒的，沒想到有一日我竟能騎龍而飛，成為真正的御龍族了！」

想到此處，心下不禁甚感有趣，但又擔起心來：「他們對我究竟懷著善意還是惡意？去見龍王之後，又會發生甚麼事？」他勉強鎮定心神，心想：「到此地步，也只能走一步，算一步了。」

這時霣已載著子曜穿過雲層，雲層之上便是碧藍的晴空，子曜感到眼前一亮，身心舒爽，暢快至極。霣飛行極快，子曜聽到耳邊風聲狂吼而過，心知龍飛得比自己變身成鳥時快得多了。他發現龍的飛翔和鳥類大不相同；鳥類振翅而飛，乘風而翔，龍卻沒有翅膀，飛行時完全憑藉風力，長長的身軀不斷扭動，尋找最適合的風勢，借力翱翔，甚至能控制風的走向，飛行起來毫不費力。然而霣飛行時需得不斷扭動，子曜只騎了一會兒，便覺頭昏眼花，暈眩欲嘔，如他初上海王的巨船那時一般。但又想霣對自己甚是客氣，嘔在他身上未免無禮，只能勉強忍住，心想：「我該趕緊學會自己變身為鳥，就不必騎在別人的身上，也不會頭昏了。」

如此飛出一食的工夫，霣忽然下降，穿過雲層濃霧，往一座崎嶇的小島飛去，降落在島上的一座山丘之旁。

靇飛翔時，子曜生怕自己跌落下來，抱得甚緊，這時終於落地，頓感手腳痠軟，掙扎了一會兒，才終於從靇的身上攀爬下來。他才落地，靇就立即變身為人，站在他身邊；銀龍比他們更早落地，此時已變身為銀衫少女瓏，兩人一左一右站在他的兩旁。

子曜離開天邑商時只有十四歲，在北境和鷹絕崖待了兩年多，又被隨風關在天幕中不少時日，此時已有十七歲，身形自比當年抽高了許多。加上他被關在鷹絕崖上時，日日變身鵬鳥，飛翔捕食，身上的筋肉遠比往日結實。然而他此時站在靇和瓏之間，卻顯得甚是瘦削羸弱；龍族兄妹二人高大健美，肩寬膀闊，英姿挺拔，子曜不但比青年靇矮了兩個頭，也比少女瓏矮上一個頭。

子曜四下望望，他原本以為龍族的王宮想必富麗堂皇，壯觀璀璨，但這島上似乎連一間茅草房屋都沒有。眼前除了那座巨大的山丘之外，便是一片荒山野地，雜草叢生，不見人煙。子曜心想：「這龍島怎地如此荒僻？其他的龍族之人呢？」

正想時，靇忽然長長吸了一口氣，朗聲道：「啟稟父王，靇和瓏遵照父王囑咐，將商王之子、鷹王後裔子曜帶來了龍島，拜見父王。」

子曜好生奇怪：「他在對誰說話？龍王呢？」

忽覺一陣地動山搖，子曜腳下一個不穩，險些跌倒，靇伸手扶住了他，說道：「小心！」

子曜勉強站穩，左右張望，不知道發生了甚麼事，過了半晌，但見眼前那座山竟然晃動起來，慢慢高起，子曜大驚失色，心想：「這是座火山麼？我聽朱婢說起過火山，她說山頂會爆發噴火，整個島都能被熾熱的岩漿淹沒！」正想著自己是否該立即變身為鳥，就此逃走，但覺霮拉了拉自己，率先跪倒在地，示意他也跪倒。

子曜勉強壓抑心頭恐懼，跟著霮跪倒在地，學著霮和瓏的姿態，彎腰俯首，不敢抬頭，只覺得地面不斷晃動。他偷眼瞧去，但見身前那座山丘緩緩隆起，愈來愈高大；他一呆之下，忍不住抬頭望去，這才看清那並非山丘，卻是一頭巨大的龍，比霮和瓏還要大上數百倍不止！

霮對子曜道：「這位便是龍王，我和瓏之父。」

子曜張大了口，沒想到世間竟能有如此龐大的事物！所謂龍王，竟是一頭龐大如群山的巨龍！

龍王不斷移動，扭擺身軀，似乎在尋找比較舒適的姿勢。最後龍身盤成一圈，龍頭則落在地上，正對著霮、瓏和子曜三人。

子曜望向那個巨大的龍頭，留意到這頭龍已經很老邁了，鱗片黯淡，有些鱗片甚至已跌落，露出淺灰色的肌膚；一對巨眼呈現朦朧的灰白色，看不見眼瞳，不知是否已瞎；大口邊上垂著唾涎，還掛著一些腐爛的碎肉。子曜不自覺地屏住了呼吸，生怕那巨龍一張開口，便會噴出濃重的腥臭之氣。

霮咳嗽一聲，彎下腰，低聲對子曜道：「父王已有一千歲了。他在九百歲之後，就只能維持龍身，不能再變回人形。」

瓏也湊過來，低頭對子曜道：「父王平日都在睡眠之中，五年才醒來一次。希望他這回醒來可以維持久一些，別太快又睡著啦。」

子曜想起一件事，忍不住問道：「他五年才醒來一次，那麼他上回醒來，並命令你們來捉我，已是五年前的事？」

瓏側頭望向他，說道：「不錯，父王命令我們捉你回來，已是五年前的事了。我們花了五年的工夫，才終於在海王的船上找到你。你可真難找呀！」

子曜更加疑惑，問道：「為甚麼龍王在五年之前便要找我？」回想五年之前，自己還在天邑商過著渾渾噩噩的日子，期待有一日自己能救回妹妹子嫚，兄漁能平安歸來，爭取小王之位；祈求婦井放過自己，不要繼續迫害自己母子四人；每日去史宮整理龜甲牛骨，或去大巫轂的神室隨他學習巫術……

子曜忽然明白了：是大巫轂！

一件往事陡然浮上心頭。那是中兄央離開地囚後的第二日清晨，他聽從大巫轂之言，來到神室，準備去史宮學習整理甲骨。那時大巫轂忽然要他幫忙施行一項巫法，並讓他坐在一塊色彩斑斕的圓形坐墊之上。子曜記得自己的面前置了一只半人高的吉金圓鼎，鼎的正中鑄了一頭形象奇特的獸物。當時他曾問大巫轂鼎上鑄的是何種禽獸，大巫轂回答：「這不是禽獸，是龍。」

子曜記得，那是自己第一次見到龍的形象。之後大巫㲄便讓他閉上眼睛，開始誦念一串極長的咒語，子曜一個字也聽不懂，但似乎聽見自己的名字數度出現在大巫㲄的誦念之中。他睜開眼時，見到那龍鼎上的龍眼似乎活了過來，正盯著自己瞧。

子曜倏然明白了：「當時望著我的，正是眼前的龍王！龍王五年前曾見過我，因此才命令霝和瓏出來尋找我，帶我來龍島。」

子曜自然不知，大巫㲄當時便已透過巫法，對全天下的大巫宣告子曜的存在，並向他們發出警告和指示。子曜當時只見到大巫㲄以龍鼎施動某種巫術，施法時多次提到自己的名字，但他並不知道大巫㲄在做甚麼，更加不知道自己究竟有何緊要。

他正陷於回憶和迷惑之間，龍王終於開口，聲音沉重混濁，令天地震動：「你就是鷹王後裔、商王和兕婦之子，子曜？」

子曜吞了口口水，沉穩答道：「正是。子曜拜見龍王。」

龍王的喉嚨間發出一陣聲響，似乎是「嗯」了一聲，接著又陷入一片沉靜。

子曜等著龍王繼續對自己發問，但過了許久，龍王都未曾再次出聲。

霝微微皺眉，似乎擔心龍王已睡著了，高聲道：「父王，你讓我們帶子曜來此，不是有事要問他麼？」

龍王的鬍鬚動了動，眼珠也微微轉動了一會兒，雙眼似乎重新聚焦，盯著子曜看。他咳嗽一聲，忽然問道：「你們帶來了甚麼人？」

霮顯得有些不耐煩，又不敢失去恭敬，於是重複道：「父王，我們遵照您的命令，將商王之子、鷹王後裔子曜帶來龍島了。」

龍王喔了一聲，灰濛濛的巨眼再次盯著子曜觀望，說道：「聽說，你並不知道自己的身世？你知道自己可以變身為鳥麼？」

這幾句話問得十分尖銳，龍王顯然是清醒的。子曜連忙回答道：「啟稟龍王，關於我的身世，我只知自己是商王王昭之子，我母是兕方的婦斁。我也知自己可以變身為鳥，但是無法自由控制。」

龍王巨大的頭動了一下，似乎點了點頭，說道：「你可知我為甚麼找你來？」

子曜說道：「子曜不知，請龍王賜告。」

龍王嗯了一聲，說道：「我活了超過一千年，你是我所見第一個鷹王族和兕方結合所生的子裔。你不知道自己有多麼特殊，多麼罕見。我要他們找你來此，因為我想好好觀察你，看看你能做甚麼，不能做甚麼。」

子曜並不明白自己有甚麼特殊罕見之處，只感到莫名心驚，問道：「請問龍王打算如何觀察我？」

龍王嗯了一聲，說道：「我得好好想想。」

又過了一陣子，龍王巨口微張，似乎準備說出甚麼極其重要的言語。

子曜和霮、瓏三人屏息而待，肅立而聽。然而龍王的口張開之後，便一直未曾閉上，張了總有一食那麼長，子曜偷眼向霝和瓏望去，暗想：「龍王說話，向來都是這麼緩慢的麼？」

但見霝皺起眉頭，顯然也覺得有點兒不對勁。

瓏則吁出一口氣，雙手一攤，說道：「不必等了，他又睡著啦！」

霝發出一聲低吼，顯得又是急躁，又是無奈，忍不住道：「到此關鍵時刻，他竟然又睡著了！」他勉強壓抑焦慮憤怒，轉過身，大步走了幾圈，才回到子曜和瓏的面前，說道：「我餓了。我去找東西吃，三個月後再回來。」說完也不等他們回答，便化身為金龍，扭身竄入空中，轉眼消失不見。

第五十二章　龍女

子曜抬頭望著靇消失在天空中，心中又是無稽，又是無奈，吸了口氣，對瓏道：「那我們該怎麼辦？我也餓了。」

瓏聳聳肩，自言自語地道：「五年也不是很長，耐心等一等就過去了，靇又何必發脾氣？」對子曜說道：「你餓了？這島上也沒有甚麼可以給人吃的。不如我去海裡捉些魚，你自己生火烤來吃，可以麼？」

子曜連連點頭，說道：「當然可以。多謝妳啦！」

於是瓏化身為銀龍，鑽入海中，霎時不見影蹤。

子曜好奇地站在海邊的大石頭上，凝目觀望海面，心想：「我只知道龍能飛，卻不知道龍也能潛游於大海之中！我倒想看看龍是怎麼捉魚的？」

然而瓏潛入海中甚深，轉眼便不見了影蹤，子曜甚麼也看不見。

過不多時，海面浪花翻騰，子曜看得甚覺昏眩，然而瓏卻始終沒有從海面冒出。他坐在大石頭上等待，又冷又餓，正開始擔心瓏的安危時，忽然有人拍了拍他的肩膀。

子曜一驚回頭，但見一個銀髮少女站在自己身後，正是龍女瓏。她不知何時來到自己的身後，身上頭上連一滴水也沒有，完全不像剛剛才從海中鑽出來的模樣。她手中拎著一條大魚，總有子曜的一條腿那麼長，如他的腰一般粗。子曜見了大喜，衷心感謝，說道：「多謝妳！」

於是子曜跟著瓏來到島中心的一片空地上，子曜收集了樹枝，他身邊沒有火刀火石，只能以木枝摩擦生熱，生起了火。他用吉金小刀將魚去鱗除臟，架在火上燒烤。忙了一陣子，肚子又更餓了。

子曜坐在火邊，焦急地等魚烤好。

瓏走了過來，在他對面坐下。

子曜道：「這條魚這麼大，我一個人吃不完，分一半給妳好麼？」

瓏搖搖頭，說道：「我們龍族不吃火燒過的食物。」

子曜奇道：「那你們都吃甚麼？」

瓏微微一笑，說道：「我們通常吃人，而且是趁人活著的時候吃。」

子曜一驚，身子不自禁往後縮了縮。

瓏咯咯嬌大笑，說道：「看你嚇成這樣！」

子曜鎮定下來，乾笑了兩聲，說道：「我知道妳是故意嚇我的。妳說龍吃人，一定不是真的。」

她笑了一陣，才道：「當然不是真的。我們不吃人。但是我們吃甚麼，說出來你一定不信。」

子曜說道：「妳不妨說說看？吃樹皮、吃泥土、吃蟲子、吃毒蛇，我都可以相信，有甚麼不能相信的？」

瓏正色道：「我們吃火。」

子曜忍不住望了一眼正在燃燒的柴火，說道：「妳吃火？這個火？」

瓏噗哧一笑，說道：「就是這個火。世間還有別的火麼？」

子曜問道：「怎麼吃？將火放在嘴裡吞下去麼？不燙麼？」想起她的手熾熱如火，暗想：「對她來說，或許火一點兒也不燙。」

瓏笑了起來，並不回答，卻道：「你的魚烤得差不多了，快吃吧。」

子曜卻不肯放過這個話題，說道：「好，我吃魚，但是妳得吃火給我看。」

瓏臉色一沉，冷冷地道：「龍族進食時，是不能讓人見到的。」

子曜見她神色冷肅，不敢堅持，只笑道：「幸好我們商人進食時，不怕被人見到。」從火上取下魚，用小刀切開魚肉。

瓏好奇地望著他手中的吉金小刀，見他切完魚後，便將小刀放在一旁，於是指著小刀，問道：「借我看看，可以麼？」

子曜道：「妳看吧。」

瓏小心翼翼地拾起小刀，翻來覆去地觀看，說道：「這東西，是從火裡生出來的。很熱的火。我可以感覺到它生出之時有多麼灼熱。」

子曜微笑道：「不錯，這是吉金做的。得用極熱的火將金熔化了，加入少許的錫，注入土範之中，便能鑄造成不同形狀的器物。」

瓏十分驚奇，脫口道：「鑄造？這是你做出來的？」

子曜道：「不是我，是我們商人。」

瓏問道：「那麼是誰做的？」

子曜道：「天邑商有專門鑄造吉金器物的工者，技術非常高明。鑄造這柄小刀的工者名叫子治，是天邑商手藝最高超的吉金鑄工。」

瓏點了點頭，不再言語，將小刀放回原位，竟顯得有些畏懼。

子曜吃了大魚的四分之一，便已感到很飽了。他忽然有些口渴，這海魚本身便有鹹味，他吃了之後，便不自覺地想喝水，於是問道：「請問這島上有水麼？」

瓏望著他，滿面迷惑之色，往大海一指，說道：「那不都是水？」

子曜說道：「不是海水，是清水，海水是鹹的，人不能飲用。清水不鹹，有點兒甘甜，人只能喝清水。」

瓏這才明白過來，說道：「是了，我忘了你們只能喝清水。這龍島上有一個清水泉，我替你取一些來。」

子曜說道：「那可多謝妳啦。但能用甚麼器物來裝水呢？」

瓏似乎從沒想過需要以器物裝水，兩人在空地周圍找了半天，都找不到可用於裝水的物事，於是子曜只好跟她一起去找清水泉。兩人來到山頂，瓏在黑暗中摸到了一絲泉水從地底流出，說道：「在這兒啦！」

子曜俯下身，將嘴湊在石頭地上，大大地喝了幾十口清水，才跟著瓏回到空地上。子曜吃飽喝足，仰天躺下，雙手枕在頭後，回想過去數年的囚禁奔波之苦。此刻身處龍島，雖仍是龍族的俘虜，不得自由離去，但至少有吃有喝，龍族兄妹對自己也頗為客氣禮遇，比起之前遇過的王后婦井、鷹方王子、海王等人，實在是好上太多了。他想到此處，側頭望向瓏，但見她坐在當地，眼望著放在子曜身旁的吉金小刀，神色顯得十分憂懼。

子曜忍不住問道：「妳在擔憂甚麼？」

瓏皺起眉頭，說道：「我不知道商人會用火鑄造這等可怕的凶器。不管誰持有這東西，都能輕易殺傷他人。」

子曜想了想，說道：「妳說得對。我們商人確實以吉金武器殺死了不少他族中人。」忽然一動念，說道：「妳想知道吉金是如何鑄造的麼？我可以帶妳去天邑商，讓王族的工者鑄造一件吉金器物給妳看。」

瓏搖頭道：「不，我不能離開龍島。我不放心讓父王獨自留在這兒。兄去了，我得留下守護父王。」

子曜心想：「妳不能離開，莫非表示我也不能離開？難道我真得在這島上待上五年？」又問道：「妳擔心有敵人會趁龍王睡眠時，來島上偷襲他麼？」

瓏點點頭，又搖搖頭，說道：「有此可能，但我並不擔心他們會傷害父王。你應當知道，龍族是永生不死的。」

子曜在見到瓏之前，更不知道世間有龍，自然也不知道龍是永生不死的，一臉茫然，說道：「永生不死？因此就算有人意圖傷害龍王，也殺不死他？」

瓏苦苦一笑，說道：「是啊，誰都殺不死我們。但是殺不死，並不表示不能讓我們受傷，或讓我們感到痛苦。倘若有人對我父王射箭，或是用戈矛砍傷他，他雖然不會死，但也會流血，也會感到痛楚。可能三五年，可能三十或五十年，他的傷口會慢慢癒合恢復，但是這段時間內他還是會感到痛苦，那滋味也並不好受。」

子曜道：「原來如此。」心想：「看來徒有無盡的壽命，也不見得是好事。」

瓏抬頭望著滿天繁星，逕自說了下去：「你或許會想，我們龍族既然不會死，那麼世間應該有愈來愈多的龍才是。然而我們卻愈來愈少，少到只剩下父王、靇和我三個了。」

子曜聽了，確實甚覺古怪，問道：「龍若不會死，那怎麼會愈來愈少呢？妳的族人都到哪兒去了？」

瓏搖頭道：「有些往東方大海飛去，一去不回；有些則落入了御龍族的手中。你知道御龍族麼？」提起御龍族，她的神情顯得又是恐懼，又是憤恨。

子曜搖了搖頭，說道：「我只聽過傳說中，御龍族的人能夠騎著龍到處飛翔。」

瓏說道：「御龍族並不是一個族，而是一群大巫。他們來自不同的方族，不知為何聚集在一起，發明各種邪異強大的巫術。其中一個便是對付龍的巫術，這種巫術能夠迷惑龍，讓龍甘願供他們駕馭，好像你們商人馴牛、犬人馴犬、羌人馴羊、邑人馴馬、度卡族馴鹿、楚人馴象一般。」

子曜奇道：「可是龍族是人，並不是牲畜禽獸啊。」

瓏笑了，搖頭道：「甚麼是人，甚麼不是人？你們商人以為只有自己商人是人，其他方族之人都不是人，不然你們怎會殺死那麼多羌人，當作人牲獻給先祖？」

子曜無言以對，說道：「妳說御龍族對許多龍族施了巫術，讓他們甘願供其駕馭。但是龍族如此強大，難道無法脫離御龍族的控制麼？」

瓏搖頭道：「龍一旦中了御龍族的巫術，便再也不能變身為人，也失去了言語和心智，一世再也無法脫離御龍族的控制。我不怕父王死去，死也就罷了，我害怕的是父王變得和那些被御龍族控制的龍一般，不但不能變回人形，甚且連言語和心智都喪失！」

子曜見瓏的身子微微顫抖，之前的高傲矜持一掃而空，成了一個恐懼擔憂的小女孩，忍不住伸手拍拍她的肩頭，安慰道：「妳別擔心，龍王剛才醒來時是會說話的，神智也很清醒。他當然還會再次醒過來，也不會忘記怎麼說話的。」

瓏掩面哭了起來，說道：「我不知道，我不知道！父王老邁失智之後，世間就只剩下我和霏兩個龍族之人了。我們又不能生下後代，我們死後，世間就沒有龍了！」

子曜心想：「商人規矩，兄妹不能通婚生子，想來龍族也是一般。」說道：「那該怎麼辦才好？你們是兄妹，不能通婚，又沒有其他龍族之人可以和你們生下龍子龍女。」

瓏抬頭望向子曜，說道：「不，不是這樣的。龍族不管男女，都不能跟龍族之人生子，必須與他族之人通婚，才能生下龍子龍女。」

子曜道：「若是如此，那麼事情就比較簡單了。你們可以趕緊和他族中人通婚，多生一些龍子龍女啊。」

瓏嘆了口氣，說道：「你不明白，這其中有許多難處。第一，沒有人能聽得懂我們的語言。」

子曜脫口說道：「我聽得懂啊！」

瓏望了他一眼，說道：「我也覺得很奇怪，你為何能聽得懂龍族的語言？」

子曜聳聳肩，說道：「我也不知道？我最初見到妳時，並不能聽懂妳在說甚麼。在妳握住我的手之後，不知如何，我就忽然能聽得懂妳和霏的對話了。」

瓏恍然大悟，說道：「原來如此！我需要握住別人的雙手一段時候，這樣他就能聽得懂我們的言語了！」說著跳起身，左右觀望，似乎立即想找個人來試試。然而這龍島上一片荒涼，除了子曜之外，更無他人。

子曜不禁苦笑，說道：「任何人被妳握住了手，皮膚灼燒劇痛，定會趕緊掙扎逃走。

我當時因為飢餓疲倦過度，無力掙扎，才被妳握住了這麼久而無法掙脫。」

瓏望著自己纖白小巧的雙手，自言自語道：「這就是另一個問題啊。我們一碰觸到人，就會燒傷他們，因此根本沒有人敢跟我們在一起，更別說生下龍子龍女了。」

子曜心有餘悸，說道：「可不是？妳得要讓人不怕你們，不被你們燙傷才行啊。」

瓏調皮一笑，說道：「你答應過不怕我的，是麼？」陡然伸出手，去抓子曜的手。

子曜嚇得跳起身，趕緊躲避。但瓏就坐在他身邊，子曜逃避不及，瓏一伸手，便抓住了他的手臂。

子曜驚呼一聲，卻感覺手臂並未傳來想像中的灼痛，慢慢鎮定下來，不再掙扎，驚奇道：「不燙啊，只是有點兒溫熱罷了。」

瓏睜大眼望著他，奇道：「當真不燙？」

子曜恍然道：「我知道了，隔著衣衫，就只感到溫熱而不是火熱，就不會被妳燙傷了。」

瓏甚是雀躍，說道：「真的麼？讓我試試。」又伸手去觸摸他的肩頭、手臂和小腿，只要有衣衫遮住的地方，子曜都只覺得她的手掌溫熱如小火，尚能忍受，不似之前那般滾燙灼人了。

瓏高興地將子曜一把抱入懷中，說道：「太好了，太好了！謝謝你，謝謝你！」

子曜臉上發熱，甚覺尷尬，說道：「不用謝我，我只不過……只不過剛好在這兒，又躲避不開，能夠幫助妳，我……我也很高興。」

他離開天邑商時只有十四歲，還是個未經世事的孩子；在外流浪遭囚多年，這時已有十七歲多了，身子雖長大了許多，但從未與少女相處過，這時被瓏抱住，只感到萬分不自在。

瓏抱著子曜許久，才終於放開了他，含情脈脈地望著他，說道：「子曜，你留下來好麼？我們一起在這兒等我父王醒來。或許等他醒來時，我們已經生出龍子龍女。父王見到，一定高興極了！」

子曜嚇了一跳，連忙道：「不，我不能留下，我……我也不能在這兒待上五年。」

瓏豎起眉毛，質問道：「為甚麼不能？你反正也逃不走。大商王后將你趕出了天邑商，你早就無家可歸了，留在這兒有甚麼不好？」

子曜定了定神，說道：「我很掛念我的家人。我母仍留在天邑商，她羸弱多病，我很希望能回去照顧她。我兄子漁去了西南方，不知下落；我還得去找我妹妹子嫚，她為了救我性命，被王后流放去荊楚蠻荒之地，我擔心得很。這麼多年來，我一直想去找到她，確定她平安無事。」

瓏瞇起眼睛，臉上現出猙獰之色，說道：「你的妹妹？你為何如此關心她？你打算跟她成婚麼？」

子曜忙道：「不，不。我們商人規矩，同母兄妹是不能成婚的。她是為了救我才遭到放逐，我對不起她，又擔心她一個年幼之女，如何在蠻荒之地生存？我連她的死活都不知道，我……我當真掛心得很！」他愈想愈難過，忍不住紅了眼眶。

瓏聽說子曜不會和他妹妹成婚，頓時收拾起嫉妒之心，放緩臉色，說道：「原來如此。你別擔心，這樣吧，我和你一起去尋找你的妹妹子嫚。我父王總要五年後才會醒來，我們就用這五年的時光去找到你的妹妹，讓你可以安心。」她言下之意，自是要緊緊跟隨在他身邊，一旦找到子嫚，讓他安心之後，便要跟他成婚，趕緊生下龍子龍女。

子曜對瓏仍是恐懼多過親近，對與她成婚之事滿心抗拒，卻不知該如何出言拒絕，只能說道：「我妹妹離開天邑商已有五年了，下落不明，也不知是生是死？我聽說荊楚之地都是蠻荒叢林，佔地廣大，五年之內能不能找到她，還是未知之數。」

瓏拍拍胸口，笑道：「你不必擔心，我們龍族最擅長打探消息，找人自是輕而易舉。叢林也好，草原也好，冰原也好，大海也好，我們想找出誰，那是絕對不會找不到的。」

她愈說愈開心，又接下去道：「等我們在荊楚找到你的妹妹之後，便帶她來這龍島上。經歷了蠻荒森林之苦，她想必會很喜歡這兒。想必她和你一般善良溫順，或許她也能和靇成婚，那可就太好啦！」說著跳起身，轉了一圈。

子曜望著她天真雀躍的模樣，不禁苦笑，暗想：「子嫚是甚麼樣的女孩兒，妳可絕對無法從我身上看出半點端倪。妳以為她會跟我一般『善良溫順』，可就大錯特錯啦。就算她在荊楚吃足了苦頭，也絕對不會改變她剛強堅毅的性子，更加不會任人擺布。靇若想和她成婚，那可是自討苦吃，白費工夫。」

瓏更不延宕，立即便去找霾，想告訴他此事。霾早先變身為龍飛走時，說自己要離開三個月，其實他擔心父王和妹妹，出去覓食之後，傍晚時分便又回到了龍島上，在一個山洞中休息。瓏輕易便找到了他，告訴他自己要帶子曜去尋找他的妹妹子嫚，再一起回到龍島，成婚生子。

霾皺起眉頭，說道：「瓏，妳太衝動了。父王命我們帶子曜回來這兒，是因為他很特殊，幾百年來第一次出現似他這般鷹族和兕族的後代。妳見到他才不過一日，竟然就想和他通婚？妳怎知道他適合我們龍族？他被妳碰觸時，無法掙扎逃跑，幾乎被妳燒死；如此瘦削軟弱之人，如何能與龍族婚配？你們生下的龍子龍女倘若和他一般瘦弱，或許更無法變身為龍，翱翔於天，潛游於海，這樣的龍族後代又有甚麼用處？」

瓏被他說得啞口無言，仍強辯道：「不試試怎麼知道？他變身為巨鳥時，能夠在天空飛翔大半日，並非如他顯現人形時那般削瘦軟弱。而且霾兄！我活了這麼久了，願意陪伴我，跟我說話的人，一個也沒有遇見過。未來幾百年中，或許也不會再遇到了。若不把握這個機會，不知要等到何年何月，才會再次遇到像子曜這樣的人！」

霾搖頭道：「他願意陪伴妳，跟妳說話，那是因為他被我們捉來龍島，是我們的俘虜；他不懂得自由變身，無法自行逃脫，不陪伴妳、跟妳說話，他還能做甚麼？妳該知道他並非出於自願，對妳也沒有半分好感。若妳讓他選擇，他一定會立即逃走，離妳遠遠的，這輩子再也不要見到妳。」

瓏靜默不語，霽這番話說得太過坦率直白，即使她心底知道霽的話多半是真的，卻無論如何也不願意相信，更加不願意接受。她心中愈想愈惱怒，轉身便甩頭走了。

霽望著她的背影，不禁暗暗搖頭嘆息。

瓏悶悶不樂地回到營火之旁。子曜見她臉色不豫，小心翼翼地問道：「怎麼啦？」

瓏嘟起嘴巴，說道：「霽不贊成！他說你願意陪伴我，只不過因為你是我的俘虜，自己無法逃走。他還認為你對我沒有半分好感，我若讓你走，你一定會立即逃得遠遠的，再也不要見到我。你說，這是真的麼？」

子曜心想：「霽可真了解我。」但他見到瓏傷心氣憤的樣子，又不忍心說出真話，只能說道：「當然不是真的。妳替我捉魚，陪我談天，我們有說有笑的，我很喜歡跟妳一起。」

瓏聽了這話，高興起來，伸手握住他的手，喜道：「真的麼？那太好了！」這一握，子曜的手又有如被燒紅的箝子夾住一般，忍不住大叫了一聲。

瓏趕緊鬆手，連聲說道：「對不住，對不住！」

子曜流著淚，苦笑道：「不要緊，妳不是故意的。」心想：「妳若是故意的，我才不會白費心思去哄妳開心呢。」

瓏望著他，擔心地道：「你不會逃走吧？」

子曜忍痛搖了搖頭。

瓏鬆了口氣，說道：「那就好了。霏胡說八道，我再也不理他啦。我們走吧。」

子曜奇道：「去哪裡？」

瓏說道：「去找你的妹妹子嫚啊！你不是說想儘快找到她麼？左右無事，我們這就趕緊去找吧。」

子曜見她願意帶自己離開龍島，去荊楚尋找妹嫚，心中暗暗高興，說道：「如此甚好。只不過現在是夜晚，我們明早天一亮再出發，如何？」

瓏卻等不及了，說道：「天黑又如何？我在黑暗中也看得清清楚楚。你既然心急，又何必等到明天？」

子曜說道：「我是心急，但也疲倦得很，想好好睡上一晚，養足精神。要是此刻便出發，我只怕很快就要累得飛不動了。」

瓏說道：「怕甚麼？你可以伏在我身上啊。」

子曜心想：「要是被妳燙傷了怎麼辦？」口中說道：「就算妳願意背負我，我可能也會睡著，手抱不穩，就要從天上摔下來了。」

瓏皺起眉頭，一攤手，說道：「你們人族真是麻煩。好吧，那你趕快休息，明天天一亮，我們便出發。」

子曜問道：「妳不需要詢問霏，得到他的同意麼？」

瓏嘟起嘴巴，說道：「我才不管他呢。他已回到島上了，就讓他留下照顧保護父王吧。」

子曜不敢再多問他們龍族兄妹之間的事，在山丘旁找了一個還算乾淨的山洞，入洞躺下，一閉上眼睛，便立即睡著了。

第五十三章 蟲皇

次日天還沒有亮，瓏便搖醒了他。子曜前一日累壞了，正睡得香甜，忽然被人搖醒，不禁有些煩燥，心想：「我們這是去找我的妹妹，又不是去找妳的妹妹，怎地妳比我還要著急？」

但見瓏神色嚴肅，伸出一隻手指按在子曜的口唇上，低聲道：「別出聲！」

子曜這才警覺到事情有些不對勁，連忙坐起身，往洞外張望。這時天才剛亮，一片灰濛濛地，甚麼也看不見。然而他能感受到身邊的空氣十分凝重，一股詭異的氣氛環繞在他身周，令他毛骨悚然。

瓏凝神往外望去，神色警覺中帶著幾分恐懼。子曜見了，不禁心生警戒：「瓏乃是龍族中人，能夠隨時變身為龍，飛天入海，無所不能；不但全身熾熱如火，沒有人能夠碰觸，而且還不會死。這樣的人竟然也會恐懼？是甚麼樣的事物能令她恐懼？」

過了半晌，子曜終於開始聽見了。洞外傳來窸窸窣窣的聲音，起初非常微弱，後來漸漸能夠聽清。那是非常非常細微的聲音，彷彿千萬隻蜜蜂在空中振動翅膀，或是千萬隻蚯蚓在地底鑽土扭動，聽來似乎是由許多許多事物各自移動所造成，聽不出是甚麼，只知道非常、非常之多。

子曜全身寒毛直豎，忍不住低聲問道：「那是甚麼？」

瓏皺起眉頭，說道：「那是萬蟲之王。」

子曜奇道：「甚麼萬蟲之王？」

瓏說道：「這種蟲子叫作『蝗』，乃是萬蟲之中最可怕的一種。牠們成群結隊，動輒上千萬隻，成團飛過時，可以將整個村子的莊稼、牲畜、人類全都吃掉，只剩下骨頭。」

子曜忍不住道：「這島上既沒有莊稼、牲畜，又沒有人，那萬蟲之王為甚麼會飛來這兒？」

瓏咬著嘴唇，說道：「牠們可能是聞到了父王的氣味，因此老遠從陸地飛來。」

子曜驚道：「牠們要來吃掉妳的父王？」

瓏搖頭道：「父王在睡眠中時，身體如石頭一般堅硬，如冰塊一般寒冷，牠們是無法吃掉父王的。然而早先父王醒來了一段時候，可能因此傳出了氣味，被牠們聞到了。」

子曜懷疑道：「這島離陸地很遠吧？我記得我們從陸地飛出，飛了好長的時候才來到龍島，妳父王的氣味如何能隔著大海，傳到遙遠的陸地上去？」

瓏說道：「龍王的氣味是很驚人的。你是商人，是以無法聞到。龍王只要一醒來，立即大地震動，狂風暴雨，雷電交加。而龍王的氣味能夠傳出數千里，所有禽獸和巫者都會立即知道。」

子曜心想：「我那夜在海王的船上遇到狂風暴雨，莫非就是因為龍王醒過來了？」他皺眉道：「因此妳父王只不過清醒了片刻，全天下便都知道龍王清醒了，這些蝗蟲也循著氣味飛來？但是牠們飛來做甚麼？是想趁機吃掉妳的父王麼？」

瓏嘆了口氣，說道：「龍族當年曾雄霸天下，號令上萬方族。儘管龍族興盛的時代已是數千年前的事了，但至今我們的仇人還是很多。」她望了子曜一眼，說道：「就像你們商人，是在龍族沒落之後才興起的，宰制各方，至今也有幾百年了吧？」

子曜道：「商人取代夏人稱霸中原，已有三百多年了。」

瓏點頭道：「夏人之前的堯和舜，都是黃帝的後代，他們都是龍族中人。」

子曜脫口道：「真有此事？」

瓏也顯得頗為驚奇，說道：「你不知道麼？你們不是有此傳說：黃帝老年之時，攀上一條龍，飛上天去了。其實他不是攀上一條龍，而是變成一條龍，飛上天去了。」

子曜好奇道：「這麼說來，黃帝也是龍族中人。他是妳的祖先麼？」

瓏微微一笑，說道：「我父王就是黃帝。」

子曜忍不住怔怔地往洞外望去，回想自己見到的龍王，模樣衰老而疲憊，眼珠混濁，齒搖鬢白，鱗片稀落。據瓏所說，那頭年老巨龍就是傳說中的黃帝，上古時代的人間共主？實在太令人難以置信了。

子曜回想在左學所學，說道：「我們商人在崇拜自己的先祖之外，也非常尊崇黃帝，每年都要為黃帝舉行盛大的祭祀。傳說黃帝打敗了邪惡的蚩尤，保住了人類的地盤，又教人民耕種織衣，創造文字，發明醫藥，因此後代之人對黃帝萬分尊重欽服，認為自己是黃帝的子孫。原來……原來妳的父王就是黃帝？」

瓏嘆了口氣，說道：「不錯。我父王當時決定介入人間的征戰，就是為了消滅蚩尤。蚩尤是個邪惡的大巫，巫術強大，驍勇好戰，殘暴嗜殺，我父王很忌憚他，認為他將危害天下蒼生，決心將他除去。父王雖殺盡了蚩尤和他的族人，但是蚩尤的後代畢竟留了下來，那就是鬼方中人。」

子曜又是一怔，心想：「原來鬼方是蚩尤的後代，幾百年前被黃帝消滅過一次，近來又被父王和王婦婦好屠滅了一次。」說道：「妳的父王既然成為天下共主，那麼龍族為何不繼續號令天下？為何又讓夏人、商人相繼成為天下共主？」

瓏顯得有些悲哀，也有些得意，說道：「因為我們龍族不會死，所以父王從來不需要選定一個繼承人。不然的話，我兄龗就該是下一個王了。我們龍族並沒有王位傳承或主宰天下的觀念；永世擔任天下共主，對我父王來說也是件十分乏味的事，於是他決定讓壽命較短的人擔任共主，傳承王位。他先讓堯和舜兩個龍族中人接位，之後將王位讓給了夏族之長禹，禹又將王位傳給了他的子孫。」

她一邊說著，一邊探頭往山洞外望了望，側耳傾聽，皺眉道：「那些蝗蟲還在島上，仍在到處尋找我父王。」

子曜問道：「蝗蟲和妳父王究竟有何仇恨？」

瓏說道：「當年父王因為見這些蝗蟲毀壞了太多村莊農田，殺死了太多人獸，才教人布網放火，燒死了千萬隻蝗蟲。蝗蟲記恨在心，一聞到父王的氣味，總是千里迢迢飛來報仇，試圖吃掉父王。但是父王並不怕牠們，只要張口噴火，千萬隻蝗蟲就被他燒焦了。幾百年來牠們不斷試圖報仇，不斷失敗，卻又不肯放棄，實在討厭。」

子曜聽得入迷，又問道：「牠們倘若找到了龍王，龍王當真不會有事麼？」

瓏靠著山壁坐倒，說道：「找到父王不要緊，父王已經睡著了，牠們吃不掉父王的。牠們傷不到父王，也傷不到霏；父王在睡眠之中，霏可是清醒的，隨時能夠噴火燒死蝗蟲。但是牠們倘若找到了你或我，那我們可就要小命不保啦。」

子曜知道自己是血肉之軀，轉眼便會被蝗蟲吃得只剩下骨頭，但是瓏呢？他問道：「我是會有危險，但是蝗蟲應當無法傷害妳吧？妳也是龍族啊。」

瓏微微一笑，說道：「我是龍女，不能噴火。蝗蟲若是找到我，我不能噴火將牠們燒死，很快就會被牠們咬成一堆白骨。」

子曜愈聽愈不明白，說道：「妳說妳吃火，卻又不能噴火？」

瓏咯咯嬌笑起來，說道：「你覺得我們龍族很古怪，是不是？我們龍族還有更古怪的地方呢。總之，我們跟人是很不一樣的。」

兩人說得高興，聲音不自覺大了一些。忽聽洞外簌簌之聲陡然暴響起來，幾個黑影閃入洞中，身形足有三寸長短，正是蝗蟲。一轉眼間，數百道黑影從洞外飛入，有的撲在瓏的頭上身上，有的降落在子曜的頭上身上，還有一些落入了已燒盡的火堆之中，發出嗶波聲響。

瓏一把拉起子曜，叫道：「躲入海中！」

兩人冒著如小飛石般不斷往洞中湧入的蝗蟲群，往外硬闖而去。洞外晨霧瀰漫，甚麼都看不清楚，瓏勉強辨別方向，往海邊直奔而去。子曜跟在她身後，腳下一高一低，一跛一拐，不知踩上了多少塊嶙峋的尖石，也顧不得疼痛，只盲目地跟著瓏往前奔去，感到落在自己身上的蝗蟲開始張口囓咬自己的肌膚，又疼又癢，心中只想：「必得趕緊跳入海中，方能保住性命！」

然而奔出十多丈，腳下仍是亂石，並未踏上沙灘。子曜略感慌亂：「我們迷路了麼？」

忽聽瓏尖叫一聲，撲倒在地，將子曜也扯倒了。

子曜忙問：「妳沒事麼？」

瓏雙目緊閉，並不回答，這時她的臉上已爬了十多隻蝗蟲，遮住了她的半張臉。子曜看得清楚，那些蝗蟲正忙碌地咬著她白嫩的臉頰，多處肌膚已有鮮血流出。

子曜大驚失色，高聲呼喚：「瓏！瓏！」

瓏毫無反應，似已昏暈了過去。子曜知道如此下去，不到幾刻鐘，她臉上的血肉就將被蝗蟲吃光，只剩下一副枯骨了。

子曜大叫一聲，揮手將蝗蟲從她的臉上掃去，用衣衫將她的臉面蓋住，一把抱住瓏的身子，盡量遮掩她的頭臉身子。他感到自己好似抱著一團烈火一般，只燒得他全身滾燙疼痛，但勉強忍耐，不肯放手，心中急速動念：「不能去海邊了，我們得趕緊躲起來！我們得回山洞去！」

瓏顯然已昏厥了過去，她的身子好似一袋大米般，沉重至極，子曜抱著她站起身，只覺胸前抱著一團沉沉熾熱的火焰，背後則被千百隻蝗蟲攻擊，疼癢難當。他只能奮力咬牙忍受，在大群蝗蟲的包圍下，一寸寸地往山洞闖去，心想蝗蟲怕火，只要進了山洞，便能抓起自己前一夜烤魚時用剩的火燼，趕走蝗蟲；或許還能用石塊將洞口封住，擋住大群蝗蟲飛入。

子曜腦中念頭急轉，心底深處卻知道自己多半逃不過一死，只想：「龍族就只剩下三個人了，我不能讓瓏死去。她若死了，龍族就幾乎滅絕了。」但他身形較瓏瘦小，抱著瓏修長的身軀，在蝗蟲的包圍下，想要前進半步都十分困難。

子曜奮力抬頭睜眼，眼前只見到一片黑壓壓的蝗蟲，撲在他的頭上身上，滿臉又刺又痲又癢，還有的蝗蟲往他的鼻孔中鑽去，讓他無法呼吸。他生怕蝗蟲飛進自己的口中，不敢開口，緊閉著嘴，奮力掙扎著往前爬去。

他感到身前的瓏陡然熱了起來，讓他幾乎想甩脫手，但他立即發現，發熱的不是瓏的身體，而是自己的身體。子曜感到小腹中一陣翻滾，接著一股熟悉的感覺環繞全身，他腦中閃過一個念頭：「我要變身了！」

他並不知道此時變身為鳥是否便能逃脫大群蝗蟲的襲擊，但至少會比眼下情勢稍稍好些，而非坐以待斃。他無法控制自己變身與否，此刻身體忽然決定要變身，他就是想阻止也力有不逮，想加快一點也無此可能，只能順其自然，靜觀待變。

然而這回變身快得出乎意料；只在幾瞬之間，他身上已長出翅膀、羽毛、尖喙、利爪。失去雙臂之後，他當然無法繼續抱住瓏，便改以翅膀護住瓏，盡量不讓蝗蟲靠近她的頭臉。子曜心念電轉，不等變身完全，隨即伸出巨爪抓住瓏的身子，展開雙翅，沖天飛去。幸好此時他尚未進入山洞，不然這一飛，便要重重地撞上洞頂了。

他奮力振動翅膀，甚麼也不敢想，直往高處飛去，愈飛愈高，很快便衝入了雲層。這時天剛大明，雲層之上可以見到剛剛升起的一輪朝陽，子曜深深地吸了一口稀薄的空氣，身周的蝗蟲逐漸減少，最後只剩下三兩隻，漸漸地便都落回地面去了。

子曜喘了口氣，發現自己的腳爪仍緊緊抓著瓏，略略放心。他知道自己飛在千仞高空之中，倘若不小心鬆了爪子，瓏就非得跌死了不可，想到此處，腳爪更抓緊了些，不敢放鬆半點。他感到瓏的身子一動也不動，可能仍在昏迷當中，又擔心她已死去，低頭望向她，但瓏面向下方，子曜瞧不見她的臉，只感覺腳爪下的軀體仍舊熾熱如火，猜想她還活著，略略放心。

他在雲層之上漫無目的地飛了幾圈，慶幸自己及時變身，躲過了被蝗蟲啃食的災難，但也不知道下一步該怎如何。此時的他並不完全是子曜，一大半是鳥，而鳥的腦子並不怎麼靈光，很難思考事情。子曜知道自己必須變回人，才能想清楚自己下一步該做甚麼，不然就得在這高空之中飛個不停。

子曜心中動念：「我從龍島飛出，腳下應該都是大海，飛了不知多遠，該如何回去龍島呢？若是無法飛回龍島，便得飛往陸地去了。陸地又在哪個方向？」又想：「龍王不知如何了？蝗蟲會吃了他麼？龕呢？他會噴火，應該可以保護自己吧？」

他最擔心的還是瓏的生死安危，心想：「我該找個地方降落，看看瓏怎樣了，受傷嚴不嚴重。我不能降落在龍島上，那群蝗蟲只怕還待在那兒沒走。我若飛回龍島，變回人身，就是自投羅網，自己送上門去給牠們吃了。不，我得去找陸地。陸地那麼大，我飛遠些，找個地方躲藏，蝗蟲應當找不到我們的。」

子曜想清楚了，便往下飛去，穿過雲層，極目眺望。他見到西方遠處的海天之間有一條黑線，心想應當便是陸地了，於是振翅往西飛去。

子曜飛了許久，漸漸感到疲倦，暗暗慶幸自己昨日吃了烤魚，又睡了一夜，精神恢復了許多，否則今日絕對難以飛行這麼遠。然而此時他感到口渴得緊，昨夜只在龍島上的清水泉喝了幾口水，之後便再也未曾喝過水，又飛翔了許久，早已口乾舌燥，幾乎無法忍受。

不多時，子曜終於飛到了陸地之上，見到一個漁村，心想：「那裡定有人住，應能找到清水。」

他降落在漁村前的空地之上，放開爪子，將瓏放下。鬆了一口氣後，他低頭去望瓏，但見她臉上有不少傷痕，幸而都不甚深，應當不會留下疤痕。

子曜感到一陣可笑：「我們差點便沒命了，我還擔心她的臉上會不會留下疤痕！誰知道龍族的人是如何的？或許他們不會老、不會死，受了傷也不會留下疤痕。」

就在這時，他感到自己開始變身為人，便待在當地，直到變身完成。他看見自己全身赤裸，心中頗為懊惱：「為甚麼龍族的人變身，還有那鷹族老者變身，都不擔心變回人身時沒有衣裳可穿的問題？他們都將衣裳藏在哪裡？瓏和靇變回人形時，身上衣裳都穿得整整齊齊的，真不知是怎麼辦到的。等她醒了，我定要問問她，學會這一招。」

子曜知道自己裸著身子十分不便，要去漁村中找人幫忙或討水喝，便絕不能這個模樣過去。他往周圍看看，找到一塊破船帆，便去撿了起來，圍在自己腰間，算是遮一遮羞；又覺得身上發涼，這時沒了羽毛，很容易便感到寒冷。他將另一塊帆布披在肩頭，稍稍遮擋一下風，才整頓停當，便見到一群人從漁村中走出，手中都持著武器。

子曜還沒回過神來，那些人已一湧而上，團團將他和瓏圍住。子曜正想開口，卻見當先一人是個衣著骯髒的光頭胖子，正是海王。他身邊那群「村民」全都是那艘海船上的海人，身上穿著陸地漁民的衣衫，顯得怪模怪樣。

子曜不禁苦笑，知道情勢大大不妙，只能硬著頭皮說道：「海王，你好啊！」

海王咕嚕咕嚕說了幾句話，他身邊那個瘦子踏上一步，將海王的話翻譯成中土語言：「假的商王之子！你腳邊那女子是誰？」

子曜低頭望望瓏，心想：「在海王船上那時，她殺了不少海王的手下，我還是別說出來的好。」

然而他尚未開口，那瘦子又接著道：「海王說，那就是龍族的龍女。是不是？」

子曜見他們既已猜知，只能硬著頭皮道：「你們不可傷害她！她的父和兄隨時會來到此地，將她接走。你們若敢傷害她，就等著被龍王龍子燒死吧！」

海王仰天大笑，說了幾句話，聽來十分邪惡，他身邊的水手也都大笑起來。那瘦子說道：「海王說，今晚吃烤龍女和烤商人，大家可以好好飽餐一頓了！」

子曜只感到無比的疲倦和喪氣，他才帶著瓏飛行百里，從大群蝗蟲口裡逃出，如今又要被海王一夥吃掉，這世上就沒有甚麼不吃人的方族麼？

他心想自己即使能再次變身為鳥，也不夠力氣抓著瓏繼續飛翔了。況且他並不能決定何時變身，如今他還能做甚麼，才能改變束手待斃的劣勢？

就在這時，腿下的瓏動了動，子曜心中一跳，生起一股希望：「她若醒來，變身為龍，就可以趕跑這群蝦兵蟹將了。」隨即又擔心起來：「若她太過虛弱，無法變身，打不過他們，那又如何？」

就在子曜的心情一起一落之間，瓏又動了一下，緩緩睜開眼睛。她望見眼前的海王一群人，一驚坐起，又抬頭望向子曜，睜大了眼，滿面驚惶恐懼。

子曜原本指望她解救二人脫離危境，豈知她竟比自己更加害怕，只能勉強一笑，安慰她道：「我變身成鳥，帶妳躲過了蝗蟲的攻擊，來到陸地上。是我愚蠢，降落在這個海王居住的漁村之外，被他們包圍了，說今夜要吃掉我們。」

海王的瘦子翻譯對海王說了幾句話，海王的臉陡然變成一片蒼白。

瓏似乎更未聽見子曜的話，雙眼直直盯著他的臉，忽然伸手指向他，顫聲說道：「你的臉……」

子曜一呆，心想：「我的臉怎麼了？」立即伸手往臉上摸去，感覺左頰上有些麻癢，原來還有一隻蝗蟲攀附在他的臉上。方才他變身為鳥，並未留心，變回人後也未曾注意。子曜用力扯下那隻蝗蟲，但見那蟲子的六隻腳不斷舞動掙扎，口器一張一闔，看來十分猙獰，口上還沾著自己的血肉，不禁甚感噁心，用力將那蟲子摔在地上。

瓏立即撲上前，一掌打下，將那隻蝗蟲打得稀爛。

周圍海王一夥眼睜睜地望著地上那隻死去的蝗蟲，忽然一齊尖聲驚呼起來，同時扔下武器，轉身就逃。

子曜見到了，不禁又驚又奇，忍不住問道：「怎麼了？他們為何逃走了？」

瓏喘了口氣，說道：「有一隻蝗蟲跟著你來到這兒，這表示其餘的大群蝗蟲轉眼就會到來。我們得趕緊逃走，找地方躲起來！」

子曜甚感不可思議，說道：「牠們……牠們怎能找到這兒？我飛了好久……」

瓏跳起身，拉起他的手，說道：「別多問多說了，快逃啊！」

子曜不敢相信自己從清晨一醒來後，便得逃亡；直到現在剛過午時，還得繼續逃亡。他甚感後悔：「我在離開天邑商後，便未曾好好祭拜先祖，更未曾向諸位先祖在天之靈祈福禱祐。如今我的福祐想來都已用盡，此後便只有無窮無盡的災難困厄了。」

這時也不容他多想，瓏拉著他，奔到漁村之前，但見一間間木屋都關緊了門，海王的手下正忙著將窗戶全都釘上木板，牢牢實實地封住，防止蝗蟲飛入。

子曜道：「他們大約不會讓我們進去，跟他們一起躲在屋中吧？」

瓏搖了搖頭，說道：「那些木屋沒用的，根本擋不住蝗蟲。」拉著他便往樹林中奔去。

子曜連忙跟著她急奔，想起蝗蟲的恐怖，忍不住對著木屋叫道：「海王，你們的木屋沒用的，擋不住蝗蟲的，快逃吧！逃進海裡去，蝗蟲就咬不到你們啦！牠們能鑽入木屋的，快逃……」也不知道海王一族聽見了沒有，瓏已拉著他奔出了十餘丈。

子曜身上披著破帆布，跑著跑著便一片片掉了下來，纏住他的腳。他沒空拉起帆布重新披在身上，只能將帆布踢開，乾脆裸著身子往前狂奔。兩人奔入樹林之前，子曜又已是全身赤裸了，幸好瓏只顧著往前快奔，更無暇回頭望他。

進入樹林之後，瓏四周張望，似乎在尋找甚麼。子曜也四周觀望，盼能找到甚麼事物來遮一下自己的身子。兩人各自找了一會兒，一齊嘆了口氣，顯然都沒能找到他們各自想找的事物。

瓏轉頭望向子曜，說道：「事情不好了。」這才發現他身上一絲不掛，趕緊轉過頭去，俏臉通紅，啐道：「你幹麼脫光了衣裳？這像甚麼樣子！」

子曜無奈道：「我在龍島上變身成鳥，帶妳飛過大海來到陸地，變回人身之後，原來的衣裳就沒啦。剛才我在海邊找到幾塊破帆布披在身上，跑著跑著，就都掉落了。我……我不是故意的。」

瓏又羞又急，怒道：「我從沒見過像你這麼蠢的人！連變身時怎麼帶上衣裳都不知道！」口中斥罵，手上仍脫下了一件外衫，反手扔過去給他。

子曜忙道：「多謝妳啦。」快手將瓏的衣衫披在身上，心想：「瓏外表雖是個少女，但其實是個已有幾百歲的老龍女了，豈知她也會害羞？」他穿好之後，問道：「我們現在又該如何？妳帶我來到樹林，這兒難道有地方可以躲過蝗蟲麼？」

瓏嘆了口氣，說道：「我原本想或許能在樹林中找到萬年神木。蝗蟲很怕神木的氣味，幾十丈之外就會避開。但是這樹林中的樹木都太年輕，最老的也只有七八百年，想必不會有神木在其中。」

子曜甚感驚異，問道：「妳只要看一看，就知道這些樹有多老？」

瓏撇撇嘴，說道：「這個自然。這些樹都比我年輕得多。」

子曜忍不住笑道：「妳都這麼老了，應該看過男子裸身許多回吧？怎地看到我沒穿衣裳，又會害羞？」

瓏的臉又紅了起來，啐道：「我哪有害羞？」

子曜道：「妳的臉都紅了，怎麼不是害羞？」

瓏雙眉豎起，神色顯得有些猙獰，似乎真的發怒了，高聲道：「誰叫你蠢成這樣，裸著身子到處跑？你以為自己裸著身子很好看麼？真不知羞！該害羞的是你！」

子曜正要回口，就在這時，一陣洪亮笑聲從樹叢中響起，子曜和瓏都是一驚，趕緊閉上嘴。但聽一個蒼老的聲音說道：「大群蝗蟲轉眼就追來了，你們小兩口子還在這兒拌嘴，爭論誰裸體好不好看，誰害不害羞！哈哈哈哈！」

瓏和子曜一齊轉頭往聲音來處望去，但是一個望東，一個望西，兩人顯然都未能聽清楚聲音從何而來。

那聲音又笑了起來，說道：「一個龍女，一個商王之子，竟敢來到我的樹林之中躲避蝗蟲，好大的膽子哪！」

瓏板起臉，喝道：「誰躲在樹林裡說話？快給我出來！」

樹叢中那聲音又響了起來：「龍女！我是神木。我的年紀比妳老上許多，但我也沒穿衣裳，妳不在意吧？」說完又哈哈大笑起來。

瓏的臉色愈來愈難看，子曜則忍不住笑了起來，說道：「神木老爺爺，你可以保護我們麼？那些蝗蟲轉眼就到，我們方才險些被他們活活吃掉，好不容易才逃來這兒，可不想再被蝗蟲爬滿全身了。」

蒼老的聲音說道：「要我救你們的小命，自然可以，但是我有個條件。」

子曜問道：「甚麼條件？」

瓏伸手攔在子曜的身前，插口道：「別相信他的鬼話！他根本不是神木，只不過是樹林裡的老樹鬼，在這兒胡說八道，意圖欺騙我們！」

子曜奇道：「老樹鬼？」

那蒼老的聲音又笑了，說道：「不管是萬年神木，還是老樹鬼，我都有辦法救你們的小命。我要是救不得你們的小命，還跟你們談甚麼條件？你們轉眼就被蝗蟲吃成一堆枯骨，答應我甚麼條件都是白饒，不是麼？」

子曜點頭道：「你說得有理。若你當真能救我們，就請你趕緊說出條件來。」

老樹鬼又笑了，說道：「你們兩個，很快便會經歷奇遇，得到天藥。我的條件很簡單：一旦你們得到天藥，便需將天藥交給我。」

瓏聽見「天藥」兩個字，臉色頓時沉了下來，閉嘴不答。子曜從未聽過「天藥」，猜想應是某種難得少見的神奇仙藥，心想這條件太過空泛，根本和沒有條件一般，失笑道：

「甚麼天藥？世間或許更無這等事物，我們也不可能會得到天藥，更別說交給你了！我們便答應你也……」

瓏卻打斷了子曜的話頭，喝道：「不能答應他！」

老樹鬼語氣嚴肅，對著子曜說道：「我雖不是萬年神木，但也活了幾千年，比這龍女還要老上幾百年，知道的事情比她還要多得多。小傢伙，你幾歲了？不到二十吧？你知道甚麼？我說你會有奇遇，便會有奇遇，你小子竟敢質疑我？」這老樹鬼說起話來老氣橫秋，口氣中滿是輕蔑不屑。

子曜心知自己難以跟這些壽命極長的事物爭辯，不知該如何回答，只好轉頭望向瓏，但見她的神色十分奇特，咬著嘴唇，靜默不語，似乎在思考抉擇。

子曜推推她，問道：「瓏，妳說怎麼辦？」

瓏又靜默一陣，才道：「老樹鬼，你知道得太多了。我尋找天藥，是為了救我父王。倘若我真的得到了天藥，也絕不會交給你。」

老樹鬼的聲音顯得油滑而奸詐，說道：「龍女，我原本便已猜知，關於天藥這回事，妳心裡可清楚得很。妳和龍子一起俘虜了這小子，之後妳又百般討好於他，緊緊跟在他身邊，不就是為了得到天藥麼？」

子曜聽了，不禁一呆，原來那甚麼天藥竟似乎是真的，而瓏老早就知道自己將會得到天藥，因此才從海王手中奪走自己，並緊緊跟在自己身旁！

他心中微感失望，暗想：「原來她並非真心對我好，只是想通過我得到天藥，給她的父王……」又想：「她是為了救她的父王才這麼做，也不能說是懷有惡意。就算她對我並無真心，對她的父王可是一片孝心。」

但聽瓏說道：「老樹鬼，我可以答應你，我若得到天藥，便分一半給你。」

老樹鬼笑道：「妳不必蒙混我啦。天藥只夠一個人用。我要成為萬年神木，便得靠這天藥。沒有甚麼分一半不分一半的，全都得給我！」

瓏望向子曜，神色緊急，殷切地道：「子曜！我不能答應那老樹鬼。我若得到了天藥，一定得將它交給我的父王，讓父王得以回復青春，不然我寧可死上百遍！子曜，我能保護你不被蝗蟲吃掉，但你得答應我，當你得到天藥以後，一定要將它交給我的父王，好麼？我求求你！」

子曜只聽得一愣一愣地，望著她焦急求懇的神色，猛然會過意來，驚道：「妳……妳的意思，是要捨命救我？」

瓏點點頭，又搖搖頭，說道：「不錯，我可以救你的命，但是我自己不會死，只是會被蝗蟲吃掉。你若答應將天藥給我父王，那我甘願被蝗蟲吃掉。我們就算讓這老樹鬼給救了，卻得不到天藥，那又有甚麼用？」

子曜心想：「妳會被蝗蟲吃掉，卻不會死？」心中一陣糊塗惶惑，說道：「但是……但是我根本不知道天藥是甚麼，也不知道如何取得天藥……而且，我怎能讓妳為我而死？」

瓏不讓他說下去，搶著道：「我說過了，龍族的人是不會死的，我就算被蝗蟲吃掉，也只是吃點苦頭而已，過個幾十年，我的血肉便會慢慢長回來。我們老早就知道天藥會落入你的手中，這是絕對不會有錯的。我們去俘虜你，帶你到龍島，就是為了取得天藥。你答應我，好麼？」

她知道情勢緊急，言語坦白率直，一片真誠，最後一句話幾乎就是在哀求了。子曜聽了，不禁心軟，卻又不能答應她為自己而被蝗蟲吃掉。但聽老樹鬼在旁催促道：「小子，我知道你不想她被蝗蟲吃掉，可千萬別答應她啊！你趕緊答應我便是了，我可以救你們兩人性命啊！天藥對你總之不重要，給了我又何妨？保護那龍女要緊啊！」

子曜不知自己該怎麼做才對，還在啞口無言時，便聽得天上簌簌之聲響起，大群蝗蟲轉眼就將追入樹林，不禁臉上變色。

第五十四章　尋子

天邑商

王婦婦好仍舊努力讓自己生子，卻始終未能懷上身孕，愈來愈焦急徬徨。她這時已有三十三歲，一般婦女十三歲出嫁，十四五歲開始生第一胎，約有將近二十年可以懷孕生子，一般最多可以生下十四五個子女，有的生一兩個便難產而死，能夠生到五個子女還未死去的，便算十分幸運的婦了。一般生下的十多個子女中，最多只有三四個能存活下來，其餘的在嬰兒或孩童時期便因各種疾病或意外死去，即使存活，也有不少成為殘廢無用之人。

婦好成為王昭之婦後，曾生育過五次，最早的女嬰生下便是死胎，之後生下了一女，便是子妥；其後雖生下了一子，卻被婦井所迫，不得不親手殺死；再生了一女子媚，之後就沒有再生育了。直到最近才又生下子吉，卻受到詛咒而早夭病死，因此至今只有二女存活了下來。然而這二女對她來說毫無用處，最多能只將她們嫁給強大的方族之長，讓方族願意支持擁護大商，對於鞏固或提升婦好自己的地位卻毫無幫助。如今婦好想在三十三高齡再次懷孕生子，實是件極為困難之事。

這日雀女來到天邑商，代其父侯雀和其夫亞禽送來雀方和禽方的貢物。她知道王昭密召侯雀率雀師入天邑商護駕，卻遭婦好阻止等情，因此只在暗中前來，直接去見婦好，並未拜見王昭。

婦好讓雀女進入自己的宮殿密談。婦好之宮仍與往年一般，樸素簡潔，地上鋪著白色薦子，窗上掛了白色絲帛，牆上則掛著各種婦好慣用的弓箭和戈矛等物，此外更無其他貴重物品或華麗裝飾。

雀女行禮坐下後，婦好看出她肚腹微微隆起，心中一動，似乎想起了甚麼非常重要的事情，卻又想不起來。

雀女留意到婦好的目光，率先說道：「稟告王婦一件喜事，雀女已懷有五月的身孕了。」

婦好喜道：「那可太好了！我真替亞禽和妳歡喜！」

雀女移近婦好身旁，握住她的手，低聲問道：「王婦可有喜訊？」

婦好低沉地搖搖頭，默然不語。

雀女皺眉道：「離王婦上一回生子，已超過一年多了。為何尚未有喜訊？」

婦好肚中有無限的苦水，也只能跟雀女這個昔年戰友吐露，於是她將這一年來的種種嘗試和辛酸都跟雀女說了，雀女滿懷同情地傾聽著。婦好最後說道：「我日日祈求天帝、先祖、鬼神，夜夜與王同寢，卻都無法懷上身孕。我真不知該如何是好！」

雀女見到婦好憂慮煩躁的模樣，極想告訴她巫露施法之事，並問她是否願意回到雀方，再次請巫露施法，藉以懷上身孕。上回巫露確實讓婦好懷上了身孕，並生下了一子，但那子卻早早夭折，雀女知道婦好為此暴怒發狂，害死了不知多少無辜性命。她生怕婦好將子吉之死怪罪在巫露和自己身上，自不敢貿然提起此事。當時她一心幫助婦好，才主動引介巫露，然而巫露的巫術是否造成了子吉的死亡，雀女自然也說不清楚。

此時雀女為求自保，決定絕口不提巫露之事，只空言安慰道：「王婦請勿擔憂，王婦曾多次懷孕分娩，去年還曾懷孕、順利生子，顯然年紀並非阻礙，王婦仍然能夠孕育。只要保持誠心，時時向天帝先祖獻祭，想必終能如願以償。」

婦好陰沉著臉，咬牙切齒地道：「但願如此。」

雀女感受到瀰漫在天邑商中的血腥戾氣，不敢在天邑商多待，急急向婦好告辭，回往禽方去了。

婦好焦急無奈之下，只能日日命大巫永替自己貞卜能否生子，每回的貞卜結果都是「有子」。因此婦好拒絕放棄，即使年紀愈來愈大，生產的危險也愈來愈高，她卻仍不斷要求和王昭同寢，盼能懷孕生子。王昭明白她的願望和祈求，但他對婦好的專橫奪權生起戒心，生怕她生下一個子後，便將名正言順地要求當上王后，甚至開始謀害自己，於是總是找藉口拒絕。婦好憤怒難已，無奈之下，只能夜夜祈禱，盼能在先祖的護祐下，再次懷上身孕，生子立后。

同一時候，王后婦斁身子逐漸好轉，能夠起身走動，精神氣色也比往日好上許多。王昭時時流連婦斁之宮，飲酒度日。婦斁從未領師作戰，也從未協理王事，不明白天邑商政局的詭譎多變，因此王昭在婦斁之宮時，往往與子漁密談，討論抑制婦好的策略。子漁聰明多智，對王昭說道：「父王素所信任的三卿，如今師般已死，傳說被婦好逼退，侯雀也年老傷病。日前王婦派中兄央率萬人之師征討虎方，意在將中兄調走，好讓父王手中無師無戍。婦好倒行逆施，天邑商王族多眾皆知她已瘋狂，父王須把握機會，解除她的師長之職，甚至廢除她的王婦之位，定能得到天邑商王族多眾的支持。」

王昭卻猶豫不決。他雖勇猛好戰，對外敵內叛殘狠無情，但對自己的婦和子卻始終心慈手軟，只長歎道：「余年幼之時，余父因細故對余母不滿，狠心將她禁閉起來，最後讓她死在囚中。此事余記憶甚深，當時余便立下毒誓，此生決不虧待自己的婦。一旦成為余婦並替余孕育子女者，余便將一世善待，決不辜負。何況婦好對大商和余皆有功，余若對她下手，定將令多婦多臣心寒，認為余忘恩負義，不重才智，虧待功臣。」

子漁聽王昭這麼說，也只能暗暗嘆息，無法再行勸說。他眼見王昭無意封自己為小王，並聽聞王昭曾暗中派密使去虎方迎回子弓，心想：「母斁雖已為后，但父王並未放棄子弓，婦好也一心生子，虎視眈眈。倘若子弓能夠回到天邑商，在伊鳧的輔助下，或許能與婦好抗衡也說不定。眼下並非我爭取小王之位的時機，我需得隱忍退讓，靜觀情勢，以自保為先。」

然而他心底也很清楚，自己衰老的情況一日日加重，即使母戣以巫術替他吊住了一口氣，倘若大巫瞉不早些帶天藥回來，自己別說成為小王，就算要活多一兩年也是妄想。

這日婦好又讓大巫永貞問自己是否有孕，答案是「無」；沮喪失望之中，她又命大巫永貞問自己是否有子，答案仍然是「有」。

婦好忽然靈機一動，說道：「巫永，你再替我貞問一回，這回問我是否已經有子。」大巫永臉上維持著那個難以抹去的詭異笑意，抬頭望向婦好，懷疑地道：「啟稟王婦，本巫方才已貞問過王婦是否有孕，答案是無。」

婦好臉色陰寒，搖頭道：「不！我要你貞問我是否已經有子！」

大巫永露出疑惑之色，不敢辯駁，於是貞問「婦好已有子」，答案竟然是「有」！他連續貞問三回，每回的答案都是「有」。

大巫永皺起眉頭，對婦好說道：「啟稟王婦，貞問的結果是：王婦已經有子。」

婦好皺起眉頭，沉思一陣，暗想：「我若已經有子，那麼這只有一個可能——當年我生下的那個子，一定沒有死！」她抬起頭，對大巫永說道：「你聽好了！去找出天邑商內所有現年十六歲的子，全數帶來我宮，讓我過目！你替我一一貞問，看哪一個才是我的子！」

大巫永睜大眼瞪著婦好，心中動念：「王婦終於瘋了！」

然而在王婦婦好嚴命之下，大巫永不敢違逆，只能派出多史去天邑商各大王族，請他們將現年十六歲的多子送入婦好之宮。

王族聽聞這個消息，都大為驚恐。寧亘之子子晙遭焚獻祭之事記憶猶新，如今王婦婦好下令尋找十六歲的王子，想必打算從中挑一個人牲，用以祭祀先祖或是替她早夭的子吉陪葬，人人自然陽奉陰違，不敢送子入宮，趕緊將十多歲的子隱藏起來，或是急急送出天邑商，找個鄉里之地躲避。

婦好得知之後，大為震怒，斥責大巫永：「你太愚蠢了！王族之子都曾接受大巫行子和命名之禮，當然不會是我的子了！你在王族中尋找有甚麼用？當然要去天邑商的多眾之中尋找了！任何人只要願意接受貞問，便賞賜朋貝一串！」

大巫永只好向天邑商多眾宣告：「本大巫貞問天帝先祖後得知，王婦婦好多年前生下之子並未夭折，而是流落民間。王婦希冀能尋回其子，封為王子。天邑商所有十四至十八歲之子，全數送入婦好之宮，讓王婦過目，行貞卜確認是否王婦之子。只要願意受貞者，不論結果，皆賞賜朋貝一串。」

此命一出，天邑商的王族和多眾都確信王婦婦好已失心亂智，全城陷入驚恐，準備逃亡。然而王婦婦好早已命王師關閉四門，命王戍到處搜羅十多歲的子，抓入婦好之宮，接受貞問。

直到在十多個多眾之子受貞得貝、平安歸還後，天邑商王族和多眾這才放下心，認為婦好雖已發瘋，但並無屠殺多子之意，於是人人起了貪心，紛紛謊報自己子的年齡，盼望能夠被貞為婦好之子，一躍成為王昭和寵婦婦好所生的王子。接下來的數月之中，大批王族和多眾將自己八九歲以至二十歲的子送入婦好之宮，央請大巫永貞問；婦好之宮外擠了數百個少年和他們的父母，熙熙攘攘，搶著來接受貞問；有的第一次貞問失敗，又換個裝扮再來一次，好取得多一串朋貝。大巫永無法分辨，只能一貞再貞。他從早貞到晚，直花了三個多月，才終於貞完了所有天邑商十多歲的男子，但並無一人貞出為婦好之子。

婦好極為失望不滿，即使王宮儲存的朋貝已用去了一大部分，她仍命大巫永再貞第二次、第三次，於是婦好之宮外人群聚集，直吵嚷了大半年都未散去。往年王宮所有財貨都由三卿之一的傅說管理，絕不會任由王婦婦好如此揮霍胡來；如今傅說告老歸鄉，掌管王宮財貨的乃是師貯的親信，眼見婦好胡用王宮朋貝，卻一聲不吭，甚至不敢去稟告王昭。

王昭將婦好的舉止都看在眼裡，想起鬼方靈師對自己的告誡：「我王若不想王后婦井之事重演，便絕不能讓婦好找到她的子！」於是故意對婦好的恣意胡鬧不聞不問，並暗中放出風聲，讓天邑商王族和多眾都認為婦好確實已經瘋狂。他不斷留意貞問的結果，得知婦好始終未曾找到她的子，暗暗放心。

師貯這時剛從東方回來。他當時在海王的船上找到了王子曜，大喜過望，立即鼓動海王將子曜殺死；之後師貯又遠遠跟隨海王的船，見到海王所有船隻都在狂風暴雨中沉沒，相信子曜就算沒被海王殺死，也已沉入海底，於是安心回到天邑商，準備向王婦婦好稟報自己順利完成任務。他回到天邑商之時，正好撞上王婦大舉貞問全城十多歲之子的鬧劇。

師貯身為右學之長，掌管王族左右二學，他來到右學，得知許多左右二學的多子被召去婦好之宮反覆受貞，弄得左右二學的多子、多女、多生無法正常上學。

於是師貯來到婦好之宮，但見宮外擠滿了十多歲的孩子，總有數百人，大巫永正忙得焦頭爛額，一一替他們貞問，試圖找出哪一個才是婦好之子。

師貯看在眼中，甚感驚詫。他找了個機會，來到大巫永身旁，低聲問道：「這兒究竟發生了甚麼事？」

大巫永便將自己替王婦婦好貞問到「已有子」之事說了，最後嘆息道：「天邑商中所有十二歲至二十歲的子，我都已貞問過了，但他們都不是王婦之子啊！」言下極為苦惱無奈。他已幾個月未曾好好睡上一覺了，幾乎處於崩潰界限。

師貯眼見大巫永苦惱如此，心想：「我離開一段時日，王婦婦好竟陷入這等狂亂之地，而我王和大巫永竟都無法制止她！」

他想了想，心中已有主意，說道：「讓我去晉見王婦，或許能想出個解決的辦法。」

於是師貯來到王婦婦好之宮拜見。師貯之前曾替婦好下手毒死師般，又替婦好獻策逼走傅說，對婦好忠心耿耿，極受婦好的信任。這時他對婦好稟告王子曜已死之事，婦好聽聞之後，只點了點頭，似乎並不很在意。

師貯觀望她的臉色，試探著道：「臣貯聽聞王婦遍貞城中多子，卻無所獲。臣貯竊想，或許王婦之子已離開了天邑商？」

婦好原本已陷入絕望，聽師貯這麼說，頓時眼睛一亮，忙道：「你說下去！」

師貯道：「過去十多年來，貯掌理左學，教過的多子多生，有的受封一方，有的隨王師出征，很多都已不在天邑商了。」

婦好連連點頭，說道：「你說得是。我怎地未曾想到？你快去將他們全數尋回，一個也不能少！」

於是之後一段時日，師貯出使各方，尋找已離開天邑商的十多歲的多子，一一帶回天邑商給婦好過目，並交由大巫永貞問。

如此忙了數月，追尋婦好之子一事仍舊沒有結果。

婦好又是失望，又是憤怒，將一口怒氣都出在大巫永身上，說道：「都是你無能！倘若大巫㱿在此，想必老早貞得結果了！」

大巫永臉上帶著僵硬笑容，低頭不敢望向王婦婦好的臉，心想：「是妳自己廢除了大巫㱿，此刻卻又想起他的好處來！」

婦好忽然想到了甚麼，豁然站起身，雙眼發光，失聲叫道：「我知道了！是大巫㱿！」

大巫永問道：「請問王婦，此事和大巫㱿有何關係？」

婦好吸了一口氣，說道：「當年被我親手殺死的子，是由婦井將他取走埋葬，但其實大巫嗀可能救活了他，並將他藏了起來！」

大巫永覺得婦好徹底失去理性，竟說得出如此無稽之談，卻不敢出聲反駁。

婦好顯得興奮無比，在室中快速踱步，自言自語道：「我知道了，大巫嗀一直瞞騙著我！他將我的子藏起來了！他將我的子藏在哪兒？」

想起大巫嗀，她腦中忽然閃過一張精靈頑皮的面孔，那個總是跟在大巫身後的孩子，大巫之徒——小巫！

婦好停下腳步，心跳卻愈來愈快；她終於明白了。她已遍貞天邑商多子，甚至將曾住在天邑商卻已離開的多子召回貞問，卻沒有一個是自己的子。但她卻忘了一個極為關鍵的人：小巫！

婦好愈想愈覺得事情必是如此。當年大巫嗀救活並藏起了自己的子，之後便把他帶在身邊，將他訓練成巫者。依年紀來說，小巫確實和她死去的子差不多年歲；依長相來說，小巫也和自己有些相像，而且他樣貌端正，也頗有王族血緣的影子。

婦好愈想愈明白，轉頭對大巫永說道：「你知道小巫麼？」語音竟有些顫抖。

巫永道：「我知道，不就是那個總跟在大巫嗀身旁的孩子麼？我知道大巫嗀派他去魚婦屯迎接王子漁，但他並未跟隨王子漁一起歸來。我聽亞禽的手下說道，小巫自願留在魚婦屯，頂替王子漁。」

婦好皺起眉頭，子漁衰老虛弱的情狀，她早已看在眼中，猜知是魚婦阿依的傑作。如今小巫自願頂替王子漁留在魚婦屯，莫非他也正遭受魚婦阿依的蹂躪摧殘？她心中憂急不已，立即下令道：「你立即趕去魚婦屯，找回小巫！」

大巫永想起婦好和大巫㱿之間的仇恨，以及她虐打、燒死小祝的情景，眨眨眼睛，說道：「王婦之意，是要我暗中殺死他麼？」

婦好豎起雙眉，喝道：「胡說！我要你去找到他，護送他平安回到天邑商，一根寒毛也不能少了。聽見了麼？」

大巫永低下頭，惶恐地道：「謹遵王婦之命。」他這才恍然大悟，猜知婦好定是以為小巫乃是她的親生之子，暗想：「小巫出身不明，確實有可能是王婦之子。然而小巫乃是天生的巫者，擁有種種巫術，而商王族從不出巫者……他絕對不可能是王婦之子。只不過我最好別說出此事，免得惹惱王婦。」

但他仍忍不住問道：「請問王婦，我可以告知小巫，是王婦派我去找他的麼？」

婦好冷冷地道：「誰不知道你是我的忠實手下？他見到你的面，自然會知道是我派你去的，這還用多說？」

大巫永遲疑道：「要是他不願意跟我回來呢？」

婦好哼了一聲，說道：「只要你不傷害他的身體性命，隨便你對他施加甚麼巫術都好。總之，我要你將他平平安安、完好無缺地帶回來天邑商，帶來我的宮中見我！聽清楚了麼？」

大巫永只能恭敬答應，趕緊離開天邑商，匆匆往西南而去。

卻說小巫和隨風的木船逃出海王的包圍後，便急速往西駛去，不一日，便回到了陸地。木船靠岸之後，隨風和度卡族人紛紛上岸，小巫卻抱膝坐在船頭，不肯下船。

隨風回頭望向小巫，說道：「你打算一輩子留在船上麼？」

小巫嘟著嘴，說道：「你這壞人，竟然這麼輕易就將子曜交給了海王！」

隨風面色不改，說道：「我若要做好人，盡力解救王子曜，那麼此時我和我的族人、王子曜以及你，就已全數葬身大海了。」

小巫大聲道：「我不是說你當時不救王子曜，而是說你根本無心去救他！」

隨風靜默一陣，說道：「你認為我能救得出王子曜麼？」

小巫激動地道：「即使救不出，也不能就此放棄！總要想想辦法，盡力去試看看啊！」

隨風微微搖頭，說道：「我們度卡族生活在冰原，懂得對付冰雪嚴寒，卻不懂得應付茫茫大海。海上是海王的地盤，我們非其敵手，絕對無法從海王手中成功奪人。」

小巫道：「那就把海王引到冰原，在冰原上和他一決死戰！」

隨風笑了，說道：「海王從來不離開大海。」

小巫急道：「那怎麼辦？難道子曜就得一輩子做海王的俘虜？」

隨風搖搖頭，說道：「你別擔心，我會留心他的狀況。一旦他接近海岸，我便可以想辦法出手救他。只怕……」

小巫追問道：「只怕如何？」

隨風一攤手，說道：「只怕等上一百年，海王也不將他帶到岸邊，那時子曜多半已經死去了。」

小巫心一沉，說道：「總會有辦法的。」

隨風望著他，說道：「你說魚婦阿依在你身上下了咒，一年之內若不回去，便會腦殼迸裂而死，是麼？」

小巫沉鬱地點了點頭。

隨風沉吟一陣，說道：「我能助你抑制魚婦阿依的咒語，讓它在一年後不立即發作。你的腦袋將維持原狀，不過可能會時常劇烈頭痛，但總好過腦殼迸裂而死。你願意麼？」

小巫眼睛一亮，說道：「當然願意！請納木薩出手幫我！」

隨風道：「但是有個條件。你需得跟在我身旁，不准擅自離開。」

小巫惱道：「我不跟在你身邊，你便不救我性命，那我當然會乖乖跟在你身邊了。」

隨風道：「好，那你下船吧。跟我來。」

小巫只好不情願地站起身，踏過船板，上了陸地。

隨風帶著度卡族人和小巫來到一個漁村，和村民交涉了一番，便在村中的山神居借住下來。一行人買了清水食物，在山神居略做修整，當夜便在居中睡下。

接下來的數旬，隨風整日對著角落端坐，閉目祈請，口中念念有詞。

小巫坐在一旁偷看，不知他在施展甚麼巫術，但似乎在與風神、雨神之類傾談溝通。有一回隨風睜開眼，小巫便趁機問他：「你在做甚麼？」

隨風瞪他一眼，說道：「你身為巫者，竟連我在施甚麼巫術都看不出？」

小巫搖頭道：「我年紀還小，巫術有限，當然看不出來。」

隨風哼道：「你說自己年紀小，其實你已經十六歲，在巫者中不算小了。我十歲時，就已是度卡族獨當一面的大巫。」

小巫一呆，說道：「你怎麼知道我幾歲？」

隨風道：「我當然知道。」又道：「你別吵我，我要回去祈禱了。」

小巫只好訕訕地站起身，往外走去，但隨風忽然睜開眼，說道：「慢著！別走。」

小巫停下腳步，問道：「怎麼？」

隨風皺起眉頭，說道：「有個巫在找你。那是個腦袋很大的巫者，肩膀上站著一頭鴟梟，臉上不知為何一直在笑。你認識他麼？」

隨風還未說完，小巫想起老烏鴉的話，脫口叫道：「我知道！那是巫永，他是王婦婦好的親信巫者。」

隨風道：「巫永麼？看來他已被商王任命為新任商王大巫了。王婦婦好派他出來找你，說要帶你回去天邑商。」

小巫立即道：「我才不回去！婦好燒死了小祝，又把天邑商的巫祝幾乎全都殺死了。我怎麼敢回去？她一定是發現我這條漏網之魚，因此要捉我回去受刑，用來祭祀先祖。」

隨風搖頭道：「這個巫永對你似乎並無惡意。」

小巫卻說甚麼也不肯回去。

隨風道：「海上的風見過你，可能已經告訴巫永你去過海上。然而我們上岸後這幾日，你並未出門露面，應當沒有其他的風見過你，巫永未必能找得到你。」

小巫道：「最好找不到。他即使找到了我，我也絕對不跟他回去！」

隨風揮揮手，說道：「好了，你出去吧。」

小巫前腳才跨出門檻，隨風又叫了起來：「慢著！」

小巫不耐煩地道：「又怎麼了？」

隨風道：「我剛剛得到消息，王子曜離開了海王，被龍王的子女帶走了。」

小巫睜大了眼，脫口道：「甚麼？龍王？子曜被龍王的子女帶去了哪裡？」

隨風神色十分複雜，閉上了嘴，不管小巫如何懇求詢問，他卻一句話也不說。

之後數日，隨風不斷祈禱詢問，追蹤子曜的下落。這日他顯得十分雀躍，跳起身，對坐在一旁的小巫道：「子曜變身成鳥，飛離龍島了！他回到了陸地！」

小巫大喜，忙問：「他在哪裡？」

隨風道：「我感覺到他的氣息，應當就在此地的正北方，約三四日的路程。」

小巫忙道：「我們快去找他！」

於是隨風命令眾人立即啟程。度卡人的巨鹿和小巫的馬都留在了出海時的岸邊，找不回來了，一行人只好步行，循著隨風收到的線索，往北急行。

行出數日，這日小巫和度卡族人正在荒野中趕路時，耳中忽然聽見一陣詭異的笑聲，一人尖聲說道：「我可找到你了！」

小巫一驚，立即轉頭四望。他知道發話的是一位巫者，卻認不出是何方神聖。那笑聲愈來愈近，轉瞬間便來到了他的身後。小巫尖呼起來：「隨風納木薩！」

然而那笑聲已抓住了他的肩膀，小巫的肩頭一陣劇痛，轉頭一望，但見肩上站了一頭巨大的鴟梟，一對黃色的圓眼正盯著自己，鳥爪深深陷入自己的肩頭。

小巫這才驚覺：「是巫永！」高聲大叫：「隨風納木薩，快救我！」

那巨大鴟梟高鳴一聲，鳥爪一拽，小巫站立不穩，跌倒在地，在地上滾了好幾圈。

小巫趕緊爬起身，轉頭四望，才發現隨風和其他度卡族人都已消失不見，荒野之中只剩下他獨自一人，那頭鴟梟在他跌倒時騰空飛起，此時正張開巨大的翅膀，向自己迎面撲來。

小巫大驚失色，這才明白過來：自己被隨風出賣了。事實正是如此。隨風和度卡族人這時早就去得遠了。他好幾日前便已察覺巫永在尋找小巫，也曾對小巫提起此事。他並不知道巫永為何尋找小巫，但心想他們都是商人，又都是巫者，不管兩人之間有甚麼恩怨，都是他們商人自己的事，於是決定不加干涉，甚至放出信息，讓巫永前來找到小巫，將他帶走，也省了自己的麻煩。

小巫巫術不及隨風，一直未能察覺巫永的蹤跡，直到巫永出現捕捉自己，他才發現自己上當了。

這時他只能奮力施展巫術攻向那頭鴟梟，同時趕緊往樹叢奔去。然而才奔出沒幾步，面前便出現了一個大頭巫者，面帶詭異的微笑，正是巫永。

小巫前有巫永，後有鴟梟，不得不停下腳步。他瞪向巫永，喝道：「你想做甚麼？」巫永臉上的微笑似乎十分真摯，他舉起雙手，語氣和緩，說道：「小巫！我來找你，絕無惡意，也絕對不會傷害你。你不必擔心。」

小巫懷疑地望著他，心想：「這人是王婦婦好的心腹，隨風說他已被封為商王大巫，而他竟然親自出來尋找我，其中定有巨大陰謀。難道他們以為我知道大巫㱿所在的祕密，打算經由我找到大巫㱿，趁機加害他？我可不能墮入他的詭計之中！」

他腦中念頭急轉，想起大巫㱿教過給自己的巫術，口中暗暗念咒，將自己偽裝成一塊石頭，分出一個假的分身往前狂奔，衝往樹林之中。

巫永叫道：「慢著！」舉步往那分身追去，小巫暗暗高興，正想著自己騙過了巫永，忽覺後腦劇痛。他大叫一聲，這才發現那頭鴟梟正落在自己變成的石頭之上，利爪抓上了自己的頭。小巫痛得眼前金星直冒，再也無法支持，昏厥了過去。

小巫醒來時，發現自己躺在一輛馬車上。他游目四顧，想探查自己身在何地，卻只見到眼前一片青天白雲，樹叢不斷從身旁掠過，馬車顯然在一處荒郊野地上快駛而過。忽然之間，巫永的大頭出現在他的視線中，咧嘴而笑。

小巫哼了一聲，說道：「你指使鴟梟偷襲我，好不要臉！你究竟為甚麼要捉住我？」

巫永神態竟然十分恭敬客氣，說道：「巫永奉王婦婦好之命，四出尋找你。幸而託天帝先祖保佑，終於讓我找到了！」

小巫惱道：「我可不想被你找到，這真是我的不幸。」

巫永忙道：「傻孩子，千萬別這麼說！王婦是真心想找你回去。此事極為重大，她特別吩咐我，絕對不能傷你一根寒毛，還要對你禮敬有加。」

小巫怒道：「你那頭鴟梟抓傷我的頭，讓我頭破血流，還說甚麼不能傷我一根寒毛？你要真對我禮敬有加，那便立刻放開我！我現在動彈不得，這算甚麼禮敬有加？」

巫永臉上掛著那詭異而僵硬的笑容，陪笑道：「是、是，我的鴟梟抓傷了你，當真對不住。我的職責是將你帶回天邑商，倘若我找到了你，卻讓你逃跑了，那我就無法向王婦交代了。還請你多擔待些，這一路上本巫逼不得已，非得施巫術讓你無法動彈。到了天邑商婦好之宮後，我便會解開你身上的咒術了。」

小巫仍舊大呼小叫、抗議咒罵，巫永全不理會，繼續趕著馬車前行。小巫憂惱恐懼不堪，但在巫永的巫術控制之下，除了能動動嘴巴罵人抱怨之外，也束手無策。

第五十五章 戮喪

不一日，巫永帶著小巫回到了天邑商，直驅王婦婦好之宮。

這幾日小巫都在極度恐懼中度過，想像著婦好將如何折磨自己，逼自己說出大巫翫的去處。他心中暗想：「我根本不知道大巫翫去了哪裡，連他何時離開、為何離開都不知道！我回答不出來，王婦想必會像對付小祝那般讓我受盡折磨，最後再將我燒死，獻祭給天帝先祖！」

然而當他見到王婦婦好時，卻完全不是那麼一回事。婦好命巫永將小巫抬到她的內寢室中，放在柔軟的床褥之上，並屏退身邊所有侍女，親自來看他。她跪在小巫身旁，細細打量他的頭臉手腳，小巫被她看得頭皮發麻，但身上巫術未解，無法動彈，只能乖乖躺在當地，噤不出聲。

過了好一陣子，婦好才微微點頭，嘴角露出一絲微笑，開口說道：「不錯，就是你了！先祖保佑，讓我發現真相，並且找到了你！」

小巫莫名其妙，忍不住問道：「王婦，妳說的這些話是甚麼意思？我完全聽不懂。」

婦好凝望著他，一字一字地道：「你便是我十六年前生下的子。你出生時，王后婦井逼迫我親手殺死你；我產後無力，以為自己確實掐死了你，但你並未死去，而是被大巫殼救活了，並且將你養大。你就是王昭和我的子，今日我便請大巫永替你進行子子儀式，讓你正式成為王子，並替你命名。」

小巫只聽得一愣一愣的，驚訝得說不出話來，心想婦好大約真的神智不清了，竟然編造出這等荒唐的故事，還一副深信不疑的模樣！

小巫駁道：「我不是甚麼王子！我也有自己的名字，我叫『載。』」

婦好臉上露出少見的微笑，聲音中竟充滿了慈愛，說道：「你別擔心，過往十多年中，甚麼人虧待過你，我一定要他加倍償還！你吃過的苦，受過的罪，母全都幫你彌補過來。我不但要讓你正式成為商王之子，還要讓你成為小王！」

小巫大驚，腦筋這才完全轉了過來：「是了，婦好一直想得子，卻只生了二女，因此無法立后。如今她以為我是她的子，突然有資格立后了，那下一步自然是以我為理由，爭取王后之位，然後逼迫我王封我為小王！」

他自幼眼見王族多子爭奪小王之位，從未想過自己會與小王之位扯上任何干係，萬萬料不到自己竟會被王婦婦好認定為子！他是個孤兒，大巫殼也從未告知他的身世……然而，他想起蛇王和蛇王之婦的言語，心中也不禁有些疑惑：「蛇王打算吃掉我時，自己爆頭而死，蛇王之婦因此認定我有商王的血統……莫非，我真的是王昭和王婦婦好之子？」

小巫想到這兒，驚懼交集，暗暗祈禱：「天帝保佑，千萬別讓我是甚麼王子！」

大商王族中，一切關於血緣的認定，皆須經由大巫貞問決定；大巫永的巫術雖不及大巫殼，但仍能進行貞問。於是婦好命大巫永立即進行貞卜，詢問小巫是否王昭之子。大巫永連貞三次，結果都是「吉」。

婦好欣喜若狂，貞卜完畢後，情不自禁地伸臂抱住了小巫，泣道：「我的子啊！我可終於找到你了！」

小巫卻半分欣喜也無，只覺又是擔憂，又是荒謬；他望著婦好狂喜的神情，心中生起一股難言的冰冷和恐懼。年幼時，他曾一度祈求自己能有父有母，但如果他的母竟是王婦婦好，那麼或許還是繼續當個孤兒要好些！而且他知道，不管他願不願意認父認母，都已捲入了一場血腥殘酷的鬥爭，此後將陷身於無窮無盡的陰謀殺戮，再也難以擺脫。

他暗暗打定主意：「無論如何，我都不能承認我是王婦之子！」於是伸手推開婦好，說道：「王婦！這件事太過離奇，我完全無法相信。除非大巫殼回來，親口對我說這是真的，不然就算打死我，我也不能接受貞卜的結果！」

然而婦好對他的抗議充耳不聞，置之不理，對巫永說道：「他既是我王和我之子，那麼便當立即進行子子和命名的儀式。你還不快去準備？」

巫永面有難色，說道：「只怕……只怕我王不信，不准我舉行儀式。」

婦好皺起眉頭，顯然也知道此事沒那麼容易，想了想，說道：「此事需緩一緩。待我做好萬全準備之後，再去向王稟報不遲。」

婦斁此時雖貴為王后，但她所居的婦斁之宮仍舊清淨樸素，寂靜無聲。她原本便不喜吵擾，成為王后之後並未改變，只讓幾個親近的侍女照顧自己的起居。朱婢誤飲毒酒死去後，婦斁失去了最親近信任的老婢，心情憂傷抑鬱；即使王子漁回到了天邑商，她能日日見到愛子，但子漁亦受到魚婦阿依的折磨，日漸老邁病弱，不但無法安慰婦斁的心，反而讓她更加憂慮愁苦。

這日婦斁來到子漁的寢室，坐在子漁的床榻邊。子漁的蒼老衰敗她都看在眼中，心痛如絞。她曾試圖用自己微薄的巫術，抵禦消解魚婦阿依加於子漁身上的摧殘，卻無濟於事，子漁的老化一日甚於一日。婦斁心中雪亮，自己的大子已離死不遠了，甚至會先己而去。

子漁睜開眼睛，見到母斁，低聲問道：「曜和嫚回來了麼？」聲音蒼老而嘶啞。

婦斁微微搖頭。

子漁又問：「大巫殼回來了麼？」

婦斁仍舊搖頭。

子漁吁出一口長氣，閉上了眼睛，再次陷入絕望。

婦斁伸手輕撫他的臉頰，說道：「他們都沒有回來。但是小巫回來了。」

子漁嗯了一聲，似乎並不覺得這有何要緊。

婦戳續道：「婦好認定小巫是她十六年前未死之子，正設法讓我王承認此事。她希望我王同意立她為王后，立小巫為小王。」

這話一說，子漁立即睜大眼睛，掙扎地坐起身，脫口道：「當真？婦好當真有子？小巫……小巫當真是婦好之子？」

婦戳平靜地道：「小巫的真正身世，我無法確知。但是婦好既已如此認定，又讓巫永多次貞問，結果都是吉，那麼此事就等同是真的了。」

子漁伸出手，緊緊握住婦戳的手，急道：「母戳，婦好的下一步，便是下手害死我，好讓小巫成為小王！」

婦戳嘆了口氣，說道：「子漁，你仔細聽我說。婦好的下一步不是你，而是我。她是大示王婦，其子已有資格成為小王，但小巫地位成疑，婦好必須牢牢掌控住你的父王，得到王族的支持，才能成功讓小巫受封小王。因此她必須爭取立后，也必須害死我。」

子漁驚道：「那麼母應當趕緊逃離天邑商！」

婦戳搖頭道：「我是不會離開的，我怎能將你獨自留在這兒？漁，你應當知道，我是巫彭之女，也是兕方巫者。我的巫術雖十分淺薄，但我能做到一件事，那就是將我剩下的二十年壽命轉移給你。婦好絕對不會放過我，我既已命在旦夕，那麼不如早些將剩下的壽命全數給你，讓你活下去。等到大巫設帶著天藥回來，你就可以恢復青春了。往後的路將十分艱難，我只能冀望於你，盼你擔起大兄之責，盡力照顧保護曜和嫚。」

子漁抓緊了母的手，驚慌激動，連聲道：「母！不可！千萬不可！」

婦斁豔絕無方的臉上仍帶著笑容，眼中卻流下淚水，說道：「乖子，我知道你不想死，我更加不想你死。這是母的決定，不是你的決定。答應母，你要好好活下去。」

子漁緊緊抱住了母，痛哭失聲，接著在婦斁的巫術驅使下，眼前一黑，再也沒了意識。

果如婦斁所預料，婦好尋回小巫的當天夜裡，便找了大巫永來，對他說道：「你去送一罈毒酒給婦斁，讓她在睡夢中死去。」

大巫永卻面有難色，說道：「啟稟王婦，此事只怕……只怕沒有這麼容易。」

婦好揚眉道：「一個病弱得快要死去的婦人，殺死她有何困難？」

大巫永道：「婦斁身上有著多位大巫的護祐，並非那麼容易就能殺死。倘若遭到她身上的護身巫術反噬，那麼施法的人或有性命危險。」

婦好望著巫永，冷冷地道：「你身為商王大巫，倘若對人施法失敗，傷及自身，那你還有臉繼續做大巫麼？」

大巫永低下頭，無法反駁，只能唯唯而應。但他仍舊不敢親自嘗試，先派了一個手下巫者去向婦斁施咒術，但那個巫者還沒接近婦斁之宮，便嘔血倒地而死。

大巫永再次派其他巫者接近婦斁之宮，在連續死了三個巫者之後，他不得不硬著頭皮，親自造訪婦戳之宮。

婦戳在寢宮中接見了大巫永。婦戳閉目坐在當地，並未開口，大巫永卻聽見她對自己直言質問：「王婦婦好要你來此殺死我，是麼？」

大巫永心中一驚，知道唯有巫者方能如此與人溝通。他原本便懷疑王后婦戳乃是巫者，心中驚異莫名，趕緊拜伏在地，說道：「王后明鑒！」

婦戳靜默一陣，才又用通心之術道：「你我二人，都不是商王所承認的巫者，只能隱藏在黑暗之中。這麼多年來，你盡力掩藏自己的巫術，我也是一般。商人重視巫祝之術，自己卻始終厭惡恐懼巫者，更加不會接受一位王婦甚至王后乃是巫者。」

大巫永道：「王后所言甚是。」

婦戳睜開眼，直視著巫永，開口說道：「然而婦好卻認了一位小巫為子，並希冀他成為下一任的商王。你認為這可能成功麼？」

大巫永只道婦戳不能言語，聽她開口說話，不禁大感驚訝；而婦戳所問正是他心中最擔憂之事，只能閉嘴不語。此事他已勸了婦好不知多少次，婦好卻完全聽不進去，認定小巫就是她未死之子，並且認為小巫定能受封為小王，未來更能接掌商王之位。

婦戳輕輕一笑，說道：「倘若我王沒有其他的大示王子可以選擇，便不得不封小巫為小王了。婦好是這麼想的，對麼？」

大巫永低頭道：「王后所猜不錯。」

婦斅靜默一陣，說道：「你讓婦好親自來見我。我能滿足她的願望。」

大巫永離開後，便趕緊來到婦好之宮，將婦斅的言語向婦好如實稟告了。

婦好皺起眉頭，說道：「她這一輩子從未開口說話，如今死期將近，竟然能夠言語了？她找我去相見，是想藉機殺死我麼？」

大巫永答道：「婦斅來自西南偏遠的兕方，很可能是兕方巫者，只是這麼多年來一直深藏不露。她得知王婦有心害死她，便說想見王婦的面，說她可以滿足王婦的願望。我以為她不會起心加害王婦。」

婦好不懂得巫術，對巫者不免心懷畏懼。她思慮一陣，才道：「好，我便去見她。但我需要她立誓，不會以巫術下手殺死我或傷害我。」

大巫永又去見婦斅，得到婦斅的保證後，才回來見婦好，再次勸婦好親自去見婦斅。

次日，婦好在多戉和大巫永的護衛之下，來到清靜死寂的婦斅之宮。

婦好才來到宮殿門口，便發現這兒不但安靜得讓人害怕，更陰寒逼人。她握緊吉金鉞的柄，深深地吸了一口氣，大步跨入婦斅的寢宮。她來到寢宮門口，但見婦斅穿著一身簡約樸素的白衣白裳，端坐在榻上，顯然已等候許久。

婦斅對婦好點頭為禮，輕輕擺了擺手，示意婦好在客位坐下。

於是王后婦斅和王婦婦好相對而坐。婦好望向婦斅潔白無暇的臉龐，秀麗無方的容色，心中不禁想起二十年前，自己躲在角落偷看婦戮抱著初生的子漁，和王昭相偕回到天邑商的情景。她暗想：「她也該有四十多歲了吧？竟仍如此美貌！巫永說她乃是巫者，看來唯有巫者能夠長久維持年輕美好的容色，就如大巫嗀那般。」

婦戮一雙秀麗溫和的雙眼凝視著婦好，當先開口，輕輕說道：「婦好，我的壽命原已不長了，因此也不願阻礙妳的道路。這回邀妳相見，是想當面將話說清楚了。在我死去之前，有一事相求，一事相勸。」

婦好耳中聽著她無比悅耳的嗓音，雖已聽巫永說過，仍不禁驚訝：「她當真能夠言語！莫非她一直以來都能夠說話，十多年來卻始終裝聾扮啞，不知是何原因？」她定下神來，冷然道：「妳儘管說吧。」

婦戮緩緩說道：「相求之事，乃是希望妳不要傷害我子子曜。」

婦好揚眉道：「我為何要答應妳的請求？」

婦戮道：「我對妳提出這個請求，不僅只是為了保護自己的子女，也是為了妳的子著想。妳應當知道，小巫和子曜從小一起長大，乃是最親近的友伴。妳若傷害了子曜，小巫一定不會原諒妳，定將恨妳一輩子。」

婦好咬著嘴唇，默然不答。

婦戮又道：「妳讓子曜活下去，對妳不但無害，還有大大的益處。妳應當知道，子曜並不會威脅妳的地位，也不會威脅小巫的地位。子曜性情溫和善良，毫無野心，他將願意全心輔佐子載，幫助子載成為一位偉大的商王。」

婦好冷冷地道：「妳又怎麼知道小巫不會自願放棄王位，讓給子曜？」

婦斁輕嘆一聲，說道：「妳對小巫的了解，比我猜想的還要深刻。既然妳如此了解小巫，便該知道他對子曜有多麼忠心，他們之間的友情有多麼深厚。妳若出手害了子曜性命，要不就永遠瞞著小巫，不讓他知道；倘若讓他知道了，他一定捨妳而去，永遠離開天邑商，甚至為了讓妳痛苦難受，蓄意自殘，甚至自盡。」

婦好臉色蒼白，想起自己曾派師貯出去殺死子曜，而師貯回稟見到子曜已死在大海之中，暗想：「她說得不錯，但此刻一切都已太遲了。」她靜了一陣，才道：「子曜離開天邑商已有數年，就算我不殺他，他很可能也早已死在異鄉。」

婦斁緩緩搖頭，說道：「不，他還活著，我能感受得到他的氣息。他不但活著，而且氣息愈來愈強大，我知道他活得很好。在我死後不久，他必將回到天邑商。他若認定是妳下手殺死了我，定然不會放過妳。因此我勸妳不要再試圖傷害他，他身邊有著層層巫術護衛，妳是害不死他的。」

婦好點了點頭，說道：「好，我答應妳，不殺子曜。」

婦斁俯身對婦好拜倒，說道：「多謝成全。」

婦好冷然說道：「妳只替子曜求情，那麼子漁和子嫚呢？莫非妳就只愛惜子曜一人？」

婦戳微微一笑，說道：「子漁和子嫚有他們各自的命運。子漁身體好起來之後，便將受封小王。妳若有膽害死小王，先祖絕不容妳。至於子嫚，誰若想殺她，那人絕對活不到下手殺她的那一日。」

婦好哼了一聲，閉嘴不語。

婦戳又道：「婦戳另有一事相勸，但盼王婦能聽入耳去。」

婦好道：「妳說吧。」

婦戳說道：「我勸王婦少傷人命，包括他方之人的性命。天帝有好生之德，但商人先祖神靈大多嗜血，喜歡子孫進獻人牲，好讓他們在天上享用。然而先祖並非天地間最強大的神靈，在商人先祖之上還有天帝和各方神靈；天帝和神靈並不嗜血，只希望天與地能夠相通，混沌相接，萬物繁生。一切殺戮流血，都非天帝所喜。商人長久以人牲祭祖，已大大違背了天帝的心意，很快便會有災禍降臨。」

婦好聽了，微微搖頭，說道：「我身為商人子孫，絕對不能違背先祖的旨意。我大商能夠統治天下，繁衍興旺，全歸功於先祖的庇護保祐。倘若先祖在天上不護祐我們，甚至降下種種災禍，大商很快便會潰敗滅亡。況且我只是一個王婦，崇拜祭祀先祖先王，乃是商王和諸多王族的共同決定，憑我一人之力，絕對無法逆轉改變。」

婦戳道：「妳不是巫者，無法感受到冤魂的悲憤哀怨之氣。大商王族從不出巫者，因此王族完全無法體會死者的痛苦。但我是巫者，妳的子載和我的子曜也是巫者，他們都能夠體會天帝的心意，也能夠與諸多神靈鬼魂溝通，他們都會明白我為何如此勸妳。」

婦好露出懷疑之色，說道：「妳是巫者，子曜體內流著妳的血，因此他可以是巫者，這我明白。然而妳自己都說了，大商王族從不出巫者，我和王昭皆出身大商王族，我們的子怎麼可能是巫者？」

婦斆微微一笑，說道：「在妳找到子載之前，他難道不是小巫麼？」

婦好堅持道：「那是大巫㱿的巫術使然。我的子一定不是巫者，一切都只是大巫㱿做假的幌子而已。」

婦斆搖頭道：「不，小巫當然是巫。他若不是巫，怎麼能行使這許多巫術，又怎能替我王貞問先祖之意？」

婦好道：「或許他只是經過大巫㱿的訓練，懂得裝模作樣一番，並不真能行使巫術。」

婦斆笑了，說道：「婦好！妳全然弄錯了。妳以為商王族不出巫者，因此倘若子載是巫，他便不能是商王族的子孫了。但是商王傳承了這許許多多代，每一代都與方族之婦通婚，又怎能確知哪一代的王婦不是巫者？商王族當然有巫的血統，只是非常稀少罷了。不論子載或子曜當上商王，他們都將是身兼巫者的商王，這對大商只有好處，沒有壞處。」

婦好仍舊懷疑，說道：「妳的意思是，商王族的血統愈來愈不純正，早已混入了巫的血統，因此子載才能成為巫者？」

婦戮道：「正是如此。」她說了這許多話，臉色顯得有些蒼白，似乎已耗費了過多的體力。她喘了口氣，說道：「總之，人牲之俗，有傷天地和氣，終將帶來災禍。因此我勸妳廢除人牲，以維護天地間的和氣。」

婦戮說完之後，閉上眼睛，神色安詳，吐出一口長氣，說道：「我的話說完了，是否聽信，全在於妳。請去吧。」

婦好一直將婦戮當作敵人，這時才開始感到有些後悔，「她是個溫馴無害的婦，雖當上了王后，仍毫無野心，只想平靜安穩地過日子。我若早點明白她，與她齊心聯手，或許便能共同對抗婦井的淫威。」隨即又想：「她身為巫者，又是商王之婦，生了兩子一女，繼而受封王后，她又怎能企望過著平靜安穩的日子？不是我殺死她，便是她殺死我。我未曾早些對她下手，已算對她萬分寬厚了。」

想到此處，婦好硬起心腸，對王后婦戮躬身行禮，站起身，說道：「祝王后順利升天。」說完便起身離去。

當夜，婦戮便在自己的寢室中安安靜靜地沒了氣息。

婦戮受封大商王后只不過短短四年，便又死去了。天邑商瀰漫著不安的氣氛，前任王后婦井飲毒暴斃的往事猶在眼前，本無人質疑當年事，但在見到之後發生的種種事情之後，人人都不得不懷疑，當初設計害死婦井的，定然便是此刻權勢熏天、跋扈自專的王婦婦好。而如今婦斁的死亡也顯然並不尋常，儘管她數十年來一直虛弱多病，卻從沒聽說她的病況加重，瀕臨死期。忽然之間就聽聞她病重猝死，各種流言紛飛不停，有人說見到婦好當夜進入王后婦斁之宮，親自逼她喝下毒酒；也有人說見到巫永放出鬼物，潛入婦斁之宮，將婦斁魘死於睡夢之中……種種傳言不脛而走。

婦斁留下了二子一女，其中子曜和子嫚遭逐，子漁病重，一切葬喪事宜都只能由巫祝代辦，因此誰也沒見到她的遺體，更加沒有人知道她究竟是怎麼死去的。

王昭聽聞王后婦斁死亡，雖素知她體弱，早逝乃在意料之中，卻也不免悲傷逾恆，並懷疑婦斁是被人害死的。

當王昭詢問子漁時，子漁痛哭流涕，說道：「母斁死去之前，曾說過要將她剩下的二十年壽命轉移給我，好讓我活下去，等待大巫豰帶回天藥來給我服下。我盡力阻止，但是母斁卻堅持這麼做。是漁對不起母斁啊！」

王昭聽子漁這麼說，又找不到任何婦好害死婦斁的證據，只好不了了之，不再追究婦斁的死因。他命大巫永貞卜，擇婦斁日號為「癸」。王昭下令道：「王后婦斁的葬禮，必須辦得極為盛大。她的陵寢、陪葬諸物，一切需與婦井相若。」

婦好這時已達到除去婦斁、空出王后之位的目的，眼見王昭並未質疑自己下手害死婦斁，便也不阻礙婦斁的喪事，讓大巫永放手去辦。然而婦斁本身在天邑商並無勢力，子漁又病體衰弱，不能起身，因此並無人盡心替她籌辦葬禮及準備種種陪葬器物。不論王昭如何督促，婦戳的喪禮和婦井當年相比，仍不免大大失色。但婦戳一生樸素簡約，清心寡欲，即使知道自己身後景況淒涼，想必也不會放在心上。

喪禮完畢之後，婦好便去找王昭，說道：「啟稟我王，好發現了一個重大祕密，願我王垂聆。」

王昭執著從不離手的酒尊，問道：「甚麼重大祕密？」

婦好露出少見的歡喜雀躍之色，說道：「好無意中得知，我當年所生之子並未死去，而是被大巫斂藏了起來，並撫養長大。我如今已找到了他，他便是大巫之徒——小巫。」

王昭向她瞪視，不知是自己喝得太醉，錯聽了婦好的言語，還是婦好真的瘋言瘋語？他腦中忽然閃過一幕，那是在鬼方之時，婦好請靈師在冥界尋訪其子，靈師告知遍尋不得，婦好激動惱怒，奪門而出。那時靈師曾對王昭說道：「王婦之子，不在冥界，而在人間。」他還曾說過：「我王若不想王后婦井之事重演，便絕不能讓婦好找到她的子！」

王昭想到此處，心中頓起警惕：「鬼方靈師所言倘若為真，那麼婦好之子定然還活著，或許真是小巫也說不定？她若找回她的子，定將如婦井那般，為了讓子登上王位而謀害我！是了，王后婦戳之死，想必也與此有關，我千萬不能認這個子！」

婦好見王昭不語，知道他不敢置信，於是說道：「大巫永已就此事貞問多次，每次都確認小巫乃是我王和我的親子。來人！召大巫永來此。」

不多時，大巫永來到王昭的寢宮，在婦好的指示下，當著王昭的面再次貞問，詢問小巫「子載」是否王昭和婦好之子，卜象再次證實此事為真。

王昭皺起眉頭，對婦好說道：「妳應當知曉，不管他叫小巫，還是叫子載，他可是個巫者！商王族從不出巫者，他不可能是余之子！」

婦好搖頭道：「凡事都有開頭。商王族過去從未出過巫者，並不表示未來不可能出巫者。子載正是王族的第一位巫者，這有何不可？」

王昭卻不斷搖頭，說道：「此事大大違背先祖訓誡與祖制，絕對不可能。大巫永擔任大巫未久，貞問所得或許有誤。余需等候大巫穀回到天邑商，為此事重新貞問，方能定奪。」

婦好原本也對大巫永的法力頗有質疑，但她堅決不肯讓大巫穀歸來，也沒有人知道大巫穀人在何處，王昭又不願順她的意，於是認小巫子載為王子之事便僵持在那兒，毫無進展。

小巫的身分不但未被王昭認同，連他自己也不肯承認。他被大巫永捉來婦好之宮後，便吵嚷著要逃走，還真的試圖逃了幾回，又被大巫永捉了回來。小巫每次見到婦好，便大呼小叫：「我不是妳的子，妳一定是弄錯了！快放我走！」

婦好剛開始還對他頗有耐心，好言相勸，但後來也不耐煩了，乾脆命大巫永鞭打他一頓，逼他承認自己是她的子。

小巫甚覺不可思議，叫道：「妳說我是妳的子，卻讓人鞭打我？妳乾脆打死我算了！我死也不認妳是我的母！」

婦好大怒，想起自己當年被迫掐死初生之子，十多年來為此悲哀憤怒、後悔痛惜，如今發現此子未死，辛辛苦苦將他尋回，豈知他竟叛逆如此，還不如當時掐死了他乾淨！她原本便不懂得照顧愛惜子女，在婦井的壓迫之下，二女自出生以來她便放任不理，這時雖找回了重要無比的親子，卻也不知該如何贏得小巫的歡心，更加不知道該如何對付他，只大感惱怒不耐，對小巫喝道：「你不聽話，我便將你關入地窖裡，讓你嘗嘗囚犯的滋味。等你學乖了，再放你出來！」又命大巫永施展巫術，讓小巫無法逃脫。

於是小巫便被關進了婦好之宮的地窖之中，過著不見天日的生活，和婦好二女子妥、子媚年幼時遭婦井禁閉的情況，竟相差無幾。

小巫剛剛來到婦好之宮時，便曾見過自己的這兩個「姊妹」。二女端坐在婦好宮中，謹慎怯懦，沉默寡言。子妥低著頭，更不望向小巫；子媚則直瞪著他瞧，一句話也不說，臉上神色怪異。

小巫從來沒見過她們，也無意認她們為姊妹，只想：「婦好自己豪壯勇武，雄才大略，這兩女卻陰陽怪氣，跟她一點兒也不像！」在得知她們幼年在井方的遭遇後，又對她們頗感憐憫，暗想：「明明是王女，卻整日像牲畜一樣被圈禁，當真可憐！」

小巫還沒來得及同情這兩個姊妹多久，自己就被婦好關進了地窖。他苦惱不已，暗暗祈求：「商人先王、先祖啊！你們天上有靈，可千萬別讓婦好得逞！我是不是她的子都不要緊，我只不願她藉著我傷害王后和子曜一家！」

他在地窖中雖有得吃穿，但日子過得實在枯燥無聊已極，便盡力回想大巫豰教過他的種種巫術，自己在地窖中修煉，一來自得其樂，二來也是消磨時間。

過不多時，一年期滿，魚婦阿依在他腦袋上所施的咒術發作了。幸而隨風也在他頭上施了抑制魚婦阿依咒術的巫術，因此一年之期到來之時，他並未腦殼迸裂而死。然而正如隨風所警示，小巫整日在頭痛欲裂和維持原狀的兩股巫術拉扯之下，受盡折磨，有時痛得他眼前一片黑，甚麼都看不見，有時痛得他蜷縮在地上，不斷打滾哀號。

小巫只能盡量回憶大巫豰往年教給自己的種種巫術，試圖減輕自己的頭痛之苦。他此時已過了十六歲，原本正是巫者邁入成熟、巫術大進的時期。但他身邊既無大巫指導，也無其他巫者協助，更獨自一人被關在黑暗的地窖之中，只能勉強忍受抵抗魚婦阿依的咒術，勉力修煉大巫豰教給他的巫術，努力活下去。

第五十六章　決裂

南方荊楚王寨

子嫚單獨來到王姆的王宮之中，靜靜地望著王姆。王姆知道她為何來找自己，皺起眉頭，抿嘴不語。

二女相對靜默良久，王姆才終於開口說道：「嫚，我不能派師攻打大商。以楚師的師力，絕不可能與大商為敵。我若同意派師攻打大商，那是自尋死路，必將為荊楚帶來巨大的災禍。」

子嫚搖頭道：「王姆，我已經說過了無數次，我若不能率師出征大商，那我便要離開楚地。我也說過，出征的目的不是摧毀天邑商，而是殺死王后婦井。我要除去這惡婦，解救我母和我兄。王后死去之後，大商便將重新落入我父王的掌握，我定將說服父王，商方絕對不會派師對楚方報復。」

王姆道：「然而要是妳失敗了呢？妳率師討伐天邑商，倘若未能殺死王后，她不只會要妳的命，更將率師侵略荊楚，向我們報仇！我怎能讓荊楚處於這等危險之中？」

子嫚冷冷地道：「妳若相信我，便該明白妳所說的這些事都不會發生。我不會失敗，也不會替荊楚帶來任何災難。在我殺死王后婦井之後，荊楚將可享一百年的和平安穩。王姆，妳當真不信我？」

王姆嘆了口長氣，說道：「嫚，我當然信妳。然而北征之舉太過危險，我也不願讓妳離開楚寨，去冒這等大險。妳留在我身邊，我絕對會讓妳一世無憂，享受富貴高位。」

子嫚搖頭道：「我母我兄仍在天邑商，我一定得回去找他們。我與婦井有彌天大仇，此生一定要報。妳要我一輩子乖乖待在楚地，放過婦井，任由她凌虐殺戮我的親人，那是不可能的事！」

王姆只能說道：「我明白了。妳讓我再想想，好麼？」

子嫚哼了一聲，更不行禮，回身大步而去。

子嫚離去之後，荊楚大巫悄悄從帷幕之後走出，低聲對王姆說道：「我早就跟我王說過，那商女野心太大，不可盡信。」

王姆伸手扶著額頭，閉上眼睛，痛苦地道：「唉，子嫚！我真不知道該拿她怎麼辦才好！」

大巫低聲道：「我王，此刻妳只有一個選擇了。」

王姆搖頭道：「不，我不能傷害子嫚。她……她的功勞太大了，我今日的一切，都是她助我取得的。我怎麼能傷害她？」

大巫道：「此一時，彼一時。想當年，她被當成罪犯押解來楚地，難道不是我王救了她的性命，並給了她衣食住處麼？若不是我王的一念善心，她當時早已成為奴隸，受盡折磨而死了。之後她替我王做的一切，不過是報答了我王對她的恩德而已，我王並不虧欠她甚麼。如今她對我王做出如此越矩的要求，我王當然不必應允。」

大巫頓了頓，又接下去道：「因此，當她對我王形成威脅時，我王切切不可顧念舊情，不可心軟，不然只會害了自己！」

王姆閉上眼睛，深深地吸了一口氣，低聲道：「妳說吧，我該怎麼做？」

大巫神色陰沉，壓低聲音道：「當然是殺了她，永絕後患！」

王婦姆神色痛苦，思慮良久，才道：「請熊高來，我要問他的意見。」

大巫笑了，說道：「熊高的想法與我一模一樣。還是讓他自己對王說吧。」

王姆年紀輕輕便被嫁給年老的荊楚王，生了熊強之後，便一心都在撫養愛子身上，從一個嬌柔弱小的年輕之婦轉變為一個強悍堅毅之母。為了保護愛子，她不惜聽從子嫚的建議，殺盡老王諸婦諸子，血洗王寨；在熊強不幸病死後，更大膽殺死老王，自己登上了楚王之位。

而今她不過三十出頭，已是一方霸主，統治著荊楚方圓數千里的土地，掌握五千象師馬師，權勢滔天。然而她也很清楚，這一切都不是憑著她自己的能力掙來的；她被父母嫁給荊楚王，成為楚王之婦，原是無可奈何，之後殺死諸婦諸子、掌控楚師以至攀登王位，全都是子嫚的功勞。

如今情勢又更加不同；她身為荊楚女王，前來奉承諂媚的人日益眾多。許多自稱是老王遠親的熊姓子弟紛紛投奔楚王寨，向王姆效忠。王姆這時還很年輕，雖然稱不上美貌，但擁有商人白皙的皮膚和苗條的身形，很受楚人喜愛。自從她稱王以來，便不斷受到年輕王族男子的圍繞獻媚，她也開始和其中幾個王族男子過從甚密，享受從所未有的男歡女愛。這些王族也逐漸在荊楚王室中擔任要職，掌握楚師，插手干涉荊楚王事，並開始影響王姆的一切決定。

此刻子嫚功高震主，不斷要求王姆出師北征，入侵天邑商，直接與大商衝突；荊楚王族一致強力反對北征，認為荊楚臣服大商已有數百年，從來沒有一位荊楚王膽敢挑戰大商，也無人相信子嫚可能成功。

熊高便是與王姆最親近的荊楚王族之一。他約莫三十來歲年紀，身形高大，面容英俊，乃是荊楚公認的美男子。除了外貌之外，熊高其實並沒有別的本事；他並無智計，也不善武，從未參與過任何戰事。然而聽過他說話的人，都交相讚譽他言辭優美，口才便給。靠著出色的容貌和口條，熊高很快便得到了王姆的信任和鍾愛，他在王姆面前不斷說些甜言蜜語，讓王姆聽得醺醺然，陶醉至極。於是熊高便輕而易舉、名正言順地住進了王姆的寢宮，與王姆同進同出，形影不離。

這時大巫請了熊高來，王姁對熊高道：「子嫚不斷要求荊楚出師大商，你如何看待此事？」

熊高露出憂慮的神色，說道：「敬稟我王，荊楚與大商向來和平相處，數百年來互不侵犯，荊楚每年對天邑商進貢，對商王效忠，一直風平浪靜。荊楚倘若毫無理由，突然對天邑商出師，一來我們一定打不過，很可能全師覆沒；二來大商一定不會放過我們，定會出動商師攻打荊楚王寨。荊楚如何抵抗得了大商之師？他們擁有吉金武器，加上商人能夠鑄造吉金神器，行使高深巫術，得到商人先祖的鬼神護祐，荊楚絕非對手！一旦大商之師入侵荊楚王寨，就是荊楚滅亡之日了！」

婦姁聽他說得有理，出師伐商的後果確實十分嚴峻，不禁點頭稱是。

熊高又道：「我和其他王族都私下談過此事，大家都認為子嫚的主張，完全出自於她欲報私仇之心，卻要求楚師替她流血犧牲，甚至冒著滅楚亡族的危險，顯然是強人所難。我王可絕對不能受她所惑，輕易答應！」

王姁只能嘆息，說道：「我明白你們說得都對，我不能答應子嫚。但我真不知道該如何應付她持續不斷的強硬要求。」

大巫靠近她身旁，說道：「我王不妨考慮本巫的建議。」

王姁秀眉微蹙，大巫的建議，確實給了她新的啟發。她從來不是個壞心眼的人，一輩子沒有害過他人，更別說跟自己親近如母女姊妹、又對自己有恩的子嫚了。然而如今她身邊有荊楚王族子弟的支持，不再是孤身一人；熊高不但是她的屬臣，也是她的枕邊人，對她忠心恭敬，體貼愛護。自己不聽熊高的，還能聽誰的呢？

王姆百般掙扎之下，終於准許了大巫的建議。

於是三人開始商量除去子嫚的計畫。他們決定選一個夜晚，請子嫚來到王宮之中宴飲，在席間突然發難，將她殺死。

王姆仍然不忍心，說道：「將她擒住便是，別傷她性命。」

大巫和熊高立即反對，熊高說道：「不行！倘若不立即殺死她，有朝一日讓她逃走了，她定會向我等報復，甚至傷害我王！」

大巫則道：「子嫚手握楚師，楚師大多忠於她。倘若得知她未死，定會群相替她求情，甚至闖入王宮搶救。我王定要立即將她處死，才能讓楚師死心。」

王姆心中雖仍糾結，但她身邊素所信任的兩大重臣都持此見，她也無法再堅持下去，只道：「好吧，就照你們所說的去做。但是千萬不要讓她吃苦！也不要讓我見到她被殺，我……我不忍心。」

熊高伸出雙手扶著她的肩頭，柔聲說道：「我王心地仁慈，當真天下少有！我們捉住她後，便立即解決她，絕不讓她受苦。不如這樣，我們一闖入宴會，便讓侍女陪伴我王回入寢宮，避免見到我們動手便是。我們一定遵照我王的意旨，盡量做得乾淨俐落。我最不想見到的，就是我王傷心難受。」

王姆將頭靠在熊高的胸口，低聲道：「你真好。」

熊高誠懇地道：「高對我王忠心耿耿，一片赤誠。任何有利於我王的事情，一定盡力替王做到，絕不顧自己的生死安危。」

於是熊高和大巫策畫細節，打算讓熊高暗中聯絡他的三個兄弟，率領一群他們信任的楚戍，埋伏在王宮內外；等時機成熟，大巫便扔出酒尊以為暗號，讓多戍關上宮門，衝出來將子嫚擒住。大巫為保周全，又在王姆王宮中下了數種咒術，並準備了毒酒，讓子嫚喝下後便全身麻痺，無法動彈，只能束手就擒。

到了這一日，一切準備就緒，王姆派人邀請子嫚來王宮宴飲。子嫚讓人回報，說自己將於傍晚赴席。

然而到了傍晚，子嫚卻並未出現。王姆和熊高、大巫都等得有些心急，王姆道：「熊高，你去看看大師長為何還沒到來。」

熊高應命去了。

又過了一陣，熊高並未回來，王宮外忽然傳來一陣喧鬧之聲。

王姆和大巫對望一眼，大巫道：「我去看看。」奔出去觀望

過不多時，大巫連滾帶爬地奔回宮中，搶到王姆身前，臉色蒼白如鬼，叫道：「大事不好了！大師長她……子嫚她佔領了王宮！」

王姆連忙呼喚埋伏在王宮中的多戍現身保護，但急急連喚了數聲，卻連半個人影也沒

有出來。

王姆驚道：「人都到哪兒去了？」

大巫更不回答，快步往後門奔去，企圖逃出王宮，卻發現門已閂上，推之不開。她心中大急，又去推另一扇門，連續推了好幾扇門，竟然全都閂上了，大巫無奈之下，只能往正門奔去。

就在這時，一個人影出現在王宮門口，遞出手中長戈，直刺入大巫的肩頭。大巫慘叫一聲，往後跌倒，那長戈便將這老婦人釘在地上不斷掙扎，哀號不已。

手持長戈者正是子嫚。她瞪了地上的大巫一眼，緩緩走入王宮，直向著王姆走來，秀麗的臉上滿是沉穩肅殺之色；王姆見過這樣的臉色，她清楚記得，子嫚在下手殺死楚王多婦和多子之前，臉上就是這樣的神情。當時她只有十四歲，還是個小女孩兒的模樣；如今子嫚已有十八歲了，成熟中帶著一股少婦方有的風韻，又美艷又懾人。

王姆這時才感到深刻的後悔，她怎麼鬥得過子嫚？自己一切的地位、尊榮、權勢，都是子嫚替她爭取來的，自己怎能捨棄子嫚，甚至背叛她？她清楚子嫚堅毅絕決的性格，知道自己此刻只有死路一條了。

王姆啞著嗓子道：「嫚，是我錯了。我不該起心害妳。妳殺死我吧！」

子嫚站在王姆身前，凝視著她，四下一片靜肅。子嫚瞥了一眼被釘在地上的大巫，眼神凌厲，對王姆說道：「這老女巫的話，妳也聽信！」

王姰低下頭，說道：「是我不對，我錯信讒言。我不該聽她的話，更不該下手害妳。是我錯了！」

子嫚提起手中一件血淋淋的事物，扔在王姰腳邊。

王姰見那似乎是個人頭，定睛看清楚了，竟是熊高的頭顱！她尖叫一聲，嚇得幾乎昏厥過去。

但聽子嫚道：「這人不是個好東西，遲早要害死妳，取而代之，自任楚王。他處心積慮接近妳，討妳歡心，為的就是謀害妳，奪妳王位。這種狼心狗肺的傢伙，妳看不出來，我卻不能讓妳遭他毒手。我替妳下手除去了他，一了百了。」

王姰臉色煞白，更說不出話來。過了良久，她才低聲道：「我沒有別的話好說。妳殺了我吧。」

子嫚緩緩搖頭，臉色變得柔和得多，說道：「我知道這不是妳自己的意思。王姰，妳往年對我曾有救命大恩，不但收留我，更對我悉心照顧，子嫚絕不會忘記。妳應當知道，子嫚可以做出各種心狠手辣的事，但絕不會傷害恩人，因此我不會殺妳。我已替妳解決了熊高，大巫的死活，由妳自己決定。」

王姰聽說她不殺自己，略略鬆了口氣，但仍心懷疑懼。她抬眼望向子嫚，懇求道：「嫚，我……我不能失去妳。妳留下來好麼？」

子嫚搖搖頭，說道：「不，我一定得回去天邑商，尋找我母我兄。我遭王后婦井流放荊蠻，承受百般屈辱，我必得回去找她報仇！」

王姆嘆了口氣，說道：「我原本便該讓妳去的。妳要帶走多少師眾，便隨意帶去吧。反正他們也只聽從妳的指令。」

子嫚道：「我將帶走四百楚戍，一百馬師。這只是荊楚師的十中之一，餘下的留在荊楚王寨，保護王寨和王姆。」

王姆點了點頭，仍忍不住哀求道：「嫚，妳留下吧！妳一走，我如何繼續為王？」

子嫚心一軟，走上前，伸臂抱住了王姆，說道：「王姆，妳心地善良，仁慈親民，那是妳最大的武器。我只知道運用智謀，動用武力，雖足以懾人，卻不能服人。就算我留下來，也不能長久宰制荊楚。如今我已將妳在王寨中的敵人掃蕩除盡，妳在大巫的輔佐下，定能好好治理荊楚，讓楚人過上和平安樂的日子。荊楚擁有足夠的師眾，亦不怕外族侵擾。」

王姆流下眼淚，緊緊握著子嫚的手，不肯放開。

子嫚回想自己曾冒命解救王姆和熊強的性命，之後更輔佐她成為荊楚女王，兩人之間曾是如此親密，互信互助；豈知王姆竟試圖殺害自己，這段關係已如遠逝流水，再也無法挽回。她毅然決然抽回手，雙手按著王姆的肩膀，在她的肩膀上輕輕拍了幾下，便轉身出了王宮。

王姆望著子嫚的背影，勉強壓下了一聲低呼。就在子嫚走出王宮的那一剎那，王姆見到一團黑色的影子圍繞在子嫚身周，尾隨著她而去。那影子模糊朦朧，但面目猙獰，依附在子嫚身側，彷彿與子嫚融合成了一個人。

熊平早已集結了忠於子嫚的多戍和馬師，備齊清水糧食，在宮外等候大師長子嫚。當天夜裡，子嫚便率領熊平和手下五百楚師離開王寨，往北而去。她感到胸口彷彿有團烈火在焚燒——自己終於離開了流放之地，以大師長之身回往天邑商。

子嫚雖心急見到母兄，但她生性謹慎，不敢匆忙北進，認為自己帶著這數百楚師行進，太過引人注意，消息可能很快便會傳至商地。她和熊平討論之下，採納熊平繞過荊楚北部商賈匯集的大城盤龍城之議，穿過叢林，往東北方的小城鎮落腳，備齊糧草之後，才繼續北行，子嫚深覺可行，便同意了。

當夜一行人在叢林中紮營。睡到半夜，忽聽遠處傳來一聲鳴叫，似乎是象鳴。

熊平驚醒過來，發現睡在身旁的子嫚已坐起身。子嫚低聲道：「可能是象師偷襲，我出去看看。」

她穿上外衣，抓起放在枕邊的戈，鑽出營帳。叢林中一片黑暗，甚麼也看不見，只有白日留下的溼熱之氣仍縈繞在營帳之間。

熊平也趕緊披上外衣，出帳來到子嫚身旁，凝神傾聽，遠處似乎傳來沙沙聲響，卻聽不出是風聲還是獸物移動的聲響。

子嫚側耳傾聽，伸手指去，說道：「聲音是從那個方向傳來的。我去瞧瞧。」

熊平道：「打支火把去？」

子嫚道：「不。若是敵人，打起火把立即便讓人見到了。」

熊平道：「若是猛獸，不打火把便太危險了。」

子嫚搖頭道：「多半不是猛獸。王姁不會輕易放過我們，想必是她派出之師。象師馬師都不適宜在暗中前進，追上的或許是楚戍，很可能已在我們附近紮營。」

熊平伸手握住她的手，說道：「我隨大師長一起去。」

兩人並肩走入叢林，四處只聞風聲、草聲和蟲聲，而以蟲聲最為嘈雜。

熊平感到子嫚的手心有些溼熱，知道她心中甚感焦慮，於是握緊了她的手，子嫚也緊緊回握。

兩人走出一陣，子嫚忽然腳下一滑，驚呼一聲，往下跌去。熊平趕緊抓住她的手臂，但他腳下泥土也十分鬆軟，被她扯著一起往下跌去。兩人在黑暗中不停滾動，似乎正沿著一道斜坡往下滾去，一路撞上無數土石樹叢，不知滾出了多遠，才終於停下。

子嫚喘了一會氣，坐起身，摸摸身上，似乎並未受甚麼重傷，心想幸好一路滾下未曾撞上尖石荊棘一類。她吁了口氣，低聲喚道：「平？」

熊平的聲音在不遠處響起，說道：「我在這兒。妳沒事麼？」

子嫚循聲接近，摸到了熊平，說道：「我沒事。你受傷了麼？」

熊平喘息道：「腿上有個傷口。」

子嫚伸手去摸他的腿，觸手溼溼黏黏，鼻中聞到腥氣，想來是血。

她皺起眉頭，說道：「不知只是外傷，還是跌斷了骨頭？且莫移動，免得傷勢加重。」

她除下外衫，摸黑綁在熊平的腿上，幫助止血。熊平緊咬牙根，盡量不出聲呻吟。包紮完畢，子嫚伸手撫摸熊平小腿傷處，再不覺有新血流出，說道：「血應當已止住了，你躺著休息一下。」

兩人都知道熊平腿傷如此，四下又一片黑暗，不可能摸黑攀上這陡坡、回到營地，晚間便在那坡底下相擁而眠。

熊平腿傷疼痛，整夜難眠，子嫚窩在他懷中，也睡得甚淺。兩人耳中聽著風聲蟲聲，心中都不免甚感惶恐，只能緊緊相擁。遠處不時傳來象鳴之聲，有時甚近，有時又似甚遠，也不知是否真是大象的鳴聲。

漫漫長夜終於過去，東方天色漸明，子嫚坐起身，振作精神，再去視察熊平的腿傷，見自己昨夜包紮得甚是牢實，但過緊了些，便解開包紮，探視他的傷處。但見他左小腿上血肉模糊，有個一尺長的傷口，大約是滾下山坡時被樹枝戳入，幸而骨頭應當並未斷折。

子嫚長年處於楚戍之中，常常見到楚戍受傷，懂得處理傷口，當即趁著曙光，在附近找了些紅草，嚼碎成泥狀，敷在熊平的傷口上，再用衣衫包紮起來。

熊平傷處疼痛得緊，但一來不願意在子嫚面前丟臉，二來情勢險峻，敵人很可能就在左近，他們絕不能暴露自己的所在，因此勉強咬牙不吭一聲。

子嫚抬頭望向他，贊許地點了點頭，低聲道：「忍著點，就快好了。」

她包紮完畢，讓熊平躺下，說道：「我去周圍探探。」

熊平伸手抓住她，喘息道：「莫要單獨走動，太危險了。」

子嫚低聲道：「他們若找到此地，你無法移動，更加危險。我去勘查敵人在何處紮營，好決定如何逃脫。你不必擔心，我知道如何保護自己。」

熊平知道她願意說出這番安撫自己的話，已算十分客氣了。她身為荊楚大師長，自己是她的下屬，她對自己的勸阻大可完全不理會，甚至責怪自己粗心受傷；但她願意開口解釋，表示她對自己十分關心，對待他不只是下屬而已。

熊平心中雖擔憂，但清楚子嫚素來能幹自負，自衛之能遠勝自己，於是閉嘴不語，放鬆了手。

子嫚爬上陡坡後，緊握住戈，走入叢林深處。此時天色初明，頭上枝葉中滿是鳥鳴之聲，極為嘈雜。子嫚留心細聽，想分辨人聲，然而森林周遭似乎並無任何奇異動靜。她辨別地勢方向，認準了熊平躺臥之處，繞著熊平一圈圈往外走去，直走出一里外，都未見到任何楚師的蹤跡。

子嫚心想：「或許我們昨夜聽見的是野象的鳴叫，不是楚師。」

她又再探查了一陣，才回到熊平身邊，這時他已坐起身來，手中持戈，問道：「如何？」

子嫚道：「我走出一里，並未見到敵人的蹤跡。我們從斜坡滾下了數十丈，要回到營地，需繞一段路，從東邊回去。」

她頓了頓，又道：「你若可以走，我們便一起。你若走不動，便在此地等候，我回去營地找人來抬你。」

熊平抓過一根粗大的樹枝充作拐杖，勉強站起，說道：「我可以。」

子嫚望著他走了幾步，才點頭道：「好，跟我來。」

兩人走出一段路，樹林中逐漸炎熱起來，兩人身上都沒有帶水，只能坐下略事休息。就在此時，忽聽身旁的樹叢中發出一聲響亮的高鳴，接著地面震動，彷彿天崩地裂一般。子嫚大驚，立即回頭，但見一頭灰色巨物從叢林中衝出，身形高大如城堡，每跨一步便地動山搖，巨大的樹幹紛紛歪斜倒塌。

熊平不顧腿傷，趕緊拉著子嫚，撲入一旁的灌木叢中。

子嫚從枝葉間望去，只見一頭身形龐大的巨象從叢林中冒出，足有三人高，缺了一支象牙，另一支牙有十尺長，磨損甚多。巨象一邊甩頭鳴叫，一邊踏步而出，氣勢驚人。兩人不敢動彈，心跳極快，子嫚暗想：「牠若一腳踩上這灌木叢，我們二人立即便要被牠踩扁了！」

熊平在她耳邊低聲道：「別動，別出聲！」

子嫚屏息不動，又見樹叢中接著走出了另一頭大象，比先前那頭稍稍小一些，接著又是一頭；一共走出了十多頭大象，有的腿邊跟著小象，看來是一群大象家族，總有二十多頭。

子嫚看得又是驚奇，又是震撼，等象群過去了，才回過神來，問道：「那是野生象群？」

熊平道：「正是。當先的母象是群象之首，我們楚人稱之為『象后』。」

子嫚奇道：「象群是以母象為首的麼？」

熊平道：「正是。」

子嫚若有所思，說道：「楚人崇拜象，也知道象群以母象為首。當時王姆成為荊楚女王，楚人卻拒絕接受，齊聲反對，這不是很奇怪麼？」

熊平微笑道：「象和人，怎能混為一談？」

子嫚問道：「這群象常常在王寨附近出沒麼？怎地我從未見過牠們？」

熊平道：「王寨附近很少有野生象群出沒。我也不知牠們為何會結伴來此？」忽然想起了一事，一拍手，說道：「是了，或許牠們正前往象塚！」

子嫚問道：「甚麼是象塚？」

熊平道：「那是傳說中的象群墳場，位在王寨東邊的山谷之中。聽說老象死去前，都會自行走去象塚，死在那兒。」

子嫚大為好奇，說道：「真有這種事情？我想去看看。」

熊平遲疑道：「我並不知象塚確切的地點。」

子嫚道：「這個容易，只要跟著象群去便是了。」

熊平道：「但我們已失蹤了一夜，只怕多戉會擔心。」

子嫚道：「不如這樣。我們昨夜聽到的，應當便是這群象的叫聲，而不是楚人象師。你在此應當安全，可以沿著這條路慢慢走回營帳。我自己跟上象群，去找象塚。」

熊平聽她這麼說，大覺不妥，暗想：「子嫚雖在楚地住了一段時日，畢竟不是土生土長的楚人，不知道叢林中的種種危險，我不能讓她單獨跟隨群象而去。」說道：「我還是跟妳一起去吧。」

子嫚望望他的腿，說道：「你能走麼？」

熊平腿傷仍舊疼痛，但強自忍耐，說道：「不能快奔，但要跟上象群應當不是問題。」

子嫚望向象群，說道：「那我們趕緊追上去吧。到了象塚，我們略略觀望一陣，便儘快趕回營帳。」

兩人於是遠遠跟著象群，往叢林深處走去。幸好象群體型龐大，數量又多，牠們行經之處，自然便開闢出一條道路，熊平和子嫚一來不怕跟丟，二來這條路徑已被象群踏平，十分易行，即使熊平腿上有傷，走起來還不致太過辛苦。

如此跟出大半日，遠遠見到象群來到一條小溪之旁，停下飲水。

熊平和子嫚見追上了象群，甚是高興，往小溪上游行出十餘丈，來到離象群較遠之處，才俯下身大口喝水。

子嫚解開熊平腿上的包紮，查看傷口，但見傷口甚深，幸而並不骯髒，於是用小溪的清水洗淨了，又找了一些紅草，嚼碎後抹在傷處，重新包紮起來。熊平甚是硬氣，依舊從頭到尾一聲不吭。

子嫚微笑道：「左近沒有敵人，只有象群。你就算出聲慘叫，象群大約也不會理睬你的。」

熊平勉強一笑，說道：「我從未在象師待過，但心知最好避免激怒象群。牠們一旦發怒，一齊向我們狂奔衝來，轉眼便會將我們踩成了肉泥。」

子嫚望向象群，俏皮一笑，說道：「不如你慘叫看看，象群若當真衝過來，我便趕緊爬上樹去，看牠們如何踩扁你。」

熊平苦笑道：「妳即使躲在樹上，象群也不會放過妳。牠們能夠將樹撞倒，將妳逼下樹，再用象牙戳死妳。」

子嫚吐吐舌頭，笑道：「那你還是忍一忍，別叫出聲吧。」

不多時，象群休息足夠了，二十多頭象在象后的率領下，又開始行走。子嫂和熊平遠遠跟上，再跟出了一段路，只見那頭缺了一牙的象后愈走愈慢，其餘諸象需得停下等候，有幾頭母象甚至需得在後推牠，牠才能勉強往前走去，步履艱難，看來似乎很快便無法再走下去。其餘大象都甚有耐心，圍繞在牠身旁，慢慢等候，有的低鳴，有的用鼻子輕推象后，意示鼓勵。

熊平道：「看來這頭象后已經很老了，打算自己去往象塚，在那兒死去。象群捨不得牠，因此陪伴牠一同來此。」

子嫂聽了，甚是感動，說道：「這些象對牠們的象后如此忠心，當真難得。」

又跟出一段路，眼前逐漸黑暗，小徑的盡頭出現了一個三面高山環繞的山谷。子嫂和熊平走近一瞧，但見谷中堆積如山，仔細一看，竟然全是大象的骨頭！兩人從未見過這麼多的象骨，都不敢相信自己的眼睛。

那頭象后終於到達了象塚，眼中發出奇異的光亮。牠一步一停，緩慢非常，在群象的注視下，終於走到了山谷的象塚之中。兩人見牠吁出一口長氣，終於放鬆了下來，後腿彎曲，巨大的身體緩緩坐倒，接著前腿也支撐不住，轟然側躺倒下，激起大量的灰土，一時間籠罩著整頭象后的身子。

群象緩緩上前，繞著象后站成一圈，面向著象后，紛紛低鳴，有的走上前，用鼻子輕觸象后。象后只有一隻眼睛往上，牠用那隻眼睛望著其他的象，眼中緩緩流出淚水。

子嫚甚是驚奇，低聲問道：「象也會流淚的麼？」

熊平說道：「象和人十分近似，牠們能活上五六十年，親人死去時，會陪伴在其旁，也會流淚。」

子嫚十分感動，說道：「這頭象后廣受群象尊敬，牠臨死之際，有這許多親人圍繞在身旁，想必能夠安心逝去。」

然而老象死去是個漫長的過程。象后用盡了畢生最後的氣力，終於走到象塚，倒下之後，仍未吐出最後一口氣；在象群的圍繞下，仍舊緩緩呼吸，睜著一隻眼睛望著牠這一生最親愛的家人，不斷流淚。幾頭最靠近象后，看來年紀最大的母象也流著眼淚，流露出明顯的眷戀不捨。

天色緩緩暗下，入夜之後，象后仍未死去，眾象也未離去，仍舊靜靜地圍繞在象后身旁，陪伴牠最後一程。天色全黑之後，象群分散在象塚中睡倒，熊平和子嫚找了一棵大樹，爬上去睡了一夜。

次日天剛亮，子嫚便聽見樹下傳來簌簌之聲，立即睜開眼睛，低頭見到群象在一頭母象的帶領下，正緩緩離開象塚。

她望向那頭老象，但見牠躺在當地，靜止不動，想來已在夜間死去。子嫚叫醒熊平，說道：「老象死了，象群走啦。」

熊平揉揉眼睛，說道：「我們也該趕緊回營帳去了。」

兩人等象群完全離去後，便跳下樹來，子嬰按捺不住好奇，走到死去象后的身旁，只見牠躺下之後，顯得更加龐大，暗灰色的皮膚粗厚多毛，獨牙懸空，眼睛已失去了光芒。

熊平走上前，扳開老象后的嘴，探頭望去，對子嬰道：「妳看，這頭象后應當已有六十多歲了。我聽象伕說過，象每過幾年便會換牙，等牠們的牙換盡了，最後一對臼齒也磨損殆盡之後，便無法進食，只能等著餓死。」

子嬰湊過去看，果然見到象口中已無牙齒，恍然道：「這頭象后預先知道自己壽命將盡，因此特意來象塚等死。」

熊平道：「不錯。象類在叢林中甚少天敵，沒有甚麼禽獸能夠殺死一頭成年的大象，而大象成群而居，極力保護幼象，令禽獸難以偷襲。加上象群甚少生病，因此大多數的象都能盡享天年，直到最後一對臼齒磨盡，無法進食而死。」

子嬰感嘆道：「象能活成如此，當真不簡單啊！世間不知有多少王侯希望能盡享天年，不受疾病困擾，不遭敵人侵襲，而且廣受家族親人愛戴，卻不可得！」

熊平聽她有感而發，望了她一眼，心想：「商人身為天下之主，已有數百年的時光，但是看來商王活得也不怎麼順心。子嬰出身商王族，想必深知其中滋味。」說道：「我們走吧。」

子嬰正要離去，忽然留意到象后的獨牙橫在面前，伸手去摸了摸，感到觸手光滑，說道：「在天邑商，象牙可是難得貴重之物，王族往往用以雕刻成髮笄或掛飾。」

熊平道：「象后既已死去，這象牙留在此地也是任其腐爛，不如帶回去吧。」

子嫚伸手搖晃了一下象牙，更搖之不動，說道：「卻該如何帶走？」

熊平取出腰間金刀，說道：「我試試將象牙撬下。」於是走上前，來到象后的象牙根邊，正準備將金刀戳入老象的肉中，沒想到象牙忽然便鬆脫了，熊平連忙伸手托住根部，子嫚則接住了象牙的中間。熊平輕輕一扯，象牙便跌了出來，整支象牙總有十二尺長，入手沉重異常。

兩人都甚覺奇怪，熊平道：「或許老象死去之後，象牙便自己鬆脫了。」

子嫚道：「既然如此，我們便將象牙帶回去吧。」

子嫚和熊平一前一後，扛著巨大的象牙，走上來時路。這回他們不必跟隨象群，可以加快腳步，沿著象群留下的小徑回到他們前夜跌下的山坡，再尋路回去營帳。熊平的腿傷仍痛，但他硬氣撐著並不叫苦；子嫚也盡量放慢腳步，不讓熊平太過勞累。

熊平心中好奇，一邊走著，一邊問道：「子嫚，你們商人認為人死之後，會去往何處？」

子嫚道：「商人相信人死後會升入天上，和我們的先祖會合。」

熊平奇道：「天上？」

子嫚道：「是的。商人相信所有死去的先祖先妣都居於天上，分屬十日。商人大巫平日最重要的任務，就是向天上的先王先祖獻祭，求他們降福賜祐，消災除禍。商王遇上任何事情，都得通過巫祝向先祖貞問卜筮，得到的兆象若是凶，便絕對不敢去做。」

熊平笑道：「那麼妳呢？妳在遇上困難時，也要貞問先祖的意見麼？」

子嫚微微昂首，說道：「其實我不信那一套！我被王后婦井放逐，早已不是商王族的一員，甚至算不上是商人了。商人的先祖絕對不會再保佑我，就算我遇上甚麼難以決定的事情，也不會去貞問先祖的意見。他們早已捨棄了我，我此生不會再祭拜他們，也不會請他們給我指點，更不會祈求他們保佑！」

熊平點了點頭，欲言又止。

子嫚見到他的臉色，說道：「你想說甚麼，便儘管說出來吧。」

熊平鼓起勇氣，說道：「我聽說商王族不輕易和外族通婚，即使通婚，王子王女也一定得嫁取方族之長，是如此麼？」

子嫚離開天邑商時年紀甚小，但仍記得大商王族的通婚規矩，想了想，說道：「不錯，王族子女通常只與王族或他方之長通婚，不與平民通婚。」

熊平聽了，靜默一陣，才道：「那麼妳會願意和平民通婚麼？」

子嫚笑了，說道：「你別忘了，我早已不屬於商王族了。我喜歡跟誰通婚，便跟誰通婚，誰也管不著我。」

熊平暗暗鬆了一口氣，心想：「那就好了。」

不料子嫚又道：「但等我回到天邑商，殺死王后婦井後，情況又將不同了。或許等我兄漁成為小王後，我父王會重新認我為女也說不定！」

熊平聽了，又擔憂起來：「一旦她回歸天邑商，重新成為商王族的一員，很可能就將置我於不顧。」

子嫚似乎並未留意熊平的擔憂，不再多說，兩人扛著象牙，緩緩穿過叢林，找到路徑，回到了營地。

這時子嫚大師長已失蹤了兩日，楚戍都開始焦慮慌張，幸而他們未曾發現敵蹤，於是決定留在原地等候，直到次日中午，才終於等到了子嫚和熊平雙雙歸來。子嫚告知自己和熊平夜晚出去探尋敵蹤，熊平意外受傷，兩人因而延遲歸來，途中恰好尋得象后的象牙，便將之帶回。多戍們都知道二人素有私情，也不敢多問。

第五十七章 南征

天邑商

在王后婦斅死去不久後，婦好便稟告王昭，宣稱小巫即為自己當年未死之子，但王昭堅拒不認。接下來的數月中，婦好日日去見王昭，不為別的，只為了逼他承認小巫子載乃是二人之子，並封己為后。王昭只能藉酒裝瘋，避不見面，盡量拖延。

婦好知道王昭無心應允，反而有心召回小王子弓，於是她找了師貯來，讓他想想辦法。

師貯道：「愚臣認為，此刻須轉移我王的心思，好逼迫他接受王婦的提議。最好的辦法，便是假造危機，讓我王感到威脅，深懷憂慮，不得不乞求王婦出手相助。」

婦好問道：「如何的危機？」

師貯道：「例如，某強大之方大舉來襲。如今東、西、北三面之方大都已臣服大商，唯有南方的荊楚仍舊稱王。我等可以假造消息，說楚方在盤龍城集結萬人之師，準備侵犯大商。」

婦好喜道：「好計！盤龍城在何處？」

師貯道：「在大江支流以北，天邑商以南約兩千里外。」

婦好皺眉道：「太遙遠了，他們怎能侵犯我大商？」

師貯想了想，說道：「即使並非侵犯天邑商，也可對我大商造成威脅。盤龍城東西方皆有金穴，是我大商吉金的一大來源。我等可以假稱荊楚王決定攻佔盤龍，斷絕大商的金源，那麼我王便會考慮出師征服龍盤，做為大商在南方的據點。」

婦好微微點頭，說道：「此計可行。」

師貯道：「當假消息傳到天邑商後，我們便讓侯雀勸王先下手為強，預先率師佔據盤龍城，避免楚人橫奪金源；再請大巫永貞問是否呼王婦婦好率師伐楚，卜象自然是大吉。到此地步，我王便不得不請王婦率師出征了。」

婦好遲疑道：「征服盤龍，跟我成為王后有何關係？」

師貯道：「當然有關係了！王婦必得善加利用這個機會，當我王來請王婦出征時，王婦便託病不出。等王三番四次來請時，方才答應，但向我王提出答應王婦一些條件。」

婦好微微點頭，說道：「倘若出征成功，我王便須封我為后！」

師貯道：「正是。至於我王是否認王子載為子，此事可暫且不議。只要王婦成為王后，掌握了實權，慢慢再勸說我王承認王子載不遲；等到我王承認之後，立王子載為小王，便不會再有任何阻礙了。」

婦好想了想，又道：「然而我王並不一定須要我率師出征。他能夠親征，也可命侯雀出征。」

師貯搖頭道：「我王飲酒過度，精神體力已大不如前，近來田獵的次數明顯減少。依臣貯猜測，他若能不親征，便不會親征。至於侯雀，他雖對我王忠心耿耿，但並無率師出征之才，加上年老傷病，我王決不會放心讓他單獨率師出征。」

婦好道：「那麼亞禽呢？雀女呢？」

師貯道：「亞禽暴躁無智，不能領師；雀女年紀還輕，無法服眾。」

婦好又道：「我王在西方還有不少能夠信任的師眾，如舌止化、沚戠（音同『冒』）、望氏等，他們也是我王可用之師。」

師貯道：「這些都是外族之師，我王雖可指使他們，卻不能全心信任他們，或讓他們擔任王師之長。王師之長，若非我王親任，便只有王婦一人可以擔當了。」

兩人商討了一陣，婦好認為可行，便命師貯著手安排。

一個月後，附屬於大商的雩方之伯從南方傳來急報，說楚方大舉移師北上，準備攻佔盤龍城，獨霸金穴，阻絕商人運送金錠回天邑商。

王昭得到消息後，甚是擔憂。果如師貯所料，他立即派人去雀方，詢問侯雀的意見。侯雀原非聰明多智之人，婦好又事先與雀女密謀，讓雀女去對侯雀進言，於是侯雀聽從了雀女的建議，對王昭的使者道：「請回稟我王，南方金穴對我大商極為重要，絕不能讓荊楚王龍斷。雀請王先下手為強，集結王師，搶先南征，佔領盤龍城，打擊荊楚的勢力，保衛大商南方的金源。」

王昭聽了，十分認同侯雀的意見，當即請大巫永貞問。

接下來的一切都在師貯的預測之中；王命大巫永進行貞問，貞得的結果顯示王昭應呼婦好登師出征。於是王昭召婦好來見，婦好卻稱病不出。

如此過了一旬，婦好始終稱病，不來覲見。王昭終於有些著急了，親自來婦好之宮探病。

婦好躺在寢宮之中裝病，她故意將小巫從囚禁多時的地窖中放了出來，讓他乖乖坐在自己身邊服侍照顧。小巫已在地窖中待了大半年，這日大巫永忽然放了他出來，先在他身上施了巫術，讓他無法自由行動或言語，又接著吩咐他道：「王婦生病了，我王將來探望她。你乖乖坐在王婦榻旁服侍，不可亂動，也不可說話。」

小巫無從反抗，大巫永也不等他答應，便領他來到婦好的寢室之中，讓他在婦好身邊坐下。小巫看出婦好並沒有生病，猜想這多半是她的計謀之一，也不敢多問。

王昭先關心詢問她的病情，並對大巫永吩咐：「選擇吉日，替婦好行御祭於妣庚。」妣庚乃是王昭之母，先王小乙之婦；王昭之婦有任何疾病，通常最先禱祝的對象就是妣庚。大巫永恭敬答應了。

婦好則道：「多謝我王關心。然而好的病因，我王應當十分清楚。我好不容易尋回了失散多年之子，子載聰明孝順，在我生病之時，對我盡心照顧。然而我王卻不肯認他，讓他成為無父之子，好的病如何能恢復！」說著對小巫指去，神色極為哀怨。

王昭不願就此屈服答應，並不望向小巫，彷彿他更不在寢室中一般，只咳嗽一聲，說道：「此事容後再議。余有要事與好商量。楚方乃是南方最強大之方，勢力不容小覷。據聞楚師集結，打算攻佔盤龍城，斷絕天邑商的金源。大商與楚一戰，勢在必為。余欲命好率師出征，攻佔盤龍城。」

婦好凝視著王昭，說道：「好若病重，不克率師出征，那又如何？」

王昭也只能假作強硬，說道：「我婦若不願為大商出力，那余便親自出征。」

婦好道：「好並非不願為大商出力，而是纏綿病榻，無能為力。」

王昭知道她想藉此討價還價，只好說道：「盤龍城乃是楚北重鎮。攻下盤龍，便不需深入蠻荒，和荊楚主師大戰一場。若取盤龍，妳要求甚麼，余都可以考慮。」

婦好道：「好願意率師助王攻打盤龍城。然而我王需得答應好，當我等回到天邑商之後，便立即立好為后！」

王昭知道她的意思，大商王族規矩，立后必須有子，她逼自己立后，便是逼迫自己認子載為子之意。他微微搖頭，說道：「余早已說過，大商王族從不出巫者，肇因於大商王族並不信任巫者。余利用巫者祈求天帝、先祖和鬼神的護祐，卻不會讓巫者掌握實權。無論如何，小巫都是一位巫者，先祖絕不會接受他是商王子孫，更加不會同意讓他成為小王，甚至擔任商王。余認不認他，都無關緊要。」

婦好強硬地道：「我王若不答應，好便拒絕出征。」

王昭輕哼一聲，說道：「既然如此，余便率師親征！」

婦好道：「出師征伐乃邦之大事，應由大巫貞問後決定。王年事已高，應當保重身體，不宜親力親為。」

王昭高聲道：「余正當壯年，還有三四十年好活。妳以為余會就此止戈，不敢出征了麼？」

兩人相持不下，小巫坐在一旁，噤不敢言，心想：「王婦和王原本相處融洽，如今為了我的事，卻鬧得這麼僵。我還是應該早點逃離天邑商，遠遠躲開得好。」

他同時也留意到，王昭自進入婦好寢室以來，連一眼也不曾望向自己，完全當他不存在一般。小巫心中甚感不安，暗想：「我往年身為大巫之徒，我王對我還頗為垂注，甚至曾因我箭射得好而賜我朋貝，如今連看都不肯看我一眼了。我被王婦婦好硬認為子，想必讓我王大感惱怒，巴不得我這個人根本不存在。」

王昭和婦好又爭辯了一會兒，最後都望向大巫永，決定讓大巫永再次貞問。於是大巫永反覆貞問，確認天帝和先王先祖都認為王昭和婦好應當一齊出征楚方。於是王昭和婦好勉強達成協議，再次同時出征。

這回王昭和婦好共同率領一萬五千王師，向南開往楚方北部最大的城寨——盤龍城。天邑商王族、多臣和多眾都看得很清楚，王昭和婦好分乘二輛馬車離開殷都，彼此相距甚遠，與多年前二人一起出征時同乘一車的親密無間，實是天差地遠。

王昭任王二十多年以來，最大的功績便是對外征戰。他從征服天邑商周邊的小方開始，將其領地納入大商版圖，之後便鋪設從天邑商通往四方的石板道路，並在路上每隔五十里便設一羈，以加強對天邑商周邊多方的掌控。平定天邑商周遭之後，王昭繼而往東攻打夷方，往北攻打土方，往西南攻打歸方、雩方，往西北攻打羌方、鬼方，以及不斷與西北方出沒不定的貢方作戰，可說連年征戰，從未間斷。

這回王昭和婦好再次南征荊楚，對他來說意義重大。這是商人自東北肅方南遷、佔據中原之地後，第一次深入南方楚方腹地。楚方乃是盤據中原最古老之方，有著悠久的歷史，擁有獨特的語言和強大之師。

王昭其實早已知道雩伯傳來的消息並非真確。他在周圍多方派有眼線，替商王觀察稟報敵方情勢，因此他早就明白楚方並無佔據盤龍、北侵天邑商之能，也不會有膽量阻擾商人徵取盤龍左近的金源。然而他卻選擇假裝相信，只因他也需要一個藉口出師征伐某個強大之方，好讓自己暫離酒鄉，重新振作起來。

王昭年輕時懷有雄心壯志，又曾得奇遇，見到巫彭等十巫各持不死藥，試圖救活天神窫窳，因此得到百歲長命。即使王后婦井等皆以為他能夠永生不死，事實上王昭自己很清楚，他只不過比一般人健壯長壽，並不會永遠不老不死。此時他年過六十，在一般人眼中已算是極為長壽了，卻也開始感到自己氣力衰弱，遠不及年輕之時。即使體力大不如前，王昭仍擁有豐富的率師征伐經驗，供他所用之方侯之師也愈來愈多，商師之強大，已非二十年前所能相比。他心底知道，自己的宏圖壯志已實現了一半；他征滅鄰近天邑商的多方，讓遠處多方臣服進貢，然而他卻從未渡過大河，進入南方荊楚地域。

前次征羌，王昭因受到王后婦井背叛，意興闌珊，將戎事全數交給婦好和侯雀指揮。這回他不信任婦好，侯雀又年老多病，未能參與出師，因此由他親自坐鎮指揮，擬定伐楚之策。他召集防守西部的亩止化、沚瞂（音同『冒』）、望氏一族參與南征，加上雀女和亞禽之師，並且帶上了大巫永和巫爭兩名巫者，以及從亘方進貢的巫亘，輪流替他貞問天帝先祖之意，祈求天帝先祖護祐征伐順利。

一路上，王昭派人先去南方偵測，回報盤龍城的情勢，並思考討論進攻之法：應當率師巡視示威，讓盤龍城自己投降，還是發動王師突襲？抑或一邊巡視，一邊準備攻城？三位巫者不斷替王昭貞問，以轉達先王之意。

渡過大河之後，便進入了楚方的地域。王昭之師一路之上遇到不少歸附於楚的小方，也有駐紮於北方小城裡的零星楚師。王昭認為應當穩紮穩打，一城一城地攻下佔據，於是輪番派婦好、亩止化、沚瞂、望氏、雀女等征服途經的小方小城，王師主力則直進南下，所到之處，所向披靡，直逼盤龍城。

盤龍城位在天邑商以南、大江以北三十餘里外，城牆高四丈，整個城呈正方形，約一里見方，和天邑商相比，只不過是座中型的城。然而盤龍城乃是交通匯聚之所，東西南北陸路、水路來往商賈甚多，齊聚於此買賣交易；盤龍城的東西方各有數個產量豐富的金穴，天邑商王族用以鑄造吉金器物的金錠，很大一部分是商王派遣牛車隊赴盤龍城徵取而來。

一如王昭所料，盤龍只是個商賈貿易聚集的中型城鎮，屬於荊楚北部的貿易據點，並無兵力集結。當大商王師開到之後，盤龍城的楚方師長熊麓大驚失色，只能立即通報荊楚女王，請求救兵，同時關閉四門，守城不出，等待南方援師。

然而荊楚女王王姰剛剛失去了子嫚這位大師長，連馬師師長熊平也跟著子嫚離開，楚師陷入無人指揮之窘境。王姰得到盤龍告急之報，當下便慌了手腳，趕緊找來大巫詢問。大巫也並無征戰之能，只能怪罪他人，咬牙切齒地道：「一定是那個商女子嫚搞的鬼！她懷著對荊楚的仇恨，回到商方之後，便鼓動商王前來征楚！」

王姰並不相信子嫚會對自己報復，況且子嫚離去未久，想必尚未回到天邑商，不大可能挑唆商師南征。但想起她對商王后婦井的仇恨之深，暗想或許她也同樣仇恨自己也說不定，於是說道：「無論是誰挑唆商王南征，都已無關緊要了。商師已然南下，逼近盤龍，我等卻該如何應對？」

大巫說道：「待我卜問天神的意思。」

然而大巫卜了數十次，結果次次不同，也無法對女王提出甚麼確切的建言。王姰身邊多臣雖能助她處理楚方政事，卻都無征戰之能；當初能夠征戰的師長都已被子嫚掃除了。王姰遲疑再三，無法決定，因此始終未曾派遣楚師北上增援。她自然並不知道，即使她派師增援，楚師也無法平安抵達盤龍；王昭早已派遣望族之師守在往北的道路之上，楚師倘若經過，便將遭望師阻截。

盤龍城楚師師長熊麓在城中等候了三個月，未曾等到南方楚師來援。他知道城中師力遠遠不敵商師，倘若力戰，絕無勝算，只會讓盤龍慘遭屠城，於是決定獻冊出降。他派親戍去見商王，告知願意投降；王昭欣然答應，命巫爭貞問入城的吉日。

於是王昭在庚辰日進入盤龍城，從楚師師長熊麓和城中耆老手中迎接典冊，正式接收了盤龍。

他認為盤龍地勢極佳，應當永久佔據，於是打算派遣王史駐紮城中。他為了獎勵跟隨出征的望族，決定將此高位賜給望族；望族三兄弟商討之後，決定讓最小的子望戉留守盤龍城。王昭於是任命望戉為盤龍之史，負責管理城中徵稅、進貢和防衛諸事，每半年派人向王昭進貢述職。王昭並賜予望戉大量金矛、金戈，和一柄巨大的吉金鉞，做為商王授權的象徵。

此番出征，王昭一舉征服佔領了荊楚大城盤龍城，取得重大勝利，擊敗了中原最古老的楚方。楚方女王王姰派使者來天邑商求和，表示願意臣服於大商，自稱楚伯，不再使用荊楚女王的稱號。

王昭出征期間完全禁酒，因而精力充沛，容光煥發；這回的勝利讓他對自己的征戰能力信心大增，他回到天邑商後，便拒絕實踐諾言，不但不封婦好為王后，也仍舊不肯認小巫子載為子。

天邑商全城大肆慶祝商王親征克楚的巨大勝利，同時也沉浸在慄慄自危的情緒中。這回王昭和婦好攜手出征，與他們往年同征土方、夷方、羌方、鬼方迥然而異，二人不再是親密的戰友，而是勢同水火、旗鼓相當的大敵。天邑商王族都看得很清楚，王昭和婦好關係的轉變始於羌方、鬼方一役；當時王昭外受虎方威脅，內受王后婦井逼迫，不得不親征羌方，回途中順便滅了鬼方。王昭回到天邑商後不久，王后婦井便暴斃而亡，此後婦好的地位便愈來愈高，宰制著大商的政局。之後她號稱找回了親子子載，不斷要求王昭認子立后，王昭則始終堅持拒絕。天邑商王族都很清楚：他們眼前正上演著一場關乎王位傳遞的激烈爭鬥。

衝突的爆發之點，正是小王的確立。

子弓這時流亡已久，眾人皆知他藏身於大商的敵方虎方，處於虎侯的庇護之下，甚至打算取虎侯女為婦。王昭雖仍有心召回子弓，再次封他為小王，但王族上下大多不贊成，認為子弓已受到虎方太多的恩惠，就算他回來天邑商擔任小王，也將因虧欠虎方太多，無法公正行事。

其餘大示王子之中，留在天邑商的只有病重難治、奄奄一息的子漁，王族一致認為唯有等他病好恢復之後，方能考慮立他為小王；子央之前被婦好派去虎方尋找子弓，卻忽然領師攻打告方，殺死侯告，佔據侯方大城，並取了侯告婦婦嬞，顯然打定主意不回天邑商了；其餘還有被流放的子商和子曜，一個曾叛變王昭，王族絕不可能讓他回來擔任小王；一個則不知下落，生死不明。

婦好聲稱尋回了未死之子子載，但王族對這子仍存有深厚的疑慮，都主張應等大巫㱿回到天邑商，進行正式貞問之後，才能判斷子載身分的真偽，因此一致反對立子載為小王。這段期間，用回原名子載的小巫，仍舊被軟禁在婦好之宮的地窖中，不見天日，苦不堪言。

在出征盤龍之前，婦好完全掌握了天邑商的大權，不論祭祀貞問、師戎征戰、徵貢歲收、封賞懲罰，一切都在婦好的控制之下；唯有在立小王這件事上，婦好仍舊無法說服王昭和其他王族，因此小王之位始終空懸著。

王族也並不著急，大家都認定王昭將活到一百歲，那麼再等個三四十年，等到王昭九十歲了，再決定小王也不遲。

整個天邑商中，只有王昭心中清楚，自己就算有一百歲的天命，但能否當真活到一百歲，還是未知之數。他若立了子載為小王，便等於宣告自己的死期；婦好定會效法婦井的故伎，下手殺死或禁錮自己，好讓子載早日登基，那她便能以王母的身分繼續掌制、操控天邑商。

因此在征服盤龍之後，王昭決意重振王威，著手壓制婦好的勢力，奪回天邑商大權。婦好看在眼中，心中清楚，自己立后的希望似乎是愈來愈渺小了。

注 盤龍城遺址位於湖北武漢黃陂區的盤龍湖旁，古代不知何名，故事暫以「盤龍城」稱之。這是一座商代古城遺址，有考古學家認為盤龍應屬於長江流域的獨立方國，大致屬於南方楚國的地盤，後被商王武丁征服，成為大商最南端的軍事商貿據點。盤龍城出土的青銅器和玉器與河南鄭州商城十分近似，東西方皆有與冶銅有關的遺址，很可能是殷商在長江流域的商貿和銅礦運輸重鎮。《詩經．商頌．殷武》中有「撻彼殷武，奮伐荊楚」的字句，記錄武丁曾伐楚並令荊楚臣服。至於武丁是否曾征伐荊楚或盤龍城，甲骨文中並無明確記載。關於征戰貞卜內容，參見《中國社會科學院文庫．歷史考古研究系列．商代史卷九：商代戰爭與軍制》〈第三章：商代後期的戰爭〉，其中詳述武丁征伐多方時的甲骨貞卜計載，武丁往往反覆貞問將領任用及征戰策略，以及選擇攻城決戰的日期等。

第五十八章　錮王

王宮之中，王昭獨自飲著鬱悒，已有些醉醺醺的了。

婦好神色冷靜，未經通報，便入宮覲見，來到王昭身前，卻不言語。

王昭抬起頭望向婦好，心生警戒，知道自己毀棄承諾，拒絕封她為后，拒絕認子載為子，婦好對此自然極為憤怒，想是再次來找自己理論了。

王昭面上露出微笑，說道：「婦好！天下甚麼事都難不倒妳。寧亘的威脅妳能輕易滅除，盤龍城也能輕易拿下，天下還能有甚麼事能讓妳不快呢？」

婦好神色沉靜，凝視著王昭，說道：「好教我王知道，我擔心的是大巫散。」

王昭微微吃驚，說道：「大巫散？」

婦好點頭道：「不錯。他離開天邑商，下落不明。好擔心他回來之後，巫術大進，已不再是當年的大巫散了。更可怕的是，他歸來後，定將對大商不利！」

王昭尋思：「余一直希望找大巫散回來，以制衡婦好的勢力。她是否已知道余的計畫，因此故意提起大巫散？」表面上仍故作悠閒，說道：「大巫散的法力原本便比前幾任的大巫高上許多。這回遠行，很可能是去尋訪更高深的巫術。」

婦好搖頭道：「不。他對那小祝說道，他離開天邑商，是為了尋找解除鬼影的方法。然而我猜想，他其實是去尋找不死藥了！」

王昭聽見「不死藥」三字，不禁皺起眉頭，搖頭道：「余早就跟王后婦井說過，不死藥這種東西，世間是沒有的。婦井已為此而飲毒暴斃，大巫殼自然不會如此愚蠢。倘若世間真有長生不死的不死藥，歷代先王為何找不到？若是找到了，又為何不服用？」

婦好卻堅持道：「他們一定試過，卻未能找到不死藥。大巫殼可不同，他和歷代大巫都不一樣。以我所知，他向來對不死藥著迷不已，立志要找到不死藥，好讓自己永生不死！」

王昭不置可否，仰頭喝乾了爵中的酒。

婦好直直望著王昭，說道：「這就是好擔心的事情。大巫殼一心找到不死藥，絕對不是為了給我王服用，而是為了自己。老實說，我很懷疑他對王室究竟有幾分忠心。他不告而別，不曾讓任何人他要去甚麼地方，去做甚麼。這不是非常可疑麼？」

王昭沉吟一陣，搖搖頭，說道：「大巫殼所做的一切，都是為了延續保衛大商王族，絕對不可能有反叛之心。從他立誓成為大巫的那一日起，對大商的忠誠便已烙印在他的身上和心上了，因此大巫殼是絕不可能反叛的。」

婦好嗤之以鼻，說道：「立誓甚麼的，還不是他們自己說了算？他們的詛咒巫術，只有他們自己懂得。施法的是他們，他們自己當然也能解除。」

王昭皺起眉頭，說道：「即便如此，大巫𣪊仍舊沒有理由起心背叛大商。他跟隨余和王后婦斅一起來到天邑商，年紀輕輕便擔任商王大巫，余和大商王室皆對他極為恭敬尊重，禮遇甚至超過前一代的大巫启。他有何理由反叛？」

婦好一笑，說道：「當然有理由。我知道三個理由。第一，他不甘願只做大巫，他想要當商王！」

王昭聞言臉色微變。

婦好續道：「第二，他想找到不死藥，讓自己長生不老，卻無心分給我王。第三，我殺了他最親近的小祝，他對我懷恨在心，一定會向我報仇。」

王昭嘆了口氣，說道：「余當時身在病中，不及勸妳放過那個小祝。子吉之死，確實令人心痛，但妳又何必下手如此狠絕，得罪了大巫𣪊？殺死小祝後，妳和大巫𣪊之間的心結，可就永遠無法解開了。」

婦好揚眉道：「我殺死小祝，正是因為我要翦除大巫𣪊身邊的親信，讓他孤立無援。我要摧毀他，另立我能夠信任的大巫。你瞧，大巫永不是聽話得多麼？在婦井為王后那時，大巫𣪊便多次不服從婦井之命，他擅自放走子漁和子曜，之後又找藉口免除子弓的死罪，這些都出自大巫𣪊的詭計。世間怎能有不聽我王指令的大巫？」

王昭心想：「囚禁子漁、子曜及處死子弓，原非余之本意，大巫𣪊所為，正在於維護本王。婦好直接將自己和婦井相提並論，顯示她離造反已不遠了！」

他知道和婦好爭辯並無用處，於是靜默不語。過了許久，他才道：「妳殺死小祝，得罪大巫㱿，卻打算認大巫之徒小巫為子，豈不是更加荒謬麼？」

婦好哼了一聲，說道：「我王始終不肯承認子載是我王之子，非要等候大巫㱿回來貞問。然而我王也清楚知道，大巫㱿回來後，絕對不會放過好。看來我王對好非但不信任，更有心將好逐出天邑商！」

王昭飲了一口酒，並不回答，心想：「她既清楚明白余的心思，多說也無益。」當此情勢，他除了繼續拖延，等候大巫㱿回來之外，也無善策。他望向婦好，閒閒地問道：「大巫㱿倘若真的回來了，妳打算如何對付他？」

婦好狠狠地道：「我要廢了他的大巫之位，將他當作人牲燒死，奉獻先祖！」

王昭嘆了口氣，說道：「婦好，妳和大巫㱿作對，那是自討苦吃。大巫㱿巫術高強，妳是鬥不過他的，只會反遭其害。」

婦好也搖著頭，說道：「我王，你不明白。巫祝那一套東西，我向來不信。你以為我不知道他們在玩甚麼把戲麼？詛咒、巫術，這一切都是假的！他們故弄玄虛，欺瞞天下之人，號稱能賓見先祖，然而先王先祖曾給予我們子孫任何有益的建言麼？王記得麼？我與王出征土方之時，曾在夜晚遭土方突襲，險些送命，先祖曾警告過我們麼？那些巫祝根本就不能夠賓見先王先祖！還有子吉得病之時，卜筮的結果前後反覆，一時是吉，一時是凶。先祖豈會開這等玩笑？並非先祖不願護祐我商人子孫，而是我們大商的巫祝早已失去了巫術，根本就無法賓見先王先祖，無法傳達先王先祖的意旨！」

王昭臉色一變，心想：「沒想到婦好性情偏激扭曲，竟已到此地步，膽敢說出這等對先王先祖不恭的言語！」口中說道：「妳出言不遜，先祖先王知道了，定將降罰於大商，絕對不會放過妳！妳不怕眼睛看不到的先祖，難道不怕即將歸來的大巫㱿？」

婦好臉上露出自得之色，昂首挺胸，說道：「天邑商那許多巫祝，大部分都已被我殺死了。如今我有大巫永幫助我，又怎會害怕巫㱿？我王，許多年前，你暗中派巫箙去找回大巫㱿那時，他早就已被我攔下了。如今我將再次派巫箙去尋回大巫㱿，當大巫㱿回來時，我便能下手殺死他了！」

王昭身子一震，倏然抬頭，凝望著她，心想：「余的一舉一動，她全都清楚知道。她的下一步，便是要對付余了！」

婦好也回望著王昭，面帶微笑，說道：「我王請寬心，任何人若打算不利於我王，婦好必誓死反擊、捍衛我王，絕不讓我王受到半點傷害。」

她說完便站起身，大步走了出去。

商王王昭望著她的背影，心中忽然升起一股難言的恐懼。他知道婦好自幼聰明武勇，遠勝同儕，但她卻不得不受到王后婦井的箝制；她和子女的生死全在婦井的操控之下，令她始終深懷怨恨，始終想為自己爭一口氣。如今她終於殺死婦井，重獲自由，往年受到壓抑的野心便全都湧了出來，一發不可收拾。

王昭閉上眼睛，他早已忘記身邊沒有婦好的日子。自從婦好出現之後，他的人生便全然改觀了；婦好是他最忠實的伴侶、輔佐、師長。因為太過珍貴，他曾盡力滿足婦好一切的要求，不論是征戰或徵稅，或是奉獻人牲、祭祀先祖，只要是她的請求，一律准許。王昭疼惜她之才，了解她超卓的能力，以及她不可抑制的野心；然而她也是個深懷恐懼不安的女人，若不征戰他方，不殺敵過千、流血遍野，或是不親眼見到屠宰人牲奉獻先祖，心頭便不安穩。

王昭知道，婦好未曾說出的真正意圖乃是：她想取王昭而代之！

王昭並不擔心她謀害自己，奪走自己的商王之位。他擔任商王二十餘年，已經夠久了。如果婦好想當女王，那麼便讓她當去。王昭素知她的能耐，也知道她將是個比自己更加雄才大略、深謀遠慮的人才。

然而王昭也知道，婦好是絕不可能成功的——只因她招致的鬼影不會讓她得逞。鬼影已經圍繞在天邑商之外，漸漸逼近，或許已存在於天邑商的王宮之中了。

王昭吁出一口長氣。他明白婦好必須嘗試，也必定失敗；而他則必須獨自面對未來漫長的日子，繼續擔任商王，直到不死藥失效，直到他的壽命結束。

正當他這麼想的時候，忽然感到頭腦一陣昏沉；這感覺十分熟悉，他記得自己中了巫古的鎮魂鎖時，便曾有過這種昏沉酒醉之感。王昭倏然驚覺，但為時已晚。他轉過頭，但見一個大頭巫者站在自己的身後，肩頭站著那隻巨大的鴟梟，正是大巫永。大巫永的臉上帶著那磨滅不去的詭異笑容，黑亮深邃的眼睛直望著自己。

王昭知道自己再次中了巫術。之前王后婦井命巫古施巫術壓住自己的神魂，如今婦好重施故技，讓她親信的新任大巫永對自己施法。而大巫敨不在天邑商，其餘巫祝也被婦好殺了十之八九，再也沒有巫祝能夠保護商王。

王昭心中驚怒交集，他終於明白自己這一輩子最大的過患，便在於總是錯信他人，尤其是自己身邊的婦。連續被王后和王婦使巫咒禁錮，他大約是商王中的唯一一人吧？

王昭嘆了口氣，知道自己此刻孤立無援，只能徹底放棄。他在進入長久昏迷之前，只來得及做出一個祈禱：「請先祖保佑余子子弓、子漁、子曜！」

婦好和大巫永站在王昭的身子前，凝望著王昭。然而王昭雙目圓睜，早已看不見事物了。

婦好神色冷漠，冷冷地道：「你的錮神術，比之巫古的鎮魂鎖如何？」

大巫永臉上的微笑似乎更闊了些，說道：「我的錮神術比鎮魂鎖強固百倍。巫古的鎮魂鎖並不嚴謹，法力高強的巫者能夠破隙而入，因此大巫敨能夠解開鎮魂鎖。我的錮神術則能緊緊地禁錮中術者的心神，讓中術者身體僵直麻木，心神也陷入空虛無物，甚麼也不能想，甚麼也不記得。」

婦好點點頭，說道：「能維持多久？」

大巫永道：「幾十年，甚至幾百年，直到他的身體衰老死去。」

婦好顯得十分滿意，說道：「他的身子不能動彈，我必須找個替身假扮王。你說找誰好？」

大巫永道：「王之寢小臣，子徹如何？」

婦好道：「可。子徹熟悉王之言行習性，可以假扮一陣子。你去找他，好好調教他一番。我王明日晨將時在天邑商公宮會見王族和多卿，不可露出任何破綻。」

大巫永答應去了。

次日，子徹假扮的王昭便頒下王命，立婦好為后，認子載為子。此令一出，滿城譁然，卻無人敢出聲質疑。

半個月之後，亞禽和雀女相諧來到天邑商。這時雀女之子剛剛滿月，夫婦二人決定帶他來天邑商祭祀先祖，並請大巫命名。

新任王后婦好親自出城迎接，對雀女十分親熱，笑吟吟地逗弄雀女懷中的子。雀女當然知道婦好立后、王昭認子載為子之事，見到婦好臉上滿是喜氣，也大大地恭賀了她一番。二女攜手進入婦好之宮，婦好屏退身邊侍女，將最近發生的事都告訴了雀女。

雀女懷中抱著新生之子，皺起眉頭，暗想：「我就懷疑，王昭怎會當真認那個小巫為子，原來是婦好再次對我王下了巫術！」沉吟一陣，說道：「王后曾答應父侯不傷害王昭性命，此誓雖未破除，但王后再次以巫術禁錮我王，難道打算禁錮我王一世？此事又將如何了結？」

婦好冷冷地道：「我已管不了這許多了。我費盡千辛萬苦才找回我子，我王卻始終不認他！他曾答應過我，出征盤龍之後便立我為后。然而取勝歸來之後，他便立即捨棄諾言，拒絕履行承諾，也仍舊不肯認子。我若不禁錮他，如何能達成我的目的？即使需得禁錮他一世，那也顧不得了！」

雀女聽了，陷入沉默，過了一陣，才道：「我也有我的苦惱。亞禽始終不肯讓出禽地，說要讓他的子繼承亞禽之位。倘若換作是王后，王后會怎麼做？」

婦好望向雀女，說道：「妳知道我會怎麼做。雀地和禽地相鄰，雀方若吞併禽方，便能大大擴張雀方的勢力。侯雀已老，雀方之地，原本就已屬於妳了。若能吞下禽方，雀方便將成為天邑商之東最大之方。」

雀女輕輕吁出一口氣，說道：「成為王后東方的屏障，這正是雀女的心願啊。此子出生，或許正是為了達成我的心願！」

婦好望著她，露出微笑，滿意地點了點頭。

雀女忽然想起一事，問道：「王后之子呢？」

提起子載，婦好不禁皺眉，嘆氣道：「這又是一件難事。他仍舊不肯認我為母。」

雀女睜大了眼，說道：「天下竟有如此愚蠢的人！」

婦好苦笑道：「我原本以為他年紀還小，將他關起來一陣子，就會聽話了。沒想到我將他關了一年多，他還是拒絕認我為母！即使王昭表示認他為子，他也不信，說一定要等大巫㲉回來。」

雀女問道：「他知道王后禁錮我王之事麼？」

婦好搖搖頭，又點點頭，說道：「我自然未曾告訴他。但他是個巫者，很可能已自行發現了也說不定。」

雀女道：「他既然不肯配合，那麼王后便將他繼續囚禁也罷。我王還有許多年可活，王后繼續掌制天邑商數十年，也未嘗不可。」

婦好喝了一口酒，說道：「我正是這個打算。」

當日王后婦好設下筵席，宴請亞禽和雀女二人。然而一直到命名儀式即將開始，王昭都未曾出現。

亞禽甚覺奇怪，問道：「莫非我王身子不適，為何不曾參加宴席？」

雀女這時已知道婦好禁錮王昭之事，與婦好對望一眼。婦好道：「近日王事繁重，我王忙於處理王事，因此未能出來相見。他人在天邑商公宮，亞禽若想見王，這便可去拜見。」

亞禽立即說道：「我這就去拜見王！」語畢立即起身，大步闖入天邑商公宮。這時假扮王昭的子徹正坐在王位上，裝模作樣地聆聽多臣稟報王事。

亞禽望向子徹，一時未能看出他並非真的王昭，上前恭敬拜見，說道：「亞禽拜見我王。請問我王貴體安好？」

子徹見到亞禽闖入，驚懼交集，勉強鎮定，擺擺手，說道：「都好，都好。」

他的面貌和王昭頗為相似，但亞禽從小跟隨王昭，對王昭的一舉一動都十分熟悉，聽他的口氣對自己頗為生疏，立即起了疑心，說道：「亞禽此番特地攜子來見我王。我王曾說過，禽若生子，我王將替他命名。王還記得將替禽子取甚麼名麼？」

子徹自然完全不知道這回事，勉強笑道：「是麼？是的，是的。余記得此事。你的子出生了，這真是天大的喜事啊。」

這話一說，立即便露出了破綻。王昭從未說過要替亞禽子命名。亞禽一瞪眼，衝上前去，喝道：「你不是我王！」

他這一衝一喝，王昭身邊假扮的小臣都嚇得趕緊避開，有的就直接逃出公宮去了。

亞禽生性莽撞，眼見這些人竟敢假扮王昭，欺騙天下，頓時暴怒不已，拔出背後的吉金巨斧，衝上前揪住假王昭的領子，喝道：「你是誰？我王呢？」

子徹眼見亞禽凶神惡煞的模樣，只嚇得臉色發白，張大了嘴，半天說不出一句話來，下裳一下子因失禁而濡溼了。

這時婦好、雀女和雀方多弓也已尾隨奔入，見到這景象，婦好臉色大變，立即下令：

「王之多戌，關上大門！拿下這叛賊！」

多戌持戈一擁而上，但聽亞禽大吼一聲，橫揮巨斧，頓時將四個當先的多戌斬成八截，跌落在地，血肉橫飛。

婦好側過頭，冷然望向雀女，說道：「雀女！那是妳的夫，妳打算如何？」

雀女一咬牙，走上前去，說道：「禽！夠了。這人不是王昭又如何？我王早將王事全數交給王后處理，自己閑居休養。你闖進來大呼小叫，究竟有何意圖？」

亞禽大怒，舉起吉金巨斧，喝道：「妳知道此事？妳們把我王關在何處？快將他放了出來！亞禽誓死保衛我王！」

雀女冷然望向他，舉起右手，她身後的雀方多弓一齊舉弓，對準了亞禽。

亞禽臉色驟變，瞇起眼睛望向雀女，說道：「妳想殺我？」

雀女冷笑起來，說道：「你以為我不敢？」

亞禽大吼一聲，直衝上前，揮斧往雀女當頭砍去。但雀女也是一名戰將，身手矯捷，立即側身避開，手下多弓羽箭齊出，十多枝箭都射在亞禽身上。亞禽前來赴宴及參與命名之儀，身穿禮服，自然並未穿著盔甲，這時羽箭全都射入了他的身體，頓時鮮血四濺。

雀女舉起金戈，走上一步，臉上露出冷酷的微笑，低聲道：「你死到臨頭，還當真相信我不會殺你？」

亞禽跪倒在地，雙眼直瞪著雀女，咬牙道：「妳……妳被婦好那妖婦騙了！我是妳的夫，妳怎能對我下手？我們的子……」

雀女眼神凶狠，說道：「我不願殺你，只是你始終不肯聽我之言，不肯將禽地交給我，也不肯服從王婦婦好之命。我若不殺你，可要壞了王后的大計！」

亞禽支撐著站起，面對著雀女，神色轉為溫柔，說道：「妳錯了。婦好不會成功的。我王即使受到婦好一時的壓制，也不會長久。等她失敗時，妳將會跟著她一起敗亡！」

就在這時，角落忽然響起一個嬰兒的哭聲，卻是雀女的侍女抱著亞禽和雀女之子跟入了天邑商公宮，這時嬰兒哭了起來，聲音洪亮。

亞禽喘息道：「讓我……讓我看看我的子。」

雀女倏然舉手阻止，面目扭曲，說道：「不可！你就聽著他的哭聲死去吧。你死去之後，你的子便將繼承禽地，你應當死而無憾了！」

亞禽猛然明白：「她意在吞併我的土地！」他這時才知道自己何等愚蠢，眼看著婦好勢力擴張，壓制王昭，竟從未懷疑過枕邊的雀女！雀女和婦好何等相似，她們和男子一般剛強善戰，一般充滿野心，一般不擇手段。雀女竟在二人的子剛剛出生不久，便狠心下手殺死自己、奪己之地，實是他如何都料想不到的事。

亞禽嘆了口長氣，緩緩閉上眼睛。一代猛師亞禽，就此死在自己的元婦雀女手中。

雀女望著他的屍身，不動聲色，忽然轉過身，向著婦好跪倒拜下。

婦好點點頭，伸手按上她的肩膀，說道：「從今日起，妳便是大商三卿之一，統領天邑商之東的雀地、禽地，護衛天邑商。」

雀女俯身應命拜謝，身子不自禁微微顫抖。

第五十九章　救巫

卻說子嫚和熊平在象塚目睹老象后死亡，取得了象后之牙，便相偕回到營地。子嫚繼續率領楚師往東而行，穿過叢林，在東方城鎮中備齊糧草，繼續北行。數日之後，身周的叢林漸漸稀疏，一行人進入了平原地帶。

子嫚一路盤算，她知道憑著這五百楚師，要攻打天邑商是不可能的事；即使在途中遇見商師，兩師交鋒，楚師也難以取勝。唯一對她有利的情勢，是等王后婦井回到井方途中，楚師在路旁埋伏，給予婦井致命的一擊。然而她如何知道婦井何時會回歸井方？必須在天邑商中找尋可靠的人替她傳遞消息。自己若能和兄漁和兄曜聯繫上，便可以讓他們替自己傳遞消息。然而她也擔心，事情倘若敗露，他們便不免性命不保了。

子嫚此刻並不知道，子曜早已離開天邑商，下落不明；子漁雖從魚婦屯回到了天邑商，卻衰老病弱，瀕臨死亡；而母戮成為了王后，卻決定將剩下的性命給予子漁，已溘然長逝；更加不知道王后婦井早已死去，由婦好卻掌握了天邑商大權等情。

子嫚和熊平討論自己的計策，熊平道：「妳不願讓母兄陷入危險，我明白。然而妳若不讓他們預先知道妳的計策，他們同樣會陷入危險。不如，我們接近天邑商時，先將多戍多馬隱藏在樹林之中，派人進城探聽消息，再做打算。」

子嫚不想冒險，便同意了，於是一行人繼續北行。這日他們來到一條大河邊上，遠處忽然傳來一聲淒厲的慘叫。

子嫚和熊平對望一眼，子嫚下令道：「多戌留在此地，我和熊平上去看看。」

兩人掩上前去，但見蘆葦叢後便是一片沼澤地，遠遠可見沼澤地上有一群人，坐成一個大圈，圈中躺著一人，不斷扭動掙扎，方才淒厲的叫聲想必就是這人發出的。

熊平低聲問道：「這是做甚麼？」

子嫚也從未見過這等景象，搖頭道：「我也不知道。我往年在天邑商，並未見過這等情景。」

只見中間那人全身扭動，呼聲愈來愈慘烈，顯然正遭受極大的痛苦。那人身上原本似乎穿著白衣，此時都已染成了鮮紅色；子嫚看得清楚，他的前胸、後背和手臂上有好幾個傷口，鮮血如泉水般湧出，在他身邊積成一個小小的血池，看來極為血腥恐怖。

子嫚轉頭望向坐在他身旁那圈人，但見共有十多人，有的一身黑袍，戴著黑色面具；有的全身披著彩色羽毛，頭上戴著長長鳥羽的頭飾；有的赤裸著上半身，身上密密麻麻都是赭紅色的線條，似乎是紋身；有的身穿獸皮，看花紋似乎是虎皮；也有的看來就如一般天邑商的多眾一般，毫不起眼。這些人圍成一大圈，離中間那人總有十餘尺之遙，有的盤膝，有的跪坐，有的半臥半躺，姿勢各異。唯一相同的是他們都如木雕泥塑一般，動也不動，眼睛也都緊閉著，對中間那人的痛苦掙扎無動於衷。

子嫚看在眼中，心頭有氣，暗想：「哪來這許多冷血無情的傢伙，見到那人受傷流血、痛苦呼號，竟然全不理會，只坐在那兒如看風景一般靜靜觀賞？」

她心頭熱血上湧，便想上前幫助圈中那受傷之人。但她生性謹慎，又觀望了一陣，確定周圍沒有其他異狀，也不似有商師或其他人埋伏在蘆葦叢之中，便悄悄對熊平道：「我想救出中間那人。你率領多戍在那群人周圍遠遠圍成一圈，我帶領四個楚戍衝進去。那圈古怪的傢伙若反擊，我們便下殺手；他們若不動，我們便也不傷害他們。若他們四散逃走，你便讓他們離去。清楚了麼？」

熊平點點頭，當即轉身去向手下多戍下令。

子嫚挑了四個楚戍，輕聲吩咐，熊平一給她準備就緒的暗號，她便率領那四人一起衝向沼澤地，來到人圈之旁。

那十多人應當能聽見他們的腳步聲，卻毫無反應。子嫚鼓起勇氣，當先衝入圈中，來到那流血之人的身邊。她就近看去，才見到那人的情狀有多麼慘烈。他似乎全身都在出血，臉色蒼白如鬼，雙眼緊閉，身子縮成一團，口中如受傷瀕死的動物般呼號呻吟著，讓人聞之色變，不忍卒睹。

子嫚站在那人身前，將金戈舉在身前，望向周圍那圈人，喝道：「你們眼見這人痛苦掙扎，瀕臨死亡，卻見死不救！我現在要帶走他，你們誰想阻止的就上來！」

那群人似乎根本聽不見她的言語，仍舊坐臥在當地，毫無反應。

子嫚對四個楚戍道：「將他抱走了。」

四個楚戍大膽跨入血池，合力去扶起那人。那人仍舊掙扎呼號不斷，顯然受傷極重，虛弱已極，四人毫不費力便將他抬了起來，退出圈外。

子嫚警戒地向那圈人掃視，持戈守在身前，那些人仍舊沒有任何反應，全都閉著眼睛，似乎原本便不知道圈中有人在翻騰呼號，也不知道那人正被人抬走。

子嫚跟著四個楚戍退去，離去十多步後，忽聽身後一人說了一句話，用的是自己聽不懂的言語。

子嫚心中一跳，立即回頭望去，只見說話的是個小男孩兒，他生著一張圓臉，身穿鹿皮衣褲，模樣看來十分天真純樸。男孩兒這句話顯然並非對她而說，而是對坐在大圈的另一個人，語氣中頗有如釋重負的意味。

那圓臉男孩兒轉過頭，瞥見了子嫚，凝神向她望去，眼神深沉而老練。

子嫚微微一怔，但見其他人似乎都慢慢活了過來，有的吁出一口長氣，緩緩活動手腳，有的露出微笑，伸手擦汗，好似剛剛做完了甚麼辛苦活兒，終於可以鬆口氣，休息一下。子嫚感到極為古怪，但覺應速速離開，便保護著那傷者快步退去。

一行人率領楚師退出數里，確定沒有人追上，才停下駐紮。子嫚去探望那傷者，但見他面貌英挺俊逸，清奇出塵，十分面熟。子嫚這才想起：「是了，我認得他！他是商王大巫，大巫彀！」

她離家多年，在異鄉巧遇往年舊識，心中好生驚喜。在她印象中，大巫彀乃是地位崇高的大巫，和母斁同樣來自兕方，對母斁和自己兄妹向來盡心保護照顧。「我這回救了他的性命，應當只是巧合；他身為商王大巫，巫術自然高超非常。不知大巫彀為何會被那些人捉住，又痛加折磨？那些人又是誰，難道是大商的敵人麼？」

她心想此刻大商的敵人便是她的朋友，暗暗慶幸自己未曾輕率出手傷害他們。於是命手下替大巫彀治傷，替他換上乾淨衣衫，搭起一個簡單的帳篷，讓他睡在枯葉鋪成的床上，自己守在他的身邊。

大巫彀直昏迷了一日一夜，才幽幽醒來。

他醒過來時，睜眼見到一個英氣勃發、端麗秀美的少婦坐在身邊，頓覺十分面熟。心中一動，輕聲喚道：「子嫚？」

子嫚微微一笑，說道：「大巫彀，您還認得我！」

大巫彀又驚又喜，說道：「子嫚！真的是妳！妳長大了！」他勉強坐起身，忽然劇烈咳嗽起來，臉色無比蒼白。

子嫚趕忙阻止道：「快躺著別動！您身上的傷實在太重。若非我及時出現，只怕您就要斷氣了！」

大巫靛重新躺倒，喘了幾口氣，說道：「多謝妳出手救我。」

子嫚忍不住問道：「那些人為何蓄意折磨傷害於你？」

大巫靛搖搖頭，說道：「他們並非蓄意折磨傷害我。他們是在助我。」

子嫚滿面不可置信，說道：「助您？他們險些便要了您的命。那都是些甚麼人？」

大巫靛說道：「他們都是各方大巫。」

子嫚聞言一呆，心想自己真真膽大包天，竟然衝進一群大巫之中奪人而未曾遭受詛咒，也真是奇蹟。

大巫靛續道：「是我懇求他們幫忙，他們才願意出手相助，合力讓我成為『天巫』。過程中不免得吃點苦，受點折磨。這……這實在不算甚麼。」

子嫚搖頭道：「您的血都快流光了，只剩下一口氣，還說不算甚麼？」

大巫靛望著她不以為然的神色，只微微一笑，毫無血色的臉仍顯得俊美無比。他說道：「無論如何，還是得感謝妳出手救我。」

子嫚感受到他平靜柔和的目光，有些難以直視他那俊美得不真實的面龐，低聲道：「大巫靛不必客氣。」

大巫靛打量子嫚身上的衣著，看出是楚人戎裝，問道：「妳從南方荊楚回來了？」

子嫚點了點頭。

大巫靛伸出白皙瘦弱的一隻手，說道：「能讓我知道麼？」

子嫚略一遲疑，便伸出手，讓他握住自己的手。

大巫瞉閉上眼睛，飛快地將子嫚過去六年的經歷都看了一遍。子嫚察覺到他正掃視自己的心思和記憶，不禁一驚，想要抽回手，卻全身僵硬，無法動彈。

大巫瞉暗暗忌憚，心想：「我以為大商王族只有一個心狠手辣、不擇手段的婦好，原來還有一個子嫚！」他輕輕放開手，睜開眼睛，凝望著子嫚，眼中滿是憐憫之色，說道：「好個子嫚，苦了妳！不容易，不容易啊！」

子嫚聽他稱讚自己，臉上微微發熱，說道：「只不過是為了生存下去罷了。」

大巫瞉嘆了口氣，說道：「誰不是呢？」

子嫚忍不住問道：「大巫瞉，您剛從天邑商出來麼？」

大巫瞉搖搖頭，說道：「不，我離開天邑商已有好幾年了。」

子嫚急問：「請問我母我兄如何？」

大巫瞉睜眼望著她，靜默一陣，才緩緩說道：「天邑商變化甚大。王子曜已在五年前自請放逐，離開了天邑商，去往北境。他離開後不多久，王婦婦好便下手毒死了王后婦井，我王封了妳母婦斁為王后。王子漁已從魚婦屯回到天邑商，但他受到魚婦阿依的摧殘，變得蒼老病弱，未能受封小王之位。不久之前，王后婦斁無端暴斃，已然下葬。」

子嫚全身一震，心痛如絞，咬牙問道：「母斁怎會死去？」

大巫瞉閉上眼睛，嘆息道：「天邑商傳言，王婦婦好為了讓自己成為王后，讓自己的子成為小王，因此暗中逼死了王后婦斁。依我所知，王后婦斁原本便有心延長王子漁的壽命，在王婦婦好的威脅下，她將自己剩下的二十年壽命轉給王子漁，命終而亡。王后婦斁去世之後，婦好已受封為王后，其子地位尚有爭議，仍未受封小王，但已為王昭所承認。」

子嫚一下子得聞這種種噩耗變故，如遭雷擊，怔怔地呆在當地。她自幼年慘遭流放以來，心中始終懷著重返天邑商，回到母斁、兄漁和兄曜身邊的希望。若非有這一念希望支持著她，她也不可能撐過這許多的折磨痛苦，度過這許多的困厄難關。如今母斁死去，兄漁病重，兄曜流放多年，她一心保護母斁、與二兄團聚的願望就此幻滅。子嫚低下頭，想起慈愛的母斁已香消玉殞，自己竟未能見到她最後一面，忍不住失聲痛哭起來。

這時大巫㱿已放開了她的手，但似乎仍能讀取她的心思，神色顯得十分凝重，說道：「還有一件事妳應當知道。是關於小巫。」於是將婦好認小巫為子之事說了。

子嫚淚流滿面，直感到不可置信，怒道：「她真是瘋了！」

大巫㱿微微搖頭，說道：「她沒有瘋。小巫名子載，確實是婦好之子。當年婦井逼迫婦好親手殺死她初生之子，婦好被迫動手掐死嬰兒，但那孩子其實並沒有死。我將他藏了起來，留在大巫之宮養大，收他為徒，並將他訓練成巫。」

子嫚伸手掩口，驚詫莫名，一時說不出話來。

大巫㱿道：「我尚未返回天邑商，因此王婦婦好無法證實此事。小巫也不肯相信，曰日吵著要離開，因此王婦婦好便將他關在婦好之宮的地窖之中，也關了超過一年了。」

子嫚道：「小巫……不，子載也太無辜了。」她知道小巫和兄曜乃是好友，對小巫的印象素來甚好，即使聽聞他確實是害母仇人婦好之子，對他仍是關心不減。

大巫斅點點頭，說道：「確實如此。妳也應當知道，王婦婦好當時就是因為找到了子，才迫使王后婦斅自殺，好逼王昭立她為后。然而王昭一直不肯認子，也不肯封王婦婦好為后，婦好最後終於對王昭下手，命巫永對王施以巫術，將我王禁錮起來。」

子嫚感到一股怒火從胸口猛烈竄起，全身都被仇恨所填滿，她勉強壓抑怒火，咬牙說道：「我要殺死婦好，替母斅報仇！」

大巫斅凝望著她良久，不置可否，忽然從懷中取出一個包袱，說道：「這是我冒了極大的性命危險才取得的，我想將它交給妳。」

子嫚伸手接過了，問道：「請問大巫斅，這是甚麼？」

大巫斅道：「天藥。」

子嫚問道：「天藥是甚麼？」

大巫斅緩緩說道：「天藥是能夠讓人永保青春、長生不死的藥物。我找到了天門，走上了天道，見到了天帝。天帝教我如何成為天巫，在我成為天巫之後，又命我絕地天通。因此在不久的將來，巫者和人將再也無法與天帝神靈溝通。我從天帝手中求得天藥，為的是將它交給人間聖王，好讓聖王在絕地天通之後，永久統治天下。」

子嫚深深看著大巫豰，凝重說道：「大巫豰為何將天藥交給我？」

大巫豰嘴角露出微笑，說道：「倘若人間不再有天帝先祖保佑，妳認為由誰擔任聖王，才能讓天下太平，再無殺戮爭鬥？」

子嫚垂下目光，望向自己手中那個包袱，手掌微微顫抖。她勉強收攝心神，靜默許久，才道：「嫚需要好好想想。」

大巫豰臉上露出隱晦的大巫之笑，只道：「妳可以慢慢想。」

子嫚遲疑地道：「兄曜？他仁慈善良，最厭惡流血殺戮。由他擔任聖王，統治天下，想必不會無端出征，更不會殘殺他方之人。」

大巫豰不置可否，說道：「那也未始不可。」

子嫚又道：「還有兄漁？他只是病重，並未死去。兄漁聰明多智，文武雙全，定是一位睿智威武之王。我應當將天藥交給兄漁？」

大巫豰仍舊說道：「妳若認為王子漁將是更好的聖王，那麼將天藥交給他也未嘗不可。」

子嫚心頭一團混亂，又道：「大兄弓仁厚孝順，中兄央勇武善戰，他們都能勝任王位。」

大巫豰道：「妳提起的這幾位王子，都是十分傑出的人才。」

子嫚猛然抬起頭，甚覺不可思議，說道：「大巫豰的意思，是讓我決定將天藥交給哪一位兄？」

大巫設點點頭，說道：「正是。妳可以決定將天藥交給任何人，並不一定是大商王子。」

子嫚望著手中的天藥，吁出一口長氣，說道：「大巫設，為何您不自行去挑選一位聖王，卻將這麼重要的任務交付給我？」

大巫設神色有些哀傷，說道：「只因我身為商王大巫，偏見太深。如今我已是天巫，更不適合挑選聖王。人間的事情，還是應當由人來解決。」

子嫚不敢擔起這麼大的責任，頓時便想將天藥還給大巫設，但心中一動，手便停了下來。她沉思一陣後，默默將天藥收入懷中。

大巫設似乎並未留心，問道：「妳遇到我之前，原本打算去往何處？」

子嫚道：「我從楚地帶回了五百楚師，原本計畫埋伏在天邑商外，找機會刺殺婦井。如今婦井早已死去，我母則死於婦好之手。我想以楚師之力，除去殺死婦好，為母報仇，救出父王。」她頓了頓，續道：「待事成之後，我欲讓熊平將楚師帶回南方荊楚之地，自己獨自尋找兄曜。」

大巫設聽她坦白告知這個大膽而祕密的計畫，臉上並無驚訝之色，也無反對指責之意，只搖了搖頭，緩緩說道：「度卡族有位大巫，名叫隨風納木薩，他也正在尋找王子曜。」又道：「至於刺殺王婦婦好的意圖，我能直言——王婦婦好已被鬼影附身，妳是殺不死她的。」

子嫚睜大眼睛，問道：「鬼影附身？那是甚麼意思？」

大巫轂於是將王昭和婦好造訪鬼方、婦好擅自下令屠殺鬼方、鬼方靈師在死前施放鬼影詛咒商王王婦和大商的往事說了。

子嫚一直皺眉而聽，最後問道：「鬼影怎能進入天邑商，又怎能附在婦好身上？她不是大商王族，受到先祖的庇佑麼？」

大巫轂微微搖頭，說道：「鬼影之厲害，遠在我們的想像之上。子嫚，妳要信我。再強大的師，再隱密的埋伏，都無法傷害婦好。」

子嫚嘆了口氣，說道：「那麼我該如何處置楚地之師？讓他們全數回去南方麼？」

大巫轂沉吟道：「妳擁有的楚師，亦不應輕易放棄。天邑商左近之方，大多與商人有仇。妳可投靠其中之一，將楚師留給該方之長。」

子嫚搖頭道：「他方之人怎敢收留我們？我若留下楚師，他們立即便會被他方之人殺死。」

大巫轂閉上眼睛，思慮一陣，說道：「妳知小王子弓遭放逐之事麼？」

子嫚搖了搖頭。

大巫轂將子弓遭婦好陷害流放之事一一細說，最後道：「伊舄和子弓離開天邑商後，便去了虎方，受到虎侯的保護。虎侯憎恨王昭，對子弓和伊舄十分禮遇重視，他定會接納大商的敵人。妳若帶著楚師去投靠虎方，一來可以增加子弓對抗王婦婦好的實力，二來也將受到虎侯的歡迎和保護。」

子嫚點點頭，說道：「此番甚好，大巫𣪊，嫚依您之言行事。」她望著大巫𣪊蒼白的臉頰，低聲問道：「那麼您呢？您要回天邑商去麼？」

大巫𣪊輕輕嘆了口氣，說道：「我已達到了一心追求的目標，也離開天邑商太久，是該回去的時候了。」

子嫚說道：「您在此安心休養數日，等身子恢復完全，再回去吧。聽來婦好比王后婦井更加陰毒可怖，倘若真如您所說，她已被鬼影附身，那便更加危險。您這樣的身體，如何與她相鬥？」

大巫𣪊點了點頭，眼望虛空，重複說道：「是啊，我這樣的身體，如何與她相鬥？」

子嫚聽到巫術高強的大巫𣪊竟也會說出如此頹喪猶疑的言語，心中一緊，說道：「大巫𣪊，我陪您回去天邑商吧，嫚可以盡力助您對付婦好。」

大巫𣪊露出微笑，望向她，說道：「子嫚，多謝妳。未來將有這麼一日，我會需要妳的協助。妳的才能，妳的機智，妳的毅力，和妳的手下之師，都是極為珍貴的助力。然而我的對手是擁有強大巫術的仇恨之靈，是鬼族靈師集合全族三千多人的冤魂所凝聚出的鬼影，那不是平凡人所能夠對付的。」

子嫚皺起眉頭，說道：「鬼影的仇人，不就是婦好一人麼？最多加上父王。鬼影如今已附身在了婦好的身上，為何不直接殺死她了事？」

大巫翾嘆了口氣，說道：「事情沒有那麼簡單。鬼影不只一個。」

子嫚一驚，脫口道：「不只一個？那有多少個？」

大巫翾舉起手，望著自己修長的手指，說道：「依我所知，至少有兩個。一個附身於婦好，那應當是三年前的事。」他轉頭望向子嫚，緩緩說道：「另一個，正附在妳的身上。」

子嫚大驚失色，跳起身來，瞠目結舌良久，才終於說出一個字：「我？」

大巫翾點了點頭，凝望著她的目光清澈而專注。

子嫚吞了口口水，說道：「不可能！我清楚知道我是誰，我也認得出了您，我並未忘記任何往事。我還清楚記得母戮和二兄，怎可能會被甚麼鬼影附身？」

大巫翾道：「鬼影附身，並非由另一個神識將妳佔領，把原來的子嫚驅逐出去，讓妳忘記一切過去。妳還是妳，鬼影只不過是跟隨在妳身邊，隨時隨地默默地影響著妳，讓妳做出妳平時不會做的事。比如，即使妳心底知道王姆絕對不會也不應該答應，卻不斷要求她讓妳出師北征，那就是鬼影的主意。」

子嫚睜大了眼睛，不知該如何反應。她呆了一陣，才問道：「那我該如何是好？」

大巫翾道：「鬼影在達到目的之前，不會離開。妳身邊的鬼影，一心想殺死婦好；婦好身邊的鬼影，則一心毀滅大商王族；還有別的鬼影，則想侵略天邑商，殺死所有的商人。鬼方靈師在臨死之前投出的鬼影，力量龐大，意志堅定，絕不妥協。但是他們彼此間的意見也不同，因此各行其是，各別尋找最適當的附身之人，執行他們的任務。」

子嫚低下頭，望著自己的雙手，靜默良久，才問道：「鬼影附在我身上，有多長時候了？」

大巫穀道：「至少有六年了。依我猜想，當妳還在天邑商，去向婦井請求替王子曜換罪時，鬼影便已附在妳身上。」

子嫚乾笑起來，不敢置信地說道：「因此過去六年來，我所做的一切，都受到鬼影的驅使左右？」

大巫穀搖頭道：「也不盡然。妳本身性格強悍，鬼影只能影響妳，卻不能指使妳。在妳身上，子嫚是主，鬼影是客。當客太霸道的時候，主是可以制止它的。」

子嫚側過頭，問道：「我能將鬼影趕出去麼？」

大巫穀反問道：「妳想將它趕出去麼？」

子嫚想了想，說道：「我長久以來的心願，便是想殺婦井報仇。如今我的目標轉成了婦好，如果鬼影跟我的目標一致，願意幫助我，那我並不介意它跟在我身邊。況且，當它的目的達成時，鬼影就會消散了，是麼？」

大巫穀點了點頭。

子嫚吸了口氣，說道：「既是如此，那麼事情就很簡單了。倘若鬼影可以助我，那麼我願意跟鬼影聯手，以殺死婦好為目標。待事成之後，鬼影便須離開。大巫彀，您認為如此可行麼？」

大巫彀笑了起來，他從未見過如子嫚這般勇敢堅毅的女孩兒，知道自己受鬼影附身，不但不驚恐慌亂，甚至願意與鬼影聯手！他閉上眼睛，開始與子嫚身上的鬼影對話。

過了一陣子，大巫彀睜開眼睛，說道：「妳身上的鬼影說道，它很欣賞妳，也願意跟妳聯手。」

子嫚微微苦笑，說道：「多謝賞識。」

大巫彀又道：「它又說，它和婦好身上的鬼影目的不同；婦好身上鬼影的目的是消滅大商王族，在它成功之前，不應該殺死婦好。」

子嫚搖頭道：「我也是大商王族，婦好的鬼影若成功了，那我也會死。如今之計，還是應先除去婦好，同時除去她身上的鬼影。」

大巫彀點了點頭，說道：「既然妳決意要去天邑商刺殺婦好，那麼就將天藥還給我吧。我來想辦法交給合適的聖王。」

子嫚此時卻不肯交出天藥，只凝視著大巫彀，靜靜地道：「我不會將天藥還給您。鬼影想留下天藥。我既已決定跟它聯手，就須配合它行事。」

大巫彀臉上既無驚詫，也無失望，只點了點頭，說道：「子嫚，妳做妳該做的事，我不能阻止。我既已將天藥交了給妳，剩下的，就不是我能過問的事了。」說完閉上眼睛，神色顯得十分平靜。

子嫚原本已悄悄手扶金刀，準備抵禦大巫翦的憤怒反擊，不料大巫翦竟然毫不爭論，見她不肯交回天藥，也不再追究。子嫚忽然明白過來：「大巫翦方才是在試探我！」

她感到全身發冷，一股難言的恐懼佔據了她的心靈。她怎能如此愚蠢大膽，竟敢和大巫翦作對？她頓時醒悟：「我不顧大巫翦的勸說，堅持去天邑商刺殺婦好，又不肯歸還天藥，顯然是受了鬼影的控制。不，我不能任由鬼影驅使！鬼影要我殺婦好復仇，我不能乖乖聽它的話。我應當照大巫翦的話去做！」

想到此處，子嫚立即在大巫翦面前拜倒，顫聲道：「大巫翦，嫚錯了，請原諒我！」

大巫翦卻並未睜開眼睛，呼吸愈發緩慢低沉，似乎已經深深入眠。

子嫚繼續拜伏在地，說道：「懇請大巫翦原諒嫚！」

大巫翦仍舊閉著眼，卻微啟薄唇，輕聲說道：「子嫚，妳仇恨婦好之心，勝過妳對兄漁和兄曜的愛護之情。我原本希望妳能擇選一位聖王，盡心輔佐他一世。既然妳並無此心，我也不能強求。或許妳是對的；在除去婦好之前，任何人都沒有成為商王的可能。但是妳該知道，收拾婦好是我的責任，妳不必急著出手。」說完之後，大巫翦轉過身去，不再言語了。

子嫚靜靜地望著他的背影，心中生起一股強烈的後悔。她感到鬼影對自己的控制已逐漸增強，強到能讓自己被復仇所蒙蔽，大膽違抗大巫翦的命令。她失去了大巫翦的信任，這是何等巨大的損失！而且她隱隱感覺，這很可能是此生再也無法彌補之憾。

子嫚想起兄曜，心中不禁一痛。兄曜絕對不會做出自己方才之舉，因為一己復仇之心而背叛大巫嗀。她想起大巫嗀問自己的話：「倘若人間不再有天帝先祖保佑，妳認為由誰擔任聖王，才能讓天下太平，再無殺戮爭鬥？」

子嫚陷入一片迷惘。大巫嗀命她尋找選擇最適合永遠統治天下的聖王，將天藥交給他。她滿心惶恐疑惑，喃喃自問：「我究竟該怎麼做才是？」

第六十章　擇王

次日，子嫚便告別大巫嗀，帶著熊平和五百楚師往東南方行去。不一日，子嫚來到虎方，讓人通報虎侯，表明大商王女子嫚率領五百精銳楚師，意欲投靠大商王子子弓。

伊鳧聽聞之後，簡直不敢相信先祖會將如此巨大的好運送到他們手中，立即和子弓一起去見子嫚。

兩人見到子嫚，卻完全認不出她。子嫚離開天邑商時，只是個十二歲的小女孩兒，子弓和伊鳧只記得她頗為清秀出色；此時見到的子嫚卻是個亭亭玉立的少婦，美貌英武，氣度恢宏，已是個手擁精銳之師的大師長。

子嫚拜見了子弓，又對伊鳧點頭為禮，說道：「當年婦井將我放逐荊楚，因緣際會之下，嫚輔佐荊楚王婦成為荊楚女王，掌制楚方之師。我率師北上，正是為了殺死婦井報仇。日前我巧遇大巫嗀，方得知婦井已死，婦好又害死我母，並以巫術禁錮父王，因此我決心攻打天邑商，除去婦好。大巫嗀勸我可率領楚師來此投靠大兄弓，獻五百楚師供大兄驅使。」

伊鳧確知她的意圖之後，心中狂喜不已，暗想：「託先祖護祐，這是大巫嗀送給我們最重大的禮物！」說道：「子嫚，妳來得正是時候。婦好亂政，逼迫王昭封她為后，還強認小巫為子，隻手遮天，翻雲覆雨，人人敢怒而不敢言。我等正打算進攻天邑商，討伐婦好，擁護王昭重新掌政！」

子嫚點點頭，說道：「我手下五百楚師，皆為楚方最精銳之戍，其中更有一百馬師，由楚人熊平統領，一應供大兄弓指揮。」

伊鳧微微一怔，問道：「妳是楚師之首，卻不留下麼？」

子嫚道：「大巫觳另有要事讓我去辦，我需遵奉大巫觳之命。」

伊鳧微微皺眉，心想：「子嫚的兩個兄長都還在世，大巫觳定是讓她去救治病重的子漁，或是去找回流落他方的子曜。大巫觳和子嫚二人，自然會支持婦斁之子當上小王。然而，子弓若成功攻入天邑商，殺死婦好，解救王昭，王昭定會重新立他為小王。子漁、子曜的事以後再擔心不遲。如今子嫚並不隨師攻城，對我等來說或許並非壞事。」於是並不再多說，只道：「多謝嫚！有熊平統領楚師，想已足夠。子弓、伊鳧衷心感謝嫚對我等的信任，願意將手下之師交給子弓，協力討伐婦好。」

子嫚是何等精明之人，早已看透伊鳧的心思，微微皺眉。她轉頭望向子弓，眼光清澈，說道：「大兄弓，我知道你是正直之人，對父王至孝至忠，因此嫚願意將手下之師交給你。我要殺死婦好，乃是為母報仇。希望大兄弓能夠成功攻入天邑商，代我報仇。至於大兄弓是否再次受封小王，只要父王在世，一切當由父王決定，我和兄漁、兄曜並無爭奪之心。」

子弓和伊鳧一齊點頭，子弓道：「多謝妹嫚信任。」伊鳧則道：「我等定當不負所託，盡力除去妖婦婦好。」

子嫚向二人拜謝，心想：「大兄弓仁慈善良，卻缺乏果斷；伊鳧精明多計，卻殊無真誠。我專程送五百楚師給大兄弓，伊鳧卻只想著如何替大兄弓爭取小王之位，對我暗懷疑忌。若有機會，他仍舊會試圖殺死我兄妹三人。任用這樣的人擔任輔佐，大兄弓若掌治天下，絕不可能使天下太平。況且，等到伊鳧老死以後，又有誰要來左右大兄弓了呢？」

她心意已定，便不再多言，逕自離開，去與熊平道別。

之前她已與熊平詳談過往後的行止，熊平雖不願讓她孤身離去，卻無法跟她爭辯，只能含淚相送。於是子嫚帶上金戈弓箭，孤身離開了虎方，去往告方。

子弓和伊鳧送走子嫚之後，便一起去見虎侯，告知子嫚帶了五百荊楚師到來，願借與子弓進師天邑商，討伐婦好等情。

虎侯聽了，不禁大為吃驚，沉吟道：「聽來子嫚是個年紀輕輕的王女，竟有這等能耐！兩位信她麼？」

子弓點頭道：「婦好害死了子嫚之母婦斁，她與婦好仇深似海，一心想殺死婦好，那是絕對可信的。」

虎侯說道：「如今有了師眾，兩位便不需要依賴虎方而居了，接下來有何打算？」

子弓和伊梟對望一眼，子弓吸了一口氣，說道：「不瞞虎侯，弓對虎侯收留保護之恩滿懷感激，畢生難報。弓願迎取令女，與虎方結親，並邀虎方與我聯手攻打天邑商！」

虎侯早知道子弓會請求自己出師相助，但聽他竟提出迎取虎女，甚感震驚。他沉吟許久，才道：「我女並非人類，而是半人半虎，兩位想必知曉。」

子弓點了點頭，說道：「弓已知曉，全不介意。」

虎侯又道：「她雖有人的心智，但也有虎的野性，難以駕馭。況且我虎方嚴守一夫一妻，子弓倘若取了我女為婦，往後便不能再取其他的婦了。」

子弓神色嚴肅，說道：「弓明白虎方的規矩，願意謹慎遵守。」

虎侯嘆了口氣，說道：「而且……而且我懷疑她並不能生兒育女。她若成為你唯一的婦，將來你登基成為商王，她很可能無法替大商王族傳承血脈。」

子弓說道：「這都不打緊，我仍會一生一世盡心善待於她。我有多位王弟，自能替王族傳宗接代。此事虎侯不必擔心。」

伊梟心中大大不以為然，暗想：「就算虎女成為王婦，婦鼠乃是子弓元婦，理應立婦鼠為王后。再說，婦鼠的二個子子辟和子雍雖非子弓親子，但此事王室並不確知，二子仍有繼承王位的資格，何須傳位給王弟？」但想此刻不宜多說，便沉默不語。

虎侯靜了一陣，才道：「你提出迎取我女之議，目的便是希望我同意出師助你攻打天邑商，是麼？」

子弓搖頭道：「不。我與令女相識已有一段時日，感情融洽，對她戀戀不捨，念及我就將出征天邑商，不願兩人分離，因此才斗膽向虎侯提出迎取虎女之求。虎侯倘若願意和我一起出師，弓自是感激不盡；倘若不願，我仍一心迎取令女。」

虎侯聽他說得好聽，嘿了一聲，忍不住橫了伊鳧一眼，心想：「想必又是這隻瘦鳥出的計策！」

他自然不願就此應允，那便如同將虎女送給了大商王族做為人質，自己還得出師幫助子弓攻打天邑商；事成了自然很好，子弓將成為下任的商王，而虎女也將成為大商王婦。然而倘若子弓不遵守諾言，如願當上商王後便立即捨棄、殺害了虎女呢？

虎侯心中籌思：「王子弓雖忠實正直，但伊鳧那人卻非如此，為了達到目的，完全可以不擇手段。我可不能將自己的未來和虎女押在子弓的孤注一擲之上！然而，我要是不答應他，那便斷絕了與未來商王成為盟友的大好機會。子弓便有可能記恨在心，哪一天他若真的坐上了商王之位，必將對虎方不利。」

虎侯思慮一陣，抬起頭，說道：「婚取事大，我須先與我女商量。出師之事，我則需與多臣詳細討論。還請兩位容我思慮妥善之後，再做答覆。」

伊鳧看出他心中猶疑，於是站起身，對著虎侯跪倒，神色嚴肅，說道：「請虎侯明鑒，迎取令女之議，全出自子弓之意，伊鳧其實是不贊同的。我大商王族之子，向來遵守祖宗遺制，尊重元婦，並廣取方族之婦。虎方中人一夫一妻之制，與我大商規矩並不相符。然而子弓堅持要對虎侯提出婚事，我也只能依他之意行事。」

虎侯皺起眉頭，對子弓道：「王子弓，你如此看重我女，究竟為何？」

子弓行禮說道：「啟稟虎侯，令女乃是女中豪傑，令子弓心折無已。弓對她情義深厚，不願割捨。況且，令女聰穎率直，若有這樣一位王婦在我身邊輔佐，定能助子弓兢兢業業，克盡本分，善待大商子民，開創大商盛世。」

虎侯仍舊懷疑地望著他，忍不住道：「我女半人半獸，怎麼說得上是女中豪傑，聰穎率直？」

子弓道：「虎侯不應以外表評判令女。令女確實有過人之能，令子弓深感敬慕欽佩。虎侯若首肯讓令女下嫁於我，子弓一輩子不會忘記虎侯的恩德。」

虎侯仍舊不敢相信，暗想：「這個年輕人離開天邑商太久，怕是腦子壞了。他怎會對我女如此傾慕？莫非我女對他施了甚麼咒術，下了甚麼迷藥？」

他低頭望向子弓，見這大商小王長得一表人才，性情正直，實在難以想像他會對虎女如此傾心。虎侯直覺感到事情不對勁，心想：「我得好好問問虎女，再做決斷。」當下繼續推辭，說道：「此事須與我女商量之後，方能定奪。兩位請暫且回去歇息，等候回音。」

子弓和伊鳥無奈，只能告辭離去。

虎侯的王婦很早便去世，他謹守虎方一夫一妻之制，始終未曾再取。這時他立即讓人將虎女找了來，劈頭便問：「妳對那大商王子做了甚麼？」

虎女瞪著一雙黃色的眼睛，咧嘴而笑，形貌顯得極為詭異。她冷冷地道：「父王，你不相信子弓對我有任何情意，是麼？你不相信這世間有任何男子會想取我為婦，是麼？」

虎侯望向她那張半人半虎的臉，不自由主反感地皺起眉頭，說道：「妳究竟對他施了甚麼咒法，才讓他對妳如此死心塌地？」

虎女砸砸嘴，說道：「子弓是商人，商人都外表正直，內心古怪，這父王應當清楚得很。子弓就是一個如此古怪的人。他自己找上我，我並未拒絕；他要取我為婦，我也不會拒絕。他將來當上了商王，那我就成為大商王婦了，這不是很好麼？」語氣中滿是譏誚之意，說完更嘎嘎大笑起來。

虎侯面對著古怪莫名的親女，一時不知該說甚麼，不禁好生後悔：「我當時若是狠下心，早早結束了她的性命，也不會陷入今日的境地！」

他雖關心虎女，但對她始終懷著幾分疑忌和隔閡，深信子弓絕不可能真心想取她為婦，只不過打算利用她逼迫自己出師，相助攻打天邑商。子弓絕不可能讓虎女正式當上大商王婦，招惹天下人恥笑。

虎侯想到此處，不得不做出決定：「為了免除她的痛苦和我的掙扎，我必得拒絕這門婚事，將她送去遠方。至於是否出師相助，另行考慮決定便是。」他打定主意，便對身後的親戌示意，要他們上前擒拿虎女。

虎女似乎早已預料到虎侯會這麼做，任由虎戌捉住自己，並不掙扎反抗，臉上仍舊帶著奇異的笑容，說道：「父王，你早早就該殺了我。如今我勸你立即將我處死，否則你日後定會後悔！」

虎侯皺眉道：「我當然不會殺妳。妳母只生了一子一女，妳兄已死，妳母只剩下妳一女了。我怎能殺妳？」

虎女冷笑道：「你不殺我，莫非想關我一輩子？你是關不住我的。」

虎侯搖頭道：「我知道關不住妳。」他走上一步，從懷中取出一個小瓶子，拔開瓶塞，對虎女說道：「這是能讓妳長久昏睡的藥物。喝下之後，若無解藥，妳可以昏睡十年都不醒來。」

虎女臉色一變。

虎侯嘆了口氣，說道：「我不願讓妳捲入此事。當此關頭，妳還是避開得好。出不出師，子弓攻打天邑商結果如何，都與妳無關。我命他們將妳祕密送去西邊的盧方，讓妳投靠盧侯。妳母之姊乃是盧侯侯婦，她會照看妳的。」

虎侯頓了頓，又道：「事情倘若成了，子弓登上商王之位，我便立即讓妳服解藥醒來。到時妳便可以看清子弓此人，明白他對妳是否有半分真心。倘若他背棄諾言，不願意取妳，虎方依然會繼續臣服於大商，但我定會設法暗中為妳報復仇。」

虎女滿面自信，說道：「他一定願意取我。」

虎侯嘆了口氣，說道：「那是最好。」

虎女高聲道：「我知道他一定會取我，也知道他一定能成為商王。你不必給我喝甚麼毒藥！」

虎侯搖頭道：「這不是毒藥，這是蘇摩酒。妳不會死去，只會昏睡一段時日。虎女，為父這麼做，是為了護妳周全！」

虎女高聲怒吼，奮力掙扎，但身後兩名高壯的虎戍緊緊抓住了她的手臂，令她無法掙脫。虎侯又靠近一步，將那小瓶子放在她口邊，一手一捏住她的下頦，硬是將那瓶蘇摩酒灌入她的口中。虎女幾次想要吐出，但是口部被虎侯捏住，不得不嚥下了蘇摩酒。

虎侯退後幾步，凝望著虎女，神色憂傷沉重。

虎女睜著一雙虎眼瞪向他，眼神中滿是憤恨，冷冷地道：「我絕不會原諒你！」

虎侯搖搖頭，說道：「我這麼做是為了保護妳。我不能讓妳和子弓牽扯在一起。唯有如此，才對得起妳死去的母。」頓了頓，又道：「等妳醒來時，我或許已不在人世了。虎女，盼妳好自為之。」

虎侯話聲方落，虎女雙眼翻白，委頓在地，昏暈了過去。

虎侯命親戍道：「將她抬入地窖，嚴密看守。」又道：「我將告知王子弓，虎女得知他的求婚之意，嚴峻拒絕，憤怒之下，離宮而去。你們都親眼見到她大發脾氣，衝出王宮，知道了麼？」

親戍齊聲答應。

虎侯揮手道：「你們去吧！」

虎侯獨自坐在王宮之中，思慮自己的下一步。他的獨子已死，獨女也被自己逼著服下蘇摩酒，陷入昏迷。他已做好種種安排，確保虎女平安，再無後顧之憂。虎方效忠大商已有數十年，與告方一起擔任大商在東方和南方的屏障，並曾多次與侯告一同派師跟隨商王出征，對大商忠心耿耿，勞苦功高。然而商王對他卻始終懷有防範之心，數年前王子央又在井方誤殺他的獨子，企圖掩蓋；幾經周折，虎侯才終於得回獨子的遺體，能夠將他安葬。

如今，親手殺害獨子的禍首子央率領商師突襲告方，殺死了侯告，佔領了告方領土，稱霸一方；而遭逐的大商前小王子弓則手擁五百楚師，準備進攻天邑商，除去王婦婦好，重新奪回小王之位。

虎侯知道自己就算不想捲入這場爭戰，也已無法置身事外。他必須加入爭戰，伺機殺死殺死仇人王昭和子央。他猜想自己多半無法活著回到虎方，然而自己一死，又未能留下子嗣，虎方就等同滅亡了。莫非真是天命所致，無法逆轉？

虎侯吸了一口氣，大步走出王宮，去見子弓。

子弓見他回來，滿面期待之色。虎侯卻嘆了口氣，說道：「我告知虎女你的求婚之意，她十分不快，大發脾氣，逕自衝出王宮去了。我派人去找她回來，卻無論如何也找不到人，想是躲在王宮內的樹林之中。」

子弓和伊鳧互望一眼，都感到此話之不可信。然而子弓知道自己身處虎方地盤，不可能自行搜索王宮、尋找虎女，也只無可奈何。

伊鳧原本便不贊成子弓迎取虎女，心下暗暗又高興又擔憂：「看來虎侯已決定不出師相助我們了，才拒絕這門婚事，並把虎女藏了起來。」

不料虎侯接著便道：「我已決定傾虎方之力，助你攻打天邑商。」

伊鳧聞言又驚又喜。子弓則向虎侯拜下，朗聲道：「子弓拜謝虎侯鼎力相助之恩！」

虎侯道：「不必道謝。我只想一報殺子之仇，事成也好，不成也罷，我都不要任何報酬封賞。」

子弓說道：「虎侯在弓危難之際收留，五年來給予衣食保護，這是第一大恩；首肯隨我征討天邑商，這是第二大恩；願意考慮將令女許配予我，更是第三大恩。子弓若不報答這三大恩，豈不枉為人？」

虎侯擺手不答，三人於是坐下商討戰略。

伊鳧早已想好攻打天邑商的策略，當即攤開天邑商的輿圖，向子弓和虎侯說出自己的計策。他已起草了一份「伐妖后婦好召」，列出婦好亂政的三大罪狀：「專擅王事、無子爭后、抑王奪權」，命多戍四處宣揚，鼓動天邑商王族和多眾群起反抗婦好，護衛王昭。

虎侯和子弓等商討過後，依照伊鳧的計畫，由虎侯率領一萬虎師，子弓率領熊平的五百楚戍多馬，聯合出師，開往天邑商；同一時候，伊鳧四出煽動呼籲多方，包括對王昭忠心耿耿的王族之侯和一些效忠於王昭的多方之伯，如亩方、沚方、望方等，鼓動他們追隨子弓，起兵征伐妖后婦好。

然而真正的主力，仍是虎侯之師；而主師打出的旗幟，則是前小王子弓的「弓」字。眾人皆知子弓仁善孝順，不可能意圖弒父，盡皆心想他當年是受了冤枉，才被剝奪小王之位。而冤枉子弓、害他遭到放逐，最後又掌制天邑商並身登王后之位的，正是當今王后婦好。倘若子弓起義成功，那麼未來定能當上商王，今日支持他掃除妖孽婦好的王族多侯、各方之伯，便能得到未來商王的全心信任和感激。

子嫚離開虎方後，來到了告方，求見新任告侯王子央。

子央仍記著子嫚當年夜夜偷赴地囚為自己送酒食的恩情，聽說她到來，立即帶著侯婦婦嬋和三個子女親自出迎，並在告方最大的殿堂設宴接待。

子嫚獨自而來，大步走入告方殿堂，氣度不輸給任何一位王子或師長。子央望著她高䠷的身形，俏美的容顏，也不禁暗暗驚訝：「子嫚年幼之時，我從未對她多加留意，原來她竟是如此出色的一位王女！」他在地囚中時，只聽見子嫚的聲音，從未見到她的容貌；

出囚之時，子嫚已被婦井流放去荊楚，因此子央對子嫚的樣貌毫無印象。

子央首先對子嫚行禮，拜謝往年救濟之恩。

子嫚道：「中兄不必客氣。起初我只是為了不讓兄曜挨餓受凍，後來得知中兄也在囚中，自然也一併照顧中兄了。中兄在囚中對兄曜好生關懷，子嫚衷心感激。」

她問起子央的經歷，子央大致說了，最後道：「婦好一直很忌憚子弓，生怕父王會召他回天邑商擔任小王，因此派我率萬人之師攻打虎方，試圖殺死子弓。我便趁此機會，率王師攻佔告方，殺死侯告，自任告侯。」

子嫚頗感驚訝，說道：「告方處於高地，西北又有微河天險，攻佔告方可不容易！」

子央有些赧然，「不瞞妳說，我以放過子弓做為條件，要求伊鼂來此助我。攻佔告方原本便是伊鼂替我出的主意，攻城之時，伊鼂也是我最大的輔佐。」

子嫚微微點頭，心想：「伊鼂想必知道中兄心繫婦嬋，也知道婦嬋人在告方，因此替中兄出此計謀，確是切中要點。」望向坐在一旁的婦嬋和三個年幼子女，微笑道：「如今中兄得與心上人相聚，又取婦嬋為侯婦，日子想必美滿得緊。」

子央顯得志得意滿，哈哈大笑起來，說道：「可不是！」又壓低聲音，說道：「那三個並不是我的子女，而是老侯告的子女。我當時殺死侯告後，便想一了百了，打算將這三個子女全都斬草除根。但是伊鼂勸我千萬不可，說我若殺了他們，婦嬋必將傷心痛苦，對我暗生怨恨。我聽從了他的建議，饒了他們不殺，還對他們頗為照顧。婦嬋為此感激萬分，對我千依百順。」

子嫚暗暗點頭，心想：「伊㒵之多計，正好補足中兄的魯莽和缺乏智謀。伊㒵能勸中兄不殺婦嫥子女，也算有些仁心。」

子央問起子嫚的經歷。子嫚告知自己被流放至荊楚王寨、受婦姰收留、扶持王姰成為荊楚女王、身任楚師大師長的過往；又說了與王姰決裂、帶著五百楚師北來、意圖報仇等情。最後說道：「我剛剛造訪虎方，將五百楚師交給了大兄弓，讓他率師討伐婦好，拯救父王。請問中兄，願意出師相助大兄麼？」

子央立即搖頭，說道：「我若出師相助，只不過是替子弓奪取王位，對我有甚麼好處？任何能幫助子弓的事情，我都不幹！」

子嫚道：「往年王后婦井百般欺凌我兄妹三人，乃是中兄親眼所見。如今婦井已死，但我們受過的苦痛卻並未磨滅。若我能夠放下嫌隙，為了營救父王而出借楚師給大兄弓，中兄又為何不能盡釋前嫌，以拯救父王為先？」

子央沉吟一陣，仍舊搖頭，說道：「我好不容易脫離了婦好的掌握，在告方落地生根，重頭開始，與婦嫥成婚，過著逍遙自在的生活，實在無心再次捲入王位爭奪之中。婦好凶殘嗜血，能夠下手燒死寧亘之子子晙，殺光寧亘全族，毒死師般，驅逐傅說，她那個尋回來的未死之子又是個巫者，我可不想跟他們作對！」

子嫚道：「她尋回的子，便是兄曜的好友小巫。小巫並非險惡之人，我不信他會幫助婦好。」

子央點頭道：「不錯。我聽子曜說起過小巫，這人甚有情義，護他良多。」想起子曜，他心中一動，說道：「子嫚，我堅決反對子弓擔任小王，不只因為我和他長久以來仇恨心結甚深，也是為了自保——我知道他一回復小王地位，手握雄師，便會想盡辦法除掉我。不如這樣，如果此番出師天邑商，成功剷除婦好，父王同意不立子弓，改立子曜為小王，那麼我便全力支持。」

子嫚不禁一怔，她全沒想到子央竟會提出此議，想了想，問道：「那麼兄漁呢？倘若兄漁恢復健康，父王屬意兄漁擔任小王，中兄又有何想法？」

子央抿著嘴唇，想了一陣，才道：「那也可以。只要子漁不存心除掉我，子曜子漁我都能接受。」

子嫚點頭道：「好！那就一言為定，我定將以中兄之言說服父王。大兄弓已定於丙午日進攻天邑商，盼中兄一齊出師，除去婦好，救我大商。」

子央和子嫚各自伸出手掌，雙掌互擊，以示信守誓約。

數日後的清晨，子嫚假扮成一個老婦，潛入天邑商，鑽過童年時常用的牆洞，回到自幼生長的婦斁之宮。她眼見宮牆破敗，園中雜草叢生，宮中空無一人，心頭不禁升起一股深切的蒼涼悲哀。身為王女，自幼的生活雖說不上錦衣玉食，但至少衣食無憂，比一般多眾好上許多。如今母死兄病，父王遭到王后婦好箝制，她孤身回到老家，只覺得物換星移，人事全非。十二歲離家前的種種童年記憶，已全數被埋沒在荒煙蔓草之中了。

子嫚悄悄來到母戮的寢室，但見寢室空曠而森幽，仍舊飄散著淡淡的藥味。她想起母戮在此死去，當時只有重病的兄漁在旁，自己和兄曜都遠在他方，母戮心中想必十分掛念不捨，忍不住撲倒在地，痛哭出聲。

她忽然聽見身後傳來腳步聲，一驚起身，回頭只見一個白髮老人站在門口。

子嫚拔出金刀，喝問：「誰？」

老人顫巍巍地走上幾步，老淚縱橫，說道：「嫚！我是兄漁啊。」

子嫚望向這老人，一時震驚得說不出話來。她印象中的兄漁清秀俊朗，怎地六年不見，竟然變成了個老頭子！她感到難以置信，然而這老人的面目確實和兄漁頗為相像，忍不住道：「你……你怎會變成如此？」

子漁坐了下來，緩緩說出自己在魚婦屯的慘酷經歷。子嫚聽說他竟得替魚婦阿依生子，生產過程驚心動魄，血腥無比，不禁心痛如絞，握著兄漁的手，說道：「兄漁！你受苦了！」

子漁長嘆道：「受苦的不是我，而是母戮啊！她一直盡心照顧著我，以各種方法保住我的性命。最後……最後甚至自願給了我餘下的壽命！」說到此處，不禁哽咽得再也說不下去。

子嫚忙問道：「兄漁，母斁死時，只有你在她身邊。她究竟是怎麼死的？」

子漁於是告訴子嫚婦好認定小巫乃是她當年未死之子，準備下手害死母斁；母斁知道逃不過一死，決意將餘下的壽命轉移給自己等情。最後他嘆息道：「母斁臨死之前，最心痛的便是無法替我挽回青春。她去世之前告訴我，大巫穀離開天邑商，就是為了幫我尋找天藥，我服下天藥之後，便能立即回復青春了。」

子嫚聞言，心中猛地一跳：「兄漁竟知道天藥之事！莫非大巫穀尋找天藥，真是為了讓兄漁回復青春？」又想：「大巫穀若有此意，應當會明白告訴我，而不只是將天藥交給我，讓我去交給能夠維繫天下和平的聖王。」於是當下並不出聲。

子漁又道：「當我回復青春之後，便能受封為小王。嫚！當我成為小王之後，就能保護妳和曜，不讓你們受到任何欺侮，達成母斁的心願了！」

子嫚望著兄漁衰老悲慘的模樣，心中不停掙扎。她想著母斁的遺言，真想就此取出天藥，讓敬愛的兄漁服下，讓兄漁恢復青春，爭取小王之位，萬世統治天下，以慰母斁在天之靈……

子漁看著子嫚的神色，充滿期待地望著她，問道：「嫚！妳見到大巫穀了麼？他已將天藥交給了妳，讓妳帶來給我，是麼？」

然而子嫚望著兄漁的言語神態，心頭忽然感到一陣不安，暗自動念：「兄漁還是老樣子。」她自幼和兄漁一起長大，兄漁不但俊朗聰明、文武雙全，而且對母斁恭敬孝順，對弟妹更是極為愛護照顧，因此她對兄漁素來親近敬愛，幾近崇拜。然而在經歷過荊楚的血腥鬥爭、生存磨練之後，她此刻已能看清兄漁是個心中只有自己的人。即使他深愛母斁和弟妹，然而為了活下去，他可以接受母斁轉移給他的壽命；為了成為小王，他可以不擇手段；為了得到天藥，他可以利用親妹的憐憫愛兄之心。

子嫚硬起心腸，搖頭道：「我並未見到大巫彀。」

聞言，子漁衰老的臉龐似乎陡然更加衰弱了數年。他長嘆一聲，說道：「嫚，妳不必瞞我。我知道妳手上有天藥，妳回到天邑商找我，正是為此而來。如今我老邁衰弱，因此妳便不喜兄漁了，想將天藥交給子曜，是麼？妳和子曜是同胞而生，自幼便親近無比。妳喜愛他，更勝於妳喜愛自己。我明白妳的心思，並不怪妳。但是我還是要告訴妳，子曜太過仁善軟弱，不可能成為一個稱職的王。」

子嫚微微搖頭，說道：「兄漁，你不必對嫚說這些話。我已不是當年的嫚了，不會因為你的幾句話便感到慚愧內疚。我希望你恢復青春，希望你得償所願，然而我也有我的考量。」

子漁見她神態竟如此堅決，不禁一怔，一時無語。

子嫚站起身，說道：「兄漁請多保重。不久之後，我將率師回到天邑商，討伐婦好，為母斁報仇。到時再見吧！」說完便轉身走出婦斁的寢宮。

子漁望著她的背影，緊咬牙根，緊握雙拳。自己離天藥如此之近，卻又如此遙不可及！他太過了解子嫚，知道自己絕對無法從她手中強奪天藥。但他不會放棄，他會善加利用子嫚的弱點，讓她不得不將天藥乖乖奉上。

而子嫚獨自悄悄離開了婦斆之宮，離開了天邑商。如今她已見過了大兄弓、中兄央和兄漁三人，她清楚知道自己必須繼續下一步：她必須找到兄曜。

子嫚懷中攜著天藥，站在天邑商城門之外，放眼望向晨曦中無邊無際的王田，天地一片遼闊茫茫，她口中輕輕說道：「兄曜，你人在何方？」

（巫王志·前篇完，敬請期待後續故事）

人物列表

商方：以天邑商（殷）為都，自居天下共主的大方，懂得冶煉吉金（青銅）鑄造器物。

王族

王昭：商朝第二十二位王，即後世所知之商王「武丁」，《詩經》中的「殷武」

婦井：王昭之后，來自井方，位於天邑商西北近郊

婦斁：王昭之婦，來自西南昆侖山腳的兕方

婦好：王昭之婦，出身商人王族遠親

子弓：王昭與婦井之大子（長子），為王昭之小王（太子之意）

子央：王昭與婦井之中子（次子），王親戍長

子商：王昭與婦井之小子（幼子），封於商方

子漁：王昭與婦斁之大子

子曜：王昭與婦斁之小子

子嫚：王昭與婦斁之女
子妥：王昭與婦好之大女
子媚：王昭與婦好之小女
子桑：王昭小示（戍出）之子
子辟：子弓與婦鼠之大子，王昭大示（嫡系）大孫
子雍：子弓與婦鼠之小子，王昭大示小孫
侯雀：王昭同母弟，王昭三卿之一

多臣

老臣樸：牽小臣，商王牛車隊出門徵貢貿易時負責替商王監視；亦為服侍婦斁之老臣
牛小臣直：替商王管理牛家（養牛場）的牛小臣
朱婢：巴人，婦斁的近身侍婢
師般：王昭之師，右學之長，師般婦為王昭之姊，王昭三卿之一
師貯：左學之長，並非王族，為師般收養的孤兒
傅說：王昭流放時在傅方尋得之能臣，王昭三卿之一
子治：天邑商最高明的吉金（青銅）鑄工，吉金工坊之長

伊鳧：大商開邦功臣伊尹的後代，小王子弖密友兼輔佐

多巫：效忠於大商的巫者

巫嗀：商王大巫，和婦斀一起來自西南兕方

巫箙：巫術低淺的商人之巫

小祝：女，大巫侍者兼助手

小巫：孤兒，大巫之徒

巫爭：商王多巫之一，來自爭方

巫亘：商王多巫之一，來自亘方

巫永：來自土方的黑暗之巫，王婦婦好的親信

巫后：前任商王大巫

巫迍：先王虎甲在世時之商王大巫

雀方：天邑商以東的方國，物產豐饒

侯雀：王昭之弟，王昭三卿之一，王昭流放時曾有恩於王昭，王昭即位後封於雀

雀女：侯雀大示之女，亞禽之元婦（正妻）

禽方：天邑商以東的方國

亞禽：王昭自幼培養的軍事人才，繼承其父亞禽之位，雀女之夫

鼠方：位於天邑商西北近郊之小方，與井方比鄰，世代通婚

鼠侯：鼠方之長，王昭親信輔臣

鼠充：鼠侯大子

婦鼠：鼠侯之女，小王子弓元婦（正妻），子辟、子雍之母

犬方：位於天邑商之西的方國

犬侯：犬方之長，王后婦井的親信

犬侯子：犬侯之子

畫方：位於天邑商以西之小方

子畫：王族遠親，王后婦井的親信

甫方：位於天邑商以西之小方

甫：王昭之臣，王后婦井的親信

虎方：位於天邑商東南方的強大方國

虎侯：虎方之長

虎子：虎侯之子，羌伯女姜之未婚夫

虎女：虎侯之女

盧方：位於虎方以西的方國，虎侯婦之姊為盧侯的侯婦

羌方：位於天邑商西北方的方國，地域廣大，牧羊維生，信仰天神阿爸和饕餮神

羌伯：羌方之長

姜：羌伯之女，亦為羌方釋比（大巫），虎侯子之未婚婦

鬼方：位於天邑商和羌方之間的方國

鬼伯：鬼方之長

鬼方靈師：鬼方大巫，天下多巫之中年齡最長，法力也最強大的一位巫者。自幼雙目失明，但擁有能夠看透世間萬事萬物的第三隻眼，更能往來冥界，將死者從冥界帶回人間

荊楚：位於長江流域的南方古國，有淵遠流長的文化和傳說，重巫崇鬼

荊楚老王：荊楚之王

婦娒：商人，荊楚王第十五個婦

大王子：荊楚老王病重時，被二王子和三王子聯手殺死

二王子：殺死其兄後自稱小王，被老王趕出荊楚王寨

三王子：殺死大兄後，二兄稱小王，一氣出走，後聯合濮方侵略荊楚王寨

熊強：荊楚老王和婦娒之獨子

熊鸞：荊楚王族，象師之長

熊駿：荊楚王族，馬師之長

熊平：荊楚王族，屬馬師，子嫚情人

熊高：荊楚王族，婦娒情人

大巫：荊楚老王之妹，荊楚大巫

度卡族：位於北境冰原之上，馴鹿維生的方族

隨風納木薩：度卡族薩滿（大巫）

鷹方：位於北方之族，族人能變身為鳥，王宮位於鷹絕崖上

鷹王兼鷹方喀目（大巫）：一百年前失蹤，從此鷹族王位空懸，亦無大巫

鷹方老者：鷹方王子伏霜的手下

伏霜：鷹方王子，鷹王弟之獨子

海族：生存於大海上的方族，族人都是海中生物變身而成

海王：海族之長

龍方：不死的方族，族人能變身成龍

龍王：龍方之長

霳：龍王之子

瓏：龍王之女

其他

巫彭：居於昆侖山的老巫，婦斁之父，曾助王昭登上商王之位

御龍族：一群來自不同方族的大巫，聚集在一起發明各種邪異強大的巫術，其中之一是對付龍的巫術，能夠迷惑龍，讓龍甘願供他們駕馭乘坐，再也不能變身為人，同時失去了言語和心智，一世再也無法脫離御龍族的控制

巫王志・卷三

作　　者／鄭丰
企劃選書人／王雪莉
責 任 編 輯／王雪莉
業 務 主 任／范光杰
行 銷 企 劃／周丹蘋
行銷業務經理／李振東
副 總 編 輯／王雪莉
發　行　人／何飛鵬
法 律 顧 問／台英國際商務法律事務所　羅明通律師
出版／奇幻基地出版
城邦文化事業股份有限公司
台北市 104 民生東路二段 141 號 8 樓
電話：(02)25007008　傳真：(02)25027676
網址：www.ffoundation.com.tw
e-mail：ffoundation@cite.com.tw
發行／英屬蓋曼群島商家庭傳媒股份有限公司城邦分公司
台北市 104 民生東路二段 141 號 11 樓
書虫客服服務專線：(02)25007718・(02)25007719
24 小時傳真服務：(02)25170999・(02)25001991
服務時間：週一至週五09:30-12:00・13:30-17:00
郵撥帳號：19863813　戶名：書虫股份有限公司
讀者服務信箱 E-mail：service@readingclub.com.tw
歡迎光臨城邦讀書花園 網址：www.cite.com.tw
香港發行所／城邦（香港）出版集團有限公司
香港灣仔駱克道 193 號東超商業中心 1 樓
電話：(852) 2508-6231 傳真：(852) 2578-9337
e-mail : hkcite@biznetvigator.com
馬新發行所／城邦（馬新）出版集團
【Cite (M) Sdn Bhd】
41, Jalan Radin Anum, Bandar Baru Sri Petaling,
57000 Kuala Lumpur, Malaysia.
Tel: (603) 90578822　Fax:(603) 90576622
email:cite@cite.com.my

封面設計／陳文德
排　　版／極翔企業有限公司
印　　刷／高典印刷有限公司
■2017 年（民 106）8 月 1 日初版一刷
■2023 年（民 112）12 月 22 日初版12.5刷

售價／320元

國家圖書館出版品預行編目資料

巫王志 / 鄭丰著. -- 初版. -- 臺北市：奇幻基地,城邦文化出版：家庭傳媒城邦分公司發行,（民106.08）
冊；公分

ISBN 978-986-95007-0-8 (卷3：平裝)

857.9　　106009719

ISBN　978-986-95007-0-8
Printed in Taiwan.

奇幻基地官網及臉書粉絲團
http://www.ffoundation.com.tw/
http://www.facebook.com/ffoundation

鄭丰臉書專頁
http://www.facebook.com/zhengfengwuxia

城邦讀書花園
www.cite.com.tw

廣　告　回　函
北區郵政管理登記證
台北廣字第000791號
郵資已付，免貼郵票

104台北市民生東路二段141號11樓

英屬蓋曼群島商家庭傳媒股份有限公司城邦分公司 收

請沿虛線對摺，謝謝

奇幻基地

每個人都有一本奇幻文學的啓蒙書

奇幻基地官網：http://www.ffoundation.com.tw

奇幻基地粉絲團：http://www.facebook.com/ffoundation

書號：1HO072　　　書名：巫王志・卷三

15
annual

奇幻基地15周年龍來瘋慶典

集點好禮獎不完！還可抽未來6個月新書免費看！

活動期間，購買奇幻基地作品，剪下回函卡右下角點數，集滿點數，寄回本公司即可兌換獎品＆參加抽獎！

集點兌換辦法

2016年6月起至2017年12月20日前（郵戳為憑），奇幻基地出版之新書，剪下回函卡右下角點數，集滿點數貼至右邊集點處，寄回奇幻基地，即可兌換贈品（兌換完為止），並可參加抽獎。

集點兌換獎品說明

5點：「奇幻龍」書擋一個（寬8x高15cm，壓克力材質）

10點：王者之路T恤一件（可指定尺寸S、M、L）

回函卡抽獎說明

1.寄回集滿5點或10點的回函卡，皆可參加抽獎活動！回函卡可累計，每張尚未被抽中的回函卡皆可參加抽獎。寄越多，中獎機率越高！

2.開獎日：2016年12月31日（限額5人）、2017年5月31日（限額10人）、2017年12月31日（限額10人），共抽三次。

回函卡抽獎贈書說明

中獎後，未來6個月每月免費提供奇幻基地當月新書一本！

(每月1冊，共6冊。不可指定品項。)

特別說明：

1.請以正楷書寫回函卡資料，若字跡潦草無法辨識，視同棄權。

2.本活動限台澎金馬。

【集點處】

1	6
2	7
3	8
4	9
5	10

（點數與回函卡皆影印無效）

為提供訂購、行銷、客戶管理或其他合於營業登記項目或章程所定業務之目的，英屬蓋曼群島商家庭傳媒(股)公司城邦分公司，於本集團之營運期間及地區內，將以電郵、傳真、電話、簡訊、郵寄或其他公告方式利用您提供之資料（資料類別：C001、C002、C003、C011等）。利用對象除本集團外，亦可能包括相關服務的協力機構。如您有依個資法第三條或其他需服務之處，得致電本公司客服中心電話(02)25007718請求協助。相關資料如為非必要項目，不提供亦不影響您的權益。

個人資料：

姓名：________________________ 性別：☐男 ☐女

地址：____

電話：____________________ email：____________________

想對奇幻基地說的話：________________________________

____

請剪下右側點數，貼於集點處，集滿5點以上，即可寄回兌換抽獎